FANTASTIC ORIENTAL HEROES
참마도 新무협 판타지 소설

귀열 6

참마도 新무협 판타지 소설

초판 1쇄 찍은 날 § 2012년 10월 29일
초판 1쇄 펴낸 날 § 2012년 11월 5일

지은이 § 참마도
펴낸이 § 서경석

편집부장 § 권태완
편집 § 어정원

펴낸곳 § 도서출판 청어람
등록번호 § 제1081-1-89호
등록일자 § 1999. 5. 31
어람번호 § 제2-2274호

주소 § 경기도 부천시 원미구 심곡2동 163-2 서경B/D 3F (우) 420—822
전화 § 032-656-4452 팩스 § 032-656-4453
http://www.chungeoram.com
E-mail § chungeorambook@daum.net

ⓒ 참마도, 2012

ISBN 978-89-251-3056-9 04810
ISBN 978-89-251-2910-5 (세트)

구월 鬼月

FANTASTIC ORIENTAL HEROES

참마도 新무협 판타지 소설

6

[완결]

도서출판 청어람

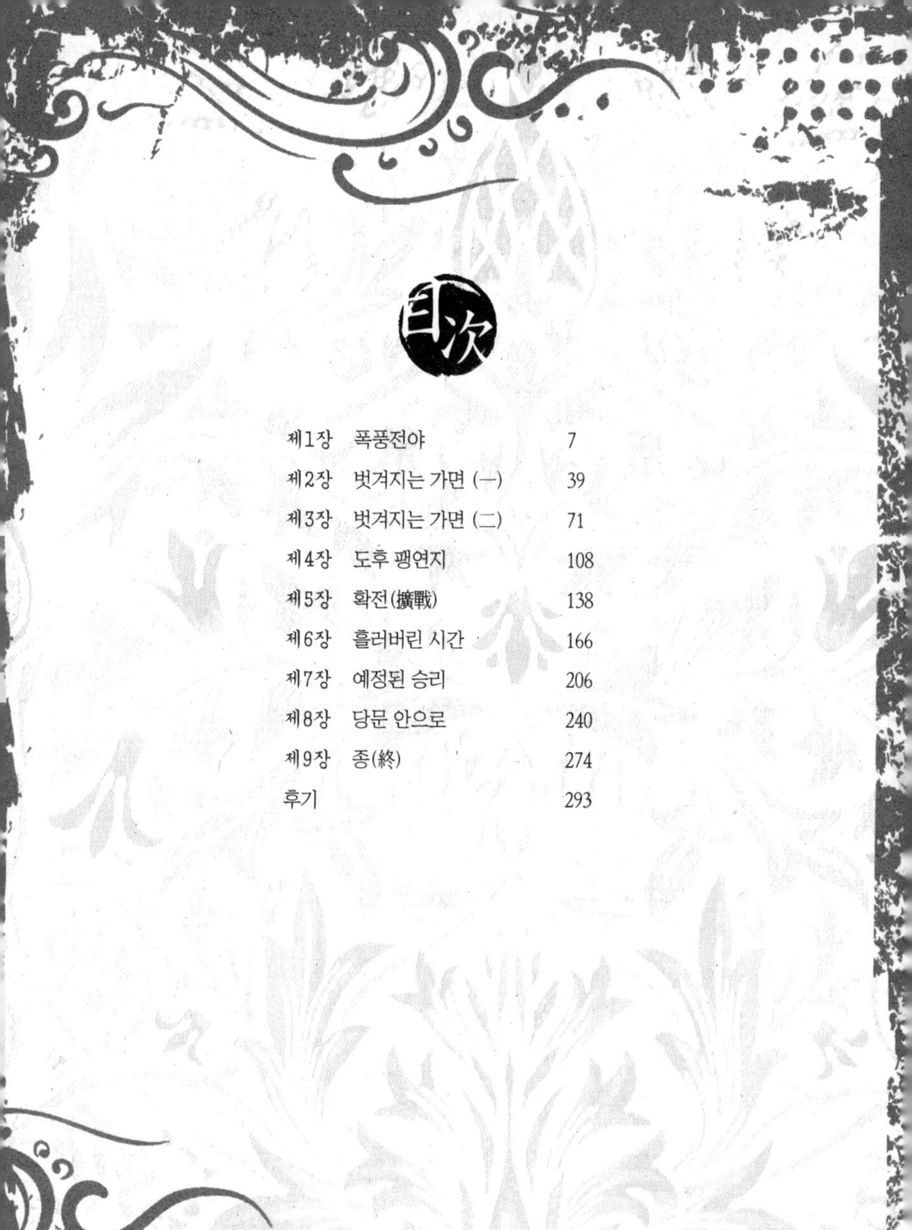

目次

1

"후아……."

코까지 덮었던 목가리개를 내리자 한결 숨쉬기 편했다. 짜증 날 정도로 답답하지만 이 가리개를 안 할 수는 없다.

내리는 순간 진흙탕들이 튀어 오르는 것이다. 머리 위에 눌러 쓴 방갓은 눈까지는 가려줄지 몰라도 코와 입은 어림도 없었다.

"오래 쉴 수는 없을 것 같으니 알아서들 체력 회복에 힘쓰라고. 연장자도 예외는 없는 겁니다."

"오홋홋, 고놈 좀 컸다고 말하는 것 좀 보게? 일없다 이놈아. 이 할미 힘에 부치는 거 보려면 지금보다 세 배는 달려와 할 거다."

팽연지의 목소리에 항자웅은 씨익 웃었다. 그의 나이 올해로 마흔이지만 그녀 앞에서는 어린애일 뿐이다. 아마 항자웅이 일흔이 되도 마찬가지일 터였다.

"도후께서 그렇다면 그런 것이겠지요. 역시 문제는 이 파릇한 친구들일까나? 자자, 가만히 있지 말고 조용히 기식이나 고르게 만들어 보라고."

짐짓 과장된 표정을 지으며 항자웅이 말하자 여기저기서 쓴웃음을 짓는다. 진월을 비롯한 아미의 네 여인, 그리고 팽호와 화인이 그 주인공들이었다.

이면산을 떠난 일행은 그야말로 온힘을 다해 달리기 시작했다. 물론 경공으로 달리는 것은 아니다. 말을 타고 전속력으로 움직였던 것이다.

목표는 당문, 이면산에서 당문까지 보름 이상의 거리였지만 항자웅과 진덕승은 열흘 안에 끊겠다는 야심찬 생각을 했다. 그냥 생각만 한 것이 아니라 진짜 달리기 시작했던 것이다.

자는 시간마저 아끼며 내달린 지 오늘로 일주일째다. 달린 거리로 따지면 벌써 반 이상을 달려왔다. 이러다 진짜 열흘 안에 당문에 들어갈 것 같은 기세였다.

당연히 말과 사람, 둘 다 지칠 수밖에 없었다. 하지만 상황이 상황인지라 아무도 불평 같은 것은 하지 않았다. 위급한 형편인 것은 다들 인지하고 있었다.

"아무리 힘들어도 짐짝이 되진 않을 테니 염려하지 마시죠. 그보다는 제대로 길 잡고 가는 것인지 그것부터 의심되는데요?"

"남들 웃기려 한 말이라면 실패다. 그 전에 네 녀석 호흡이나 제대로 내쉬라고. 말하는 건 좋은데 네 얼굴, 지금 무지하게 벌건 게 피 나올 것 같아.”

항자웅의 목소리에 진월은 고개를 좌우로 흔들었다. 역시나 말로는 상대할 사람이 없는 자다.

아니, 무공으로도 상대할 수 없기는 했다. 그 덕분인지 지친 기색 하나 없어 보였는데 그 모습을 보며 진월은 한 가지 의문이 떠올랐다.

도무지 이해할 수 없는 게 말 타는 것과 무공과 무슨 관련이 있는가 하는 것이다. 척 봐도 무공이 강한 사람들은 말 타는 것을 그리 힘들어 하지 않았다.

힘들어 하는 것은 손발이 하나씩 없는 사람이거나 무공이 약한 사람들뿐이다. 말 타는 데 필요한 다른 무공 같은 것이 있는지 의심스러울 정도였다.

“혹시나 요령이라도 있으면 좀 가르쳐 주시죠. 조금이라도 빨리 가려면 그편이 좋지 않을까요?”

“요령? 무슨 요령? 말 타는 요령을 말하는 거냐?”

진월은 고개를 끄덕였고 항자웅은 피식 웃었다. 말 타는 요령이라…….

“여태껏 타 왔으면서 무슨 요령이야? 아파도 그냥 참는 거지. 그 정도는 좀 참아봐.”

“에?”

항자웅의 목소리에 진월은 눈을 동그랗게 떴다. 여러 가지 이야기가 있을 수 있겠지만 설마 이런 대답이 나올 줄은 생각도 하지 못했었다.

“말 그대로다, 그냥 참는 거라고. 무공 높다고 감각이 둔해지는 것도 아닌데 뭔가 있을 리가 없잖아."

쓰고 있던 목가리개를 풀어 털며 항자웅이 말하자 진월은 머쓱한 표정이 되었다. 흡사 없는 이야기 털어 나올 때까지 줄곧 진상 떤 격이라고나 할까.

"조용히 말안장 아래 천 두어 장 더 깔았다는 이야기는 왜 빼누? 고런 건 좀 가르쳐 줘도 되는 거 아닌가나?"

"애들도 아니고 그런 건 알아서 하는 거지요. 그리고 젊은 놈은 대충 살아도 되요."

"너 역시 상대적으로 젊다는 거 인정하면서 하는 이야기냐?"

"지금 논점은 저 꼬마에 한하는 겁니다. 그리고 저놈에 비하면 저 충분히 늙은 거예요."

"오냐, 좋겠다. 늙어서 언젠가 나란히 저승으로 갈 일만 기다리면 되겠네."

"저 그렇게 싸가지없는 놈 아닙니다. 순서 기다리는 거 그런 거 잘해요."

팽연지와 항자웅은 서로 웃었다. 하나 웃는 것은 얼굴뿐, 그들의 발은 서로 다른 행보를 보였다.

팽연지가 앞으로 움직이면 항자웅은 뒤로 움직였던 것이다. 철저히 간격을 유지하는 그를 보며 진월이 황당해할 때였다.

"아무래도 진 소협은 안장 아래 천을 조금 더 깔고 달리는 것이 좋을 듯하네. 말과 일체가 되어 최고속력을 내자면 없는 것이 좋지만 이렇게 빠른 속력으로 오래가는 길은 조금 충격 완화를 해주는 것이 좋지. 지금 저 두 분이 하는 말이 그것이라네."

"……."

진월은 그럴 줄 알았다는 듯 슬쩍 눈을 흘기며 항자웅을 바라보았고 항자웅은 뚱한 표정으로 맞받았다.

"뭐? 그 눈은 무슨 뜻인데? 당연히 가르쳐 줘야 한다는 둥 하는 이야기는 하지도 마."

"아 예, 그런 이야기는 안 해요. 굳이 말을 한다면 역시 아저씨답다고나 할까요?"

"당연한 걸 뭘 자꾸 이야기해? 쉴 만큼 쉬었구나. 그럼 또 달려볼까?"

씨익 웃으며 항자웅이 말하지만 아직 체력 회복을 하기엔 턱없이 부족한 시간이었던 것이다.

적어도 아직 반 시진 이상은 더 쉬어야 했다. 물론 항자웅의 말이 농담이라는 것 정도는 진월도 안다.

하지만 같이 오고 있는 저 아미의 네 사람은 아니다. 그녀들은 피곤한 신색을 감추지 않으며 자리를 일어서려 하고 있었다.

"아저씨 말에 일일이 장단 맞추려면 목숨이 열 개라도 모자라요. 그냥 농담이니 조금 더 쉬세요. 진짜 갈 것은 아닐 거예요."

그녀들을 위해 한 말이다. 그러자 아미의 네 여인은 엉거주춤한 표정을 지었고 항자웅은 피식 웃었다.

"진짜 다 컸네. 이놈, 너무 커서 아주 구렁이가 다 됐어. 내 속에 들어갔다 나오기라도 했냐?"

"그걸 꼭 들어가야 압니까? 자꾸 보다 보면 알게 되는 거지."

"그리도 잘 아는 놈이 왜 물어? 나나 여기 다른 사람들도 다 보다 알게 되었다고 생각하지 않냐?"

"……예?"

항자웅의 목소리에 진월은 미간을 동그랗게 떴다. 갑작스럽게 이렇게 이야기가 연결되자 조금은 혼란스러워 하는 것 같았다.

"말 그대로다. 여기 어르신이나 나 또한 시간이 흐르면서 그냥 알게 된 거다. 뭘 무공으로 알고 어쩌고 한 게 아냐. 물론 그렇다고 너 고생 좀 해봐라 하는 것은 아니고, 너무 당연한 것이라 가르쳐 줄 생각도 못한 것뿐이야."

"……."

쉽게 말해 경험의 차이라는 것이다. 많은 시간동안 말을 타오면서 자연스럽게 알게 된 것이라는 것이 지금 항자웅이 하는 말이었다.

"이 나이가 되면 참 많은 것을 보고 알게 되지. 때로는 자네처럼 아무것도 모르면서 세상을 살고 싶지만 이젠 그게 안 돼. 보이지 않는 것이 보인다고나 할까?"

진월은 고개를 돌려 팽연지를 바라보았다. 그녀는 왠지 조금 쓸쓸한 표정을 짓고 있었다. 물론 이 표정은 절대 말 때문에 짓는 표정이 아니다.

뭔가 다른 것이 원인이었다. 아마도 경험이라는 단어가 도화선이 되었다고 보면 좋을 터였다.

경험이라……. 그렇다면 지금 우리가 하고 있는 일과 관련이 있을 터였고 그건 이 강호정세와 밀접한 관련이 있을 터였다. 진월은 공손한 얼굴로 조심스럽게 목소리를 내었다.

"당문에 관한 생각이 있으신 겁니까? 실례가 되지 않는다면 여쭈어도 될까요?"

"오……."

놀랍다는 표정으로 얼굴을 바꾸며 팽연지가 진월을 바라보았다. 그러자 항자웅의 목소리가 들려온다.

"구렁이 맞다니까요? 어린 얼굴에 속으면 안 되요."

"헛헛. 과연, 진소군 어르신은 참 좋은 후사를 두셨구나."

진심 어린 인사에 진월은 바로 고개를 크게 숙였다. 다른 사람도 아닌 진소군에 관한 이야기니 자연 공손해질 수밖에 없었던 것이다.

"하나 그 일에 대해선 나보다 저 녀석이 설명해 주는 것이 맞을 것이야. 네가 이제 태어난 구렁이라면 저 녀석은 한 오백 년은 묵은 이무기 정도 될 거야."

"기왕 해줄 거 용 정도 해주면 좋지 않습니까? 이무기가 뭡니까?"

"화려한 욕으로 대신해 줄까?"

"이무기로 하지요, 그럼."

단숨에 꼬리를 내리며 항자웅은 씨익 웃었다. 넉살로는 도저히 따를 수 없는 사람이 바로 그였던 것이다.

"그래, 우리 꼬마 구렁이는 대체 뭘 알고 싶은데?"

진월의 한쪽 눈썹이 절로 튕겨 올라간다. 꼬마도 짜증나는데 그 뒤에 구렁이까지 붙었으니 당연한 일이다.

"그러지요, 이무기님. 그럼 좀 알려주시죠. 대체 우린 누구와 싸워야 하는지요."

"뭐라? 요놈 보게나."

　장난이 조금 지나칠 수도 있었다. 당연히 화를 내며 손을 날려도 할 말 없을 정도로 말이다. 그런데 왠지 항자웅의 반응은 좀 달랐다.

　말장난을 생각하는 것이 아닌 듯했다. 그냥 감으로 느낀 진월이 한 말, 그것을 생각하는 듯했던 것이다.

　거친 질문이기는 해도 지금 이 상황의 본질을 꿰뚫고 있는 듯한 느낌이다. 항자웅은 그런 진월을 향해 다시 말했다.

　"다른 질문들이라면 오냐 하고 이야기해 주겠지만 이건 좀 다른 것 같군. 왜 그리 생각했는지 물어도 될까?"

　장난기 쏙 빠진 진지한 목소리다. 이런 목소리가 항자웅의 입에서 나올 땐 더 이상 장난은 끝이란 뜻이었다. 진월 또한 진지한 표정을 만들었다.

　"표면상으로는 만사회와 싸우면 될 듯하지만 실제로 만사회와 싸우는 것은 그리 중요하다는 생각이 들질 않아요. 그보다는 좀 더 근본적인 뭔가가 있는 것이 아닙니까? 그것이 무엇인지 난 알고 싶습니다."

　근거를 대라면 그건 할 수 없다. 근거가 아니라 그저 감에 의지한 것이다. 물론 그중엔 항자웅의 반응 때문에 알게 된 것도 있다.

　이 급박한 상황에서 십무원을 찾아간 것이 결정적이다. 그곳에 가야 뭔가를 알게 된다고 했지만 그곳에서 안 것은 아무것도 없다.

　항자웅과 진덕승은 뭔가 아는 듯한 얼굴을 하고 있지만 그것이 무엇을 뜻하는 것인지 모른다. 하나 왠지 모르게 복잡한 상황이 흘러가고 있다는 것쯤은 충분히 알 수 있는 사실이었다.

"아무래도 자네는 나중에 천약련에서 일해야 할 사람 같군. 나중에 꼭 찾아와 주겠나?"

뜬금없는 진덕숭의 목소리에 진월은 눈을 동그랗게 떴다. 농으로 한 말이 아니라 왠지 진심 같았기 때문이었다.

"그래, 그것도 좋겠군. 이 녀석 감이 좋아."

항자웅도 동의를 표했다. 왠지 진짜 그렇게 해야만 할 것 같은 생각이 드는 가운데 항자웅의 목소리가 이어졌다.

"결론을 말하자면 반 정도 맞는다고 하고 싶군. 완벽한 정답은 아니라는 것이지."

그렇다면 만사회와 싸우는 것이 맞는다는 뜻이었다. 반 정도 맞았다는 것은 그 외에 싸워야 할 상대가 또 있다는 뜻이기도 했다.

"만사회의 손에서 당문을 구해낸다. 이것에 우리가 할 일이야. 그 때문에 온힘을 다해 달려가는 것이지. 저기 마음에 안 드는 혹까지 달고 말이야."

턱짓으로 그가 가리킨 곳엔 팽호와 화인이 조용히 같이 앉아 있었다.

자신들이 가리켜진 것에 움찔하는 듯했지만 지금까지처럼 계속 말이 없었다. 그 옆에 양문도 팽양이 두 눈을 한껏 부라리고 있으니 말이다.

"당문을 구하기 위해 싸우러 가는데 이토록 속도를 올린단 말입니까? 이미 천약련의 무인들이 당문을 구해내고 있을지도 모르거늘 왜죠?"

가장 이해할 수 없는 일이 이것이었다. 이 정도로 사람을 채근한다면 사실 제대로 싸울 수도 없었다. 싸우기도 전에 이미 힘이 빠져 버리는 것이다.

그렇다면 그토록 빨리 가야 할 일이 있다는 것인데 그걸 모르겠다는 의미였다. 하나 그 의문은 항자웅의 말로 해소되었다.

"아니, 천약련은 당문을 구하지 않아. 오히려 이 세상에서 지워버리려 할 것이다."

"…무슨 말도 안 되는!"

해소는 되었지만 도저히 이해할 수 없는 소리였다.

*   *   *

깨끗한 목면천에 동백기름을 바른 후 바로 검면 위로 올린다. 그러고는 여인의 살결이라도 쓰다듬는 것처럼 천천히 그리고 부드럽게 움직인다.

백광이 요란한 검이 아니다. 조금은 칙칙하다고 생각될 정도로 거무튀튀한 검, 모르는 자들이 본다면 이게 무슨 검이냐고 할 그런 정도다.

그러나 그에겐 그 무엇보다도 소중한 검이다. 철이 들 무렵부터 계속 써왔던 주철검이었던 것이다.

두들긴 후 수없이 겹쳐 만든 접철식(摺鐵式) 검에 비한다면 너무도 보잘것없는 검이지만 그냥 일반적인 싸구려 검으로 보면 곤란하다. 이렇게 보여도 두께가 한 치에 이를 정도로 두터운 검이었다.

"탁우검(濁雨劍)을 아직도 가지고 있다니, 자신감이 지나친 것이냐 아니면 과거에 집착하는 것이더냐?"

뒤쪽에서 들려온 목소리에 사내의 입꼬리가 살짝 말려 올라간다. 이곳은 당문이 보이는 야트막한 야산의 중턱, 갑자기 들려오는 느닷없는 목소리지만 그는 전혀 동요하지 않고 있었다.

"탁우검이 얼마나 좋은 검인 줄 알면서도 그런 말을 하십니까? 내 평생 이만한 녀석을 만날 일은 없을 겁니다."

시링…….

검파를 집고 허공으로 들어 올린다. 사 척이 조금 안 되는 길이에 폭이 다섯 치에 이르는 두터운 검이다. 그 무게가 상당할 텐데 사내는 너무도 쉽게 이를 움직였다.

"검이야 그렇다 치고 참 재미있는 짓을 벌였더구나. 적적하게 지내는 것이 싫었던 것이냐?"

툭…….

앉아 있던 사내의 발 앞에 뭔가가 떨어져 내린다. 네모반듯한 모양에 화려한 황금색 글씨가 새겨진 한 장의 배첩이었다.

"반겨주실 것으로 생각은 했습니다만 이렇듯 직접 오실 정도로 열렬한 지지는 생각도 하지 못했습니다. 이거 진작에 이리했어야 하는 것이 아닌가 하는 후회도 했답니다."

"내가 지금 농담하는 것으로 들리나? 이 사람의 성격을 잘 알면서도 그런 말을 하다니, 안립, 네 녀석이 정말 미치기라도 한 것이냐?"

사내의 목소리에 작은 책망이란 감정이 깃들어 있었다. 하나 그 감정도 그리 깊지는 않아 보였다. 아니면 천성이 그리 큰 목소리를 내지 않는 것일지도 몰랐다.

"농담이라니요? 이 안립이 언제 농을 한 적이 있었습니까? 지금도 진심으로 하는 이야기입니다."

안립은 씨익 웃으며 말을 받았다. 어디서나 볼 수 있는 농부의 그것처럼 평범한 소박한 웃음, 그러나 안립이라는 이름은 절대 소박한 것이 아니었다.

만사회 회주 안립, 바로 그였던 것이다. 안립은 눈을 들어 새로이 나타난 사내에게 눈길을 던졌다.

그는 커다란 죽립을 쓴 채 면사로 얼굴을 가리고 있었다. 하나 감춘 신형과는 달리 몸에서 뿜어져 나오는 기도는 정말 대단한 것이었다.

"농이 아니면 진심이란 뜻이로구나. 하면 만사회라는 것을 정말로 운영하고 싶어서 한 것이라고? 혹시까지 들고 나가서 한 짓이 고작 이런 것이란 말이더냐?"

"혹시도 알고 계셨습니까? 그럼 제가 진심이라는 것을 확실하게 알고 계실 텐데요. 굳이 이곳에 오신 이유를 모르겠습니다."

"……."

사내의 몸에서 뿜어져 나오는 기도가 더욱더 강해졌다. 정말 거대한 기운이었는데 그 기운 때문에 탁자가 삐걱거릴 정도였다.

"모른다면 가르쳐 주지. 네 녀석에게 볼 일은 없다. 네 녀석이 무슨 짓을 하든지 나야 상관없겠지. 그대로 부수어 버리면 될 일이니……."

"휘우……."

안립은 휘파람을 불었다. 짐짓 두렵다는 표정을 지으며 말이다. 그러나 진짜 두려운 표정은 절대 아니었다.

"당문의 주인을 만나러 왔다. 아무래도 네가 감금하고 있는 것 같은데 어디 있느냐?"

사내의 목소리엔 거부할 수 없는 위엄이 짙게 깔려 있었다. 거부의사 따위는 듣지도 않겠다는 것처럼 보일 정도였다.

"만우일추 당혁기 어르신을 만나고 싶다라……. 멀리 있지 않습니다. 이 사람이 머물고 있는 당문에서 가장 깊은 곳에 있지요. 가는 길이 그리 힘들지도 않고요."

말과 함께 안립은 집게손가락을 들어 옆을 가리켰다. 그곳엔 새벽 안개 속에 어스름히 나타난 당가의 모습이 흐릿하게나마 새겨져 있었다.

"왠지 네 말투에 가시가 숨어 있구나. 진의가 무엇이더냐?"

"진의는 간단합니다. 보내드릴 수가 없다는 뜻이지요."

사내의 얼굴을 가린 면사가 떨리기 시작한다. 내력이 아니라 노화로 인해 떨리는 것이다.

"네놈, 정말 죽고 싶은 것이냐."

파스스스스…….

사내의 몸에서 유형의 강기들이 피어오르기 시작했다. 몸에 흐르는 기를 유형화시켜 구름처럼 만들 정도로 그는 고수였던 것이다.

"천만에요. 죽고 싶지는 않습니다. 하지만 그렇다고 약속을 깨고 싶지는 않군요."

"약속?"

면사위의 두 눈이 꿈틀거린다. 당장이라도 출수할 기세였지만 그는 가까스로 참아내는 것처럼 보였다.

"네, 약속입니다. 제가 무슨 일을 하든지 전적으로 돕는다. 단, 그 누구를 막론하고 절대 자신을 찾아오는 사람들을 만나지 않게 해달라… 이겁니다."

"……."

사내의 두 눈이 사라진다. 어느새 죽립이 내려와 눈을 살짝 덮은 것인데 그건 지금 사내가 생각에 빠져 있다는 뜻이었다.

꽤 오랫동안 생각을 하고 있는 듯했는데 그동안 안립은 아무런 행동도 하지 않았다. 그저 그 앞을 막아선 채 가만히 서 있기만 했던 것뿐이다.

"네가 날 막을 수 있을 것이라 생각하나?"

"지금으로선 그렇다고 봅니다."

담담한 목소리들이 오간다. 하지만 그 내용은 절대 담담할 수 없는 것들이었다.

"오만하구나. 수결 따위가 그리도 대단한 것이라 여긴다면 그것이야말로 오산이다. 그따위 눈을 현혹하는 무공 따위, 정종의 힘에 비한다면 아무것도 아니라는 것을 알고 있을 텐데?"

"훗, 얼마 전까지는 그리 생각했었습니다만 지금은 아니군요."

"뭐라?"

안립의 말에 사내의 입에서 비틀린 목소리가 흘러나온다. 꽉 쥔 주먹 사이로 작은 살기들이 흘러나오고 있었다.

"만났습니다. 항자웅이란 자, 정말 놀랍기 그지없는 자였더군요. 사람도, 그리고 그 무공도."

"……."

한순간 사내의 몸에서 살기가 씻은 듯이 사라졌다. 마치 지금까지 흘려보냈던 것들이 모두 꿈이라도 되는 것처럼 말이다.

"만났다고? 그와 겨루었다는 말이더냐?"

"그렇지요."

뒷말이 나오지 않아도 무슨 말을 하려는지 안립은 알고 있었다. 결과가 어찌 되는지 그것을 물어보려 할 것이었다.

물론 가르쳐 줄 것이다. 그것이 오늘 이 사람을 만난 가장 큰 이유였으니 말이다.

"비겼습니다. 표면상으로는 말이지요. 그러나 조금 깊게 들어간다면 좀 다른 말을 할 수 있겠습니다."

"어떤 말을 하려는 것이냐?"

사내는 자연스럽게 안립을 재촉했고 안립은 싱긋 웃었다. 안달하는 모습을 보니 왠지 조금 가르쳐 주고 싶지 않은 마음도 살짝 드는 것 같았다.

"졌을 겁니다. 마지막 한 수가 너무도 대단했거든요. 죽어도 그런 무공은 못 막을 겁니다."

일수필승의 초식이다. 아니, 사실 초식인지 아닌지도 불분명하다. 귀신처럼 다가와 그의 목숨을 위협했으니 말이다.

하나 그것이 무엇이든 간에 결과는 확실하다. 그의 패패, 곧 죽음을 당한 것이나 진배없었다.

"그래서 지금은 대인이 두렵지가 않습니다. 그걸 보고 저도 좀 생각한 것이 있었거든요. 지금은 그 한 수로 대인과 겨뤄볼 만하다고 여겨집니다. 물론 이기는 것은 좀 요원한 일이겠지요."

스윽…….

탁자위에 있던 탁우검을 집어 들며 안립이 자세를 잡자 사내의 눈이 꿈틀거린다. 순간 안립의 기도가 확 달라졌다.

강렬한 기운을 뿜어내는 것이 아니었다. 아니, 기운 자체가 달라졌는데 수결 특유의 비릿한 야생의 느낌이 완전히 사라진 것이다.

"이것도… 수결이더냐?"

안립은 천천히 고개를 아래위로 저었다. 수결이지만 수결답지 않은 것, 완전히 항자웅의 그것과 판박이처럼 같은 느낌이었다.

"그렇군, 그렇다면 돌아가지. 물론 네가 무서워서 돌아가는 것은 아닐 것이다. 그 의미가 무엇인지 알겠느냐?"

"네, 마지막 호의라 생각합니다. 그렇지 않습니까?"

복면이 아래위로 살짝 흔들린다. 새로운 정보를 들은 것에 대한 답례일 뿐인 것이다.

"그러나 이것이 우리가 만나는 마지막이 될 것이다. 이 또한 이해하겠지?"

"알고 있습니다. 다음부턴 이렇게 부른다고 나오지도 않을 겁니다."

"서로 간에 적이 될 사람끼리 뭘 더 만나려 하겠나? 이제 전력으로 여길 부수는 수밖엔 없겠어."

"기대하고 있겠습니다."

담담한 안립의 목소리가 허공에 울리는 순간 사내의 몸은 사라졌다. 그는 그렇게 왔을 때처럼 귀신같이 사라져 버린 것이다.

"후……."

혼자가 되자 안립은 큰 한숨을 쉬었다. 잠시 기식을 고르던 그는 수중의 탁우검을 허공으로 쭉 뻗으며 중얼거렸다.

"과연, 진짜 이길 수 있었을까?"

꽤나 건조한 중얼거림이었다.

2

"이리얏!"

두두두두두…….

진월은 엉덩이를 들며 말안장에서 몸을 떼었다. 그러고는 전속력으로 말을 달렸다.

마음이 급하다. 말안장 아래 광목천을 한 장 깔고 난 후 그는 지금 온힘과 기술을 다해 말을 달리기 시작했다. 족히 이틀 이상을 내달려온 것 같다.

일행의 선두에서 최선을 다해 달리는 형국이었다. 뒤는 보지도 않은 채 그는 온힘을 다해 내달리는 중이었다.

두두두두두…….

그런 진월의 곁으로 무언가 빠르게 다가오고 있었다. 보통 사람들이 타는 말보다 다리 반 개 정도 더 큰 말, 항자웅이 타고 있는 말이었다.

“워, 워……. 휘잇… 휫…….”

휘파람을 불며 그는 커다란 손을 뻗었다. 그러고는 진월이 타고 있는 말의 고삐를 잡아채며 말의 속력을 늦추었다.

“왜, 왜 이래요!”

“넌 어째 발전이 있는 듯하다가도 아니냐? 정신 못 차릴래?”

항자웅의 목소리에 진월은 미간을 찡그렸다. 대체 그건 또 무슨 말인지 몰라 그런 것이다.

“네 친구 죽었을 때도 그런 식이더니 이번에도냐? 같이 움직이면서 조금은 어른스러워졌다고 생각했거늘 그놈의 욱하는 성질은 정말 좀체 안 죽는구나.”

“빨리 가려는 게 뭐가…….”

“뒤를 봐, 이 멍청아! 너 혼자 가서 뭘 어떻게 하자는 거야!”

항자웅의 서슬 퍼런 외침에 진월은 고개를 돌렸다. 그러자 구름 같은 먼지를 일으키며 달려오는 사람들이 보였다.

팽연지와 팽양 일행은 사실 별 무리가 없지만 아미의 네 여인은 이야기가 달랐다. 벌써 이십여 장 뒤에 뒤처져 겨우 달려오고 있었던 것이다.

“아니, 전 그다지 화가 나서 간 것은 아니라 그저 머리가 복잡해서…….”

“알고 있네. 자네에게 악의 따위는 없다는 것을, 그러나 때로는 받아들이는 사람이 스스로 잘못 생각할 경우도 있다네.”

“네? 아니 그건 정말 이런 게 아니라…….”

진덕승까지 옆에 다가와 중얼거리자 진월의 얼굴은 벌게졌다. 피어오르는 먼지들이 아니라면 아마 확실하게 그 얼굴이 보었을 것이다.

정말 아무 생각 없이 달린 것뿐이다. 행동을 했다면 그건 아마도 무의식적인 행동이었을 터였다. 의식 속에서 한 것이 아니다.

아마 그만큼 항자웅의 이야기는 충격적이란 뜻일 터였다. 만사회와 천약련과 모종의 관계가 있을 것이라 하는데 놀라지 않을 리가 없었다.

수결이라는 것, 그것 하나로 추측하기 시작한 것이지만 항자웅은 진작부터 천약련에 대한 의심을 하고 있었다고 한다. 마지막으로 갔던 십무원에서 그 결정적인 증거를 찾은 셈이었다.

수결이 쓰여 있는 석판, 그 일곱 개의 석판이 모두 사라진 것이 증거라 했다. 수결을 보관하고 유지하는 것 자체가 모두 천약련의 것, 당연히 천약련의 눈을 피할 수 없는 일이라 했다.

하나 그보다 더 충격적인 것은 이 옆에 있는 진덕승의 묵인이다. 그는 아무런 말도 없이 당시 듣기만 하고 있었는데 반론을 제시하지 않은 것만으로도 이미 사실이라 확인하는 것과 같았다.

"진짜 멍한 상태에서 한 일이에요. 뭘 할지 모르게 되어 버리니 일단 빨리 가야 한다는 생각밖에 없었어요. 그뿐이에요."

"그래, 이해한다, 아이야. 네겐 충분히 충격적인 일이겠지. 하나 그것은 틀림없는 사실이란다. 더욱이 그리 작은 일도 아니지. 현명하게 대처하지 않는다면 스스로 파멸할 뿐이란다."

나직한 목소리지만 그 목소리엔 힘이 실려 있었다. 팽연지의 목소리였다.

여기서 말하는 힘이라는 것은 진짜 사람을 내리 누르는 힘을 이야기하는 것이 아니다. 보이지 않는 그 무엇인가가 진월의 가슴을 크게 누르고 있었다.

세월의 무게였다. 같은 말을 해도 항자웅과 팽연지가 하는 말은 달리 느껴진다. 그것이 세월의 힘인 것이다.

"큰일을 두고 있다고 해서 크게 생각하는 것이 아니다. 우선은 작은 일부터 시작하는 것이지. 여기 있는 몇 안 되는 사람들도 배려하지 못하면서 어찌 천하를 머릿속에 담을 수 있겠나?"

한 글자 한 글자 비수가 되어 진월의 가슴속에 밀려들어 오고 있었다. 진월은 크게 깨달은 것이 있어 말위에서 정중히 머리를 숙였다. 그러자 마침 그때 네 명의 여인이 다가왔다.

"죄송합니다. 저희가 미욱하여 소협의 발목을 잡는군요. 뭐라 드릴 말씀이 없습니다."

"아니, 아닙니다. 제가 정신이 없어 그냥 앞뒤 안 보고 나가 버렸습니다. 저야말로 죄송합니다."

소이의 풀죽은 목소리에 진월은 화들짝 놀라며 소리치기 시작했다. 말위만 아니라면 아마도 펄쩍펄쩍 뛰었을 터였다.

"앞으로는 조금 더 신경 쓰도록 하겠습니다. 그러니……."

"아뇨, 저희에게 그러시지 않으셔도……."

다른 사람의 눈은 싹 무시한 채 두 사람은 서로에게 말하기 시작했고 그러자 항자웅은 손을 뻗었다. 소이와 진월, 두 사람의 말고삐를 동시에 잡아 서로에게 건네주었던 것이다.

"시끄럽고, 그건 둘이서 알아서 해결해. 너희 네 명과 진월,

앞으로 이렇게 같이 다닌다. 제일 후미에서 잘 따라와. 이제 선두는 내가 선다."

항자웅의 목소리가 들린 후에야 두 사람은 입을 다물었고 다른 여인들과 함께 조용히 뒤로 갔다. 그제야 항자웅의 입가에 작은 미소가 어리기 시작했다.

"역시 젊음이 좋다는 건가. 솔직하게 잘못을 인정할 줄도 알고 말이야."

"서로 잘 보이려 노력하는 거겠지. 어쨌든 별 탈은 없을 것 같으니 됐지 뭐."

진덕승과 항자웅은 서로 한마디씩을 주고받은 채 신형을 돌렸다. 다시금 앞으로 달려나가려 하는 것인데 이제 당문은 여기서 그리 멀지 않은 곳에 있었다.

이 정도 속력이라면 약 이틀 거리면 도착할 것이다. 사실 조금 기력을 조절해야 할 때이기도 했다.

"참 세상일은 희한해, 바쁘면 꼭 뭔가 끼어 버린다니까? 이 더운 바람 속에서 대체 이 냄새는 뭘까?"

"뭐긴, 피비린내지. 역시 조용히 놔둘 생각은 손톱만치도 없는가봐."

항자웅은 미간을 찡그리며 답했다. 그가 보고 있는 곳은 자신들이 달려가는 길의 끝에 보이는 언덕이었다.

약 백여 장 정도 떨어진 곳이다. 그런데 그곳에서 느껴지는 기운이 심상치가 않았다. 뭔가 일어나도 크게 일어나고 있는 듯한 느낌이었던 것이다.

"역시나 환영인사는 확실한 자들이구나. 괜찮겠니, 자웅아.

뭣하면 내가 앞에 서 줄 수도 있다.”

“닭 잡는 데 소 잡는 칼 쓸 필요 없습니다. 그럴 시간도 없구요. 제가 선두에서 치고 나가지요. 도후께서는 저 뒤쪽의 아이들을 좀 봐주세요.”

“오냐, 그러마. 그런데 진짜 요란한 칼로 닭치게 생겼구나. 네가 나선다 하니 그 속담은 틀린 것이 아니냐?”

“뭐, 대충 그렇다고 치죠. 어쨌든 시간이 없는 것은 사실이잖아요.”

씨익 웃으며 항자웅은 말고삐를 툭툭 쳤다. 그가 탄 말은 서서히 움직이기 시작했고 그를 따라 일행들의 말 또한 같이 움직이기 시작했다.

“귀찮게 됐군. 이러다 늦는 거 아니야?”

“아니, 그렇진 않을 거야.”

진덕승의 목소리에 항자웅이 답했다. 그는 뭔가 확실한 것이 있는 듯 자신있는 목소리였다.

“이미 금응을 통해 소식을 전했다. 나머지는 그곳에 있는 녀석들이 해줄 거야. 어디서 상 뒤엎는 거 그놈들보다 잘하는 놈들이 있을 것 같아?”

“풋, 그래 그렇지. 당연히 그 녀석들이 최고일거야.”

진덕승은 웃었다. 항자웅이 말하는 것은 다름 아닌 진육협을 이야기하는 것이다.

미리 당문에 가 있는 사람들, 손소와 한구사, 그리고 현지초를 이야기하는 것인데 그들이라면 확실히 안심할 수 있었다.

세상 그 누구보다 말이 안 통하는 자들이니 말이다. 물론 무공도 통할 리 없는 자들이다.

*　　*　　*

바삭…….

손 안에 든 작은 양피지를 비비며 사내는 웃었다. 한데 그 웃음은 왠지 즐거워 보이지 않는 웃음이었다.

비릿한 살기를 동반한 웃음이다. 워낙 냉막한 인상에 쏙 들어간 볼, 큰 눈을 가진 사내는 거친 마로 된 옷을 입고 있었다.

쏙 들어간 볼만큼 마른 몸을 가진 사내다. 그러나 그 빈해 보이는 인상과 달리 손가락엔 멋들어진 금가락지가 끼워져 있었다.

온통 황금으로 만들어진 가락지다. 그것도 열 손가락 모두 끼워져 있으니 번뜩이는 광택이 방 안 가득 휘몰아치는 것은 당연했다.

"간만에 온 서신인데 그렇게 없애도 괜찮아? 안부라도 묻는 서신이면 기념으로 간직하지?"

"세상 사람들 다 살갑고 조근하게 변한다 해도 항자웅 그놈이 이렇게 변할 리는 없지. 그따위 발언은 애당초 쓰여 있지도 않아."

손소는 웃었다. 쌍검을 허리춤에 비스듬하게 찬 채 황금가락지를 낀 사내의 옆에 앉아 있었다.

"그 녀석이 뭐라고 썼지? 혹 새로운 일이라도 있는 거냐?"

"아니, 뭐 새로운 것은 없어. 십무원에 갔다 온 이야기를 썼더군. 그건 오히려 우리 생각을 더 확고하게 만들 증거다."

"역시 황금의 힘으로 산 정보들이 빛을 발하는 건가?"

"나 한구사가 알아내지 못하는 정보는 없다. 돈이면 귀신도 부리는 법이니."

사내는 씨익 웃었다. 그가 바로 당금 천하의 돈줄 삼분지 일을 쥐고 흔든다는 한림전장의 장주 한구사였다.

"더욱이 그놈은 전에 말을 전해왔어. 쓸데없이 머리 굴리지 말라고, 그래서 그냥 무식하게 정보를 긁어모았고 그 정보를 토대로 한 가지 가설을 만들었다. 그리고 그 가설은 지금 증명된 거나 마찬가지지."

"역시 돈의 흐름을 잡은 거냐? 어제 온 정보가 그것이었군."

한구사는 조용히 고개를 끄덕였다. 그는 어제 상당히 굳은 표정으로 움직였었다. 뭔가 크게 생각할 것이 있을 때 나타나는 그의 특징, 그것은 대단한 정보가 이목에 걸렸다는 뜻이었다.

"만사회와 천약련, 이 두 단체의 돈이 서로 교차되고 있어. 때로는 만사회 쪽으로 흐르다가 또 때론 천약련 쪽으로 흐른다. 서로가 불구대천의 원수들이라면 절대 그럴 수 없지."

"역시……."

손소는 크게 고개를 끄덕였다. 같이 돈을 썼다면 그건 적이 아니라 아군이란 뜻이다. 대립하는 단체 속에서 이렇게 돈을 흘릴 수 있는 곳이라면 딱 한 군데뿐이다.

중립을 지키는 전장뿐인 것이다. 그 때문에 한구사는 쉬이 생각을 할 수 있었고 이제 결론을 내리게 되었다.

“그래, 이젠 적과 아군을 확실하게 가를 때가 되었어. 더 이상 늦추다가는 서로 피곤해질 것 같아.”

“동의한다. 그럼 이제 그 방법만 논의하면 되는 것인가?”

두 눈썹을 꿈틀거리며 손소는 말했고 한구사는 크게 고개를 끄덕였다. 바로 그 순간 그들이 있는 천막의 밖에서 누군가의 음성이 들려왔다.

“손 대협 계십니까? 잠시 들어가겠습니다!”

조금은 다급한 목소리가 들린 듯하더니 한 사내가 천막을 열고 들어왔다. 허락도 안했는데 들어오니 실례일 수 있겠지만 나타난 사람은 그렇게 생각하지 않아도 될 사람이었다.

당양우였다. 당문십걸의 수장인 그가 이렇게 다급하게 들어올 때는 그만한 일이 있어서일 터였다. 그는 얼굴색을 하얗게 만들며 바로 입을 열었다.

“큰일입니다. 지금 천약련에서 당문에 대해 전면적인 공격을 시도한다 하고 있습니다. 악의 무리들에게서 당문을 구해낸다는 이야기를 하고 있지만 그 진의는 다른 곳에 있다고 생각합니다!”

“당문을 말살하려 한단 말입니까?”

침착한 한구사의 음성이 들리자 당양우는 흠칫했다. 마치 그는 다 알고 있다는 투로 이야기하고 있는 것이다.

“솔직히 말도 안 되는 이야기니 신경 쓰지 말라고 말씀드리고 싶습니다만 그럴 수가 없군요. 저놈들이라면 충분히 그러고도 남을 놈들입니다. 한술 더 떠 사람 죽여 놓고 두 눈 동그랗게 뜬 채 어쩔 수 없었다고 할 놈들이지요.”

“무슨······.”

한구사의 입을 통해 나오는 말, 거의 천약련에 대한 불신에 가까웠다. 게다가 말을 하는 와중에도 한구사는 특유의 비릿한 미소를 머금고 있었다.

명백한 비웃음이다. 이 경우에는 당양우에게 향하는 것이 아니라 천약련을 향한다고 해야 옳을 터였다.

“어느 정도 병력이 움직인다 합니까? 또 선두는 누가 서지요?”

손소는 조금 더 현실적인 것을 물어보았고 당양우는 고개를 끄덕이며 답했다.

“천약련에서 온 일차병력 백여 명이 모두 투입될 것이라 하더군요. 그리고 선두는 개방의 우호라 합니다.”

“동자패권 우호라······. 엉덩이 무겁기로 강호에 소문난 사람이 이런 일에는 참 빨리도 움직이네. 게다가 일차 병력 백 명이라니······. 백 명이면 긁어모을 수 있는 무인들은 모두 데려 왔다는 거구만.”

피식 웃으며 한구사가 입을 열자 손소는 무겁게 고개를 끄덕였다. 백여 명의 무림인이라는 것이 그리 가볍게 볼 것이 아닌 것이다.

각 문파에서 고르고 고른 자들이다. 모두가 다 일류고수는 아니지만 그중 오십여 명 이상은 충분히 일류고수의 반열에 들어간다. 이런 고수 집단이 존재한다는 것 자체가 두려운 일이었다.

“아마도 그들이 당문을 향해 들어가는 순간 이미 승부는 났다고 봐야지. 아무리 당문에 대단한 독이 있다 해도 이미 준비하고 있을 자들이야. 안쪽의 분위기는 어때?"

"그게 좀 이상해. 생각보다 너무 조용하거든. 꽤 많은 인원수의 무인들이 빠져 나간 것 같아."

손소의 눈이 좁혀진다. 한구사가 말하는 무인들이란 당문의 무인들이 아니다. 만사회의 무인들을 말하는 것이다.

"남은 사사악주는 셋, 그중 일부분이 이동한 것 같아. 원살토의 살수들이 합류하긴 했지만 그들이 큰 도움이 될 것 같지는 않고. 아무래도 다른 곳에서 뭔가 획책하고 있는 것 같은데?"

"그렇다면 일방적으로 만사회가 몰린다는 뜻인가? 그거야말로 피하고 싶은 일이긴 한데……."

가만히 두 사람의 목소리를 듣던 당양우는 미간을 찡그렸다. 뭔가 말의 내용이 좀 이상했다.

그동안 이들은 만사회와 싸워왔다. 당문의 일을 전해 들은 후 손소와 이곳으로 왔고 여기서 한구사를 만났다. 그리고 시간이 흐른 후 현지초까지 왔다.

진육협 중 세 명이 이곳에 모여 있게 되었고 그것만으로도 엄청난 위력이 되었다. 과연 이 세 명의 힘은 대단해서 만사회의 무인들은 개파첩만 돌렸을 뿐, 그 어떤 행동도 할 수가 없었다.

그야말로 당문의 봉쇄라고 해도 과언이 아니었던 것이다. 그러나 이들도 그 이상의 일은 할 수 없었다. 그건 당문의 힘을 온전하게 두면서 싸우려는 생각에서였다.

그리고 천약련이 왔다. 그들의 힘을 빌릴 수만 있다면 드디어 당문이 만사회의 그늘에서 벗어날 수 있다고 당양우는 생각했었다. 그리고 그런 기대를 안고 현 천약련주 방양대사를 만났다.

바로 그때 당양우의 기대는 산산이 깨어졌다. 련주는 어떤 희생을 치루는 한이 있더라도 이번 기회에 천약련의 힘을 만방에 보이고자 했다. 당양우로서는 어이없는 일이었다.

어떤 희생을 치른다 함은 결국 당문의 희생을 불가피한 것으로 여긴다는 뜻이었다. 한꺼번에 다 날려 버린다는 의미니 어떻게 진정할 수가 있을까?

지금껏 그 앞에서 화를 내다 사정을 하다를 반복하다 이곳에 온 길이었다. 그런데 왠지 이쪽의 분위기는 그곳과는 좀 다르다.

마치 때에 따라선 천약련과 등을 질 수도 있다는 듯이 들렸던 것이다. 그렇게 당양우가 머릿속에서 헝클어진 생각을 하나둘씩 풀어낼 때였다.

"에이, 진짜 짜증나서……."

투덜거리며 한 사람이 천막 안으로 들어서고 있었다. 조금은 여린 듯한 체격, 하나 들고 있는 검은 그 체격만큼이나 커다란 것이었다.

현지초였다. 한데 그녀의 신색이 조금 좋지 않아 보였다. 벌써 여기저기 꽤 진한 핏자국들이 꽃처럼 피어오르고 있었는데 물론 그건 그녀의 피는 아니었다.

"망할 새끼들, 말하는 싸가지 하고는……. 저런 놈들이 내 후

배랍시고 어깨에 힘주고 다니니 짜증 나 못 살겠어."

툴툴거리며 손소와 한구사의 옆에 털썩 앉는다. 그 동작만으로도 피비린내가 물씬 풍겨 나오고 있었다. 아마 서넛 정도는 목을 베고 오는 듯했다.

문제는 그녀가 누구를 베었냐는 것이다. 뭐 죽이진 않았다 하더라도 이 정도 피라면 꽤 오래 누워 있어야 할 것이었다.

"누굴 친 거야 대체? 벌써 당문 쪽에서 맞대응이 나왔나?"

한구사의 목소리에 현지초는 그게 무슨 소리냐는 듯한 얼굴을 만들었다. 왠지 그 얼굴을 보는 순간 사람들은 좀 불안한 느낌을 확 받을 수 있었다.

"당문은 무슨, 천약련 녀석들이 간다기에 기특해서 한마디하러 갔더니 말하는 것들이 싸가지가 없잖아."

"그래서 천약련 무인들에게 한바탕했다 이거냐?"

현지초는 당연하다는 듯 눈길을 던졌고 한구사는 웃었다. 아니 한구사뿐만이 아니라 손소 또한 같이 웃었다.

"뭐, 상황이 그렇다면 더 고민할 것은 없는 것 같다. 항자웅 그 녀석도 판단을 내린 것 같으니 우리도 그만 판단을 하지."

"그래, 그게 좋겠어. 우린 중립을 지키는 쪽으로 간다. 굳이 말을 하자면 당문 쪽으로 기운다고나 할까?"

"호오, 그런 건가?"

한구사와 손소, 그리고 현지초는 서로를 향해 작은 웃음을 띠웠다. 뒤쪽에 있는 당양우만이 무슨 말인지 몰라 두 눈을 동그랗게 떴다.

"당양우 대협께서는 지금부터 진가의 무인들과 함께 뒤로 빠지시죠. 우리들과 함께 사태의 추이를 지켜보는 겁니다."

"네?"

도무지 이해할 수 없는 소리만 늘어놓는 한구사를 보며 당양우는 되물었다. 뒤로 빠지고 사태의 추이를 지켜보라니 이게 무슨 말인지 이해할 수가 없었던 것이다.

"말 그대로입니다. 우린 더 이상 전면에 나서지 않습니다. 만사회뿐만이 아니라 천약련도 경계한다는 뜻입니다."

담담한 손소의 목소리가 들려온다. 아무것도 아니니 그리 놀랄 것 없다는 말투……. 그러나 이 말이 놀랄 것이 아니라면 대체 뭐가 놀랄 일이란 말인가?

"이유를 물어도 되겠습니까?"

당양우로서는 당연한 일이다. 이 상황에서 물어보지 않는다면 그것이 더 이상할 터였다.

이 세 사람의 힘은 막강하다. 이들 뿐만이 아니라 아미에서 온 사람들도 좀 있고 손소의 손진표국과 한림전장의 무인들도 있다. 그들의 힘을 다 합친다면 솔직히 오백여 명의 천약련 무인도 두렵지 않은 것이다.

그런데 아무것도 하지 않는다하니 받아들일 수가 없는 것이다. 이들 또한 당문의 희생을 당연하게 여기는 것일지도 몰랐다.

"당문을 살리기 위해서입니다. 당문에서 만사회를 쫓아내는 것도 중요하지만 당문이 모두 죽는다면 의미가 없지요. 그것을 위함입니다."

"이해할 수 없군요. 어째서 손 국주께서는 그리 말씀하시는 것입니까? 우리가 움직이지 않는다면 이 두 세력은 부딪히게 되고 그럼 당문은 피해를 입을 수밖에 없습니다.”

기다렸다는 듯 당양우는 입을 열었다. 세 살박이 아이라도 알수 있는 일이다. 도움이 필요한 상대에게 도움을 주지 않는 것이 오히려 그들을 돕는다는 말과 다를 게 무엇인가?

그가 보기엔 그냥 말장난일 뿐이지만 이 세 사람의 생각은 좀 다른 듯했다. 문득 그의 귓가에 한구사의 목소리가 들려왔다.

“아뇨, 그렇지 않습니다. 천약련은 이제 절대 만사회를 치지 않을 겁니다.”

“…….”

확신에 찬 그의 목소리에 당양우는 미간을 찡그렸다. 이건 말이 안 통해도 이 정도로 안 통할 줄 꿈에도 생각하지 못했다.

대체 왜 그렇게 생각하는지 물어봐야 옳은 일이다. 그러나 이어진 그의 목소리에 당양우는 멍한 표정을 지었다.

“천약련은 이제 우리를 치려 할 것이니까요. 물론 보이지 않는 만사회의 지원과 함께 말입니다. 저와 내기하시겠습니까?”

절대 손해 보는 장사는 하지 않는다는 한구사의 말이다. 당양우는 그저 꿀 먹은 벙어리처럼 입만 벌릴 뿐이었다.

“참, 그리고 부탁 한 가지 드릴 것이 있습니다. 그리해 주시겠습니까?”

한구사의 목소리에 당양우와 진우현은 시선을 돌렸다. 그는 살포시 웃으며 말을 이었다.

"무슨 일이 있어도 나서지 말아주십시오. 저들의 병력 백여
명이 나설 때까지 말입니다. 그래줄 수 있으시겠습니까?"
　그저 고개만 끄덕일 뿐 어떤 말도 할 수 없었다. 대관절 한
구사란 친구가 어떤 생각을 하고 있는지 통 알 수 없었던 것이
다.

1

흔히들 일가(一家)라 말하면 상상하는 것들이 있다. 커다란 본전하나에 소속된 여러 개의 별채, 그리고 그 밑에 일하는 하인 수십여 명…….

그러나 그건 그저 일반적인 일가에 대한 기준일 뿐이다. 적어도 이 당문이라는 이름을 생각한다면 일가라는 기준 자체가 모호해진다.

흡사 하나의 마을을 연상하면 될 것이다. 본전에 있는 전각만도 수십여 채이니 그 뒤의 후원과 접객실 등은 말할 것도 없다.

여기에 당문이니만큼 독과 약품을 실험하는 곳과 암기를 만드는 대장간들이 한 구역을 차지하고 있다. 그리고 무가이니만큼 연공을 할 수 있는 공간도 엄청나게 크다.

각 시설들이 전각 대여섯 개씩은 필요한 것이니 그 규모는 필설로 형용하기 힘들 정도였다. 게다가 이건 당가 그 한 곳에만 해당한다.

당가의 앞에는 이 당가에서 일하는 다른 성씨의 사람들이 사는 곳이 있다. 이곳의 크기는 오히려 당가를 능가하며 그들로 둘러싸인 당가는 그야말로 하나의 성곽과도 같은 모습을 보여주고 있었다.

그 당가의 본전, 그중에서도 가장 높은 전각이 하나 있다. 지상에서 약 이십여 장 이상 높이 올려진 건물, 그 건물 최상층이 현 가주가 기거하는 곳인데 그곳엔 지금 가주가 아니라 다른 사람이 기거하고 있다.

만사회 회주 안립이 기거하는 곳인 것이다. 그곳에서 안립은 지금 창문턱에 걸터앉아 아래를 내려다보는 중이었다.

"설마 저걸 보고 흥분되는 것은 아니겠죠? 자칫하면 우리 모두 오늘 고혼이 될 수도 있을 것 같은데 이런 여유라니……. 역시 대단하십니다, 형님."

한쪽 뺨에 검상이 새겨진 청년이다. 어느새 안립의 뒤편에 다가와 팔짱을 낀 채 바라보고 있었다.

"당문의 사람들이라면 그럴지도 모르겠군. 칼과 암기의 번뜩임을 보고 흥분하다니 말이야. 하나 아쉽게도 난 그들과는 달라. 물론 그렇다고 여유있는 것도 아니다. 죽는 건 싫거든."

뒤도 돌아보지 않은 채 안립은 말했다. 싱긋 웃으며 말하는 그의 모습은 말과는 달리 너무도 여유로워서 보는 사람으로 하여금 절로 실소를 머금게 할 정도였다.

"그게 여유있는 얼굴이 아니면 뭐가 여유로운 겁니까? 형님은 정말 저 인간들이 하나도 두렵지 않으신 겁니까?"

얼굴에 칼이 그어진 사내가 말했다. 그는 안립이 동생이라 부르는 사람으로 얼마 전까지 원살토를 데리고 쥐락펴락했던 우안이었다.

"백 명입니다. 지금 본대로 사백 정도가 더 오고 있구요. 이대로 가다간 이 당가가 흔적도 없이 사라질 것이에요. 설마 저 녀석들이 당가는 손 하나 대지 않고 우리만 칠 것 같아요?"

"안아. 너 요즘 들어 참 말이 많아졌구나. 확실히 강호를 나가보니 성격이 좀 편안해 진 것이야? 솔직히 난 보기 좋구나."

"놀리십니까? 원래부터 전 말이 많은 놈이었다구요."

입술을 비죽 내밀며 우안이 말하자 안립은 입가에 떠오른 미소를 더욱더 짙게 만들었다. 그러면서도 그의 눈은 당가로 들어서는 문 입구에서 떨어질 줄을 몰랐다.

그곳엔 수많은 사람들이 병기를 든 채 서 있었다. 줄잡아 백여 명 정도 되어 보이는 그들은 천약련의 무인들이었다.

"말은 많았지만 그중 감정이 들어가 있는 말은 그리 많지 않았지. 이제 좀 살고 싶은 생각이 든 것이냐?"

"……"

안립의 목소리에 우안은 입을 꽉 다물었다. 왠지 의중을 찔린 듯한 느낌이 확 들었기 때문이었다.

"과거의 너라면 저런 사람들 따위 신경도 쓰지 않았겠지. 내게 와서 이러니저러니 이야기조차 없었을 것이야. 하나 지금은 솔직히 말하는구나. 두렵다고 말이야."

"두렵긴 누가 두렵단 말입니까? 그저 이대로 저놈들에게 당하는 것은 사양한다는 뜻입니다."

입술을 비죽 내밀며 우안은 툭하니 내뱉었지만 그 말이 곧 두렵다는 이야기와 같은 뜻이었다. 조금 돌려 말한다고 뜻이 달라지는 것은 아닌 것이다.

"하긴 뇌악놈이 말을 듣지 않으니 두려울 만도 하다. 그러나 그놈이 움직인 것은 예상한 일이 아니더냐? 어차피 그놈은 우리 명령을 들을 놈이 아니었다."

"물론 그렇습니다. 하나 그렇다고 이런 상황에서 배신이라는 패를 꺼내 들지는 몰랐습니다. 도악(刀惡)과 그 수하들을 야들목으로 데리고 갈 줄은……."

"야들목이라, 그럼 항자웅을 막겠다는 뜻이로구나. 호오 야율찬이 과연 항자웅을 막을 수 있을까나?"

안립의 고개가 움직였다. 어떤 상황에서도 움직이지 않을 줄 알았던 시선이거늘 이제 우안을 향하고 있었다.

그 눈 속에 깃든 것은 진한 호기심이었다. 안립은 진심으로 그 결과를 알고 싶어 하고 있는 것이다.

"후우, 뭐가 어쨌든 막지 못하면 우린 사면초가가 되는 겁니다. 뇌악 그놈이 짜증나긴 해도 머리 하나는 기가 막히니 수가 있지 않겠습니까?"

이건 우안의 솔직한 마음이었다. 사실 그는 지금이라도 배신한 뇌악 소진진(蘇眞進)을 찢어 죽이고 싶었다. 하지만 그러기엔 너무 재주가 많은 놈이다.

무슨 생각을 하고 있는지는 모르지만 분명 생각을 가지고 움직이는 놈이다. 특히나 그 큰 머리에서 나오는 생각들은 정말

기가 막히다는 감탄사가 절로 나올 정도다.

사실 지금 획책하고 있는 거의 모든 일은 다 그놈의 머리에서 나온 일이다. 머리라면 그 누구에게도 지지 않을 자신이 있었던 우안도 그에겐 한수 접고 들어가는 실정이었다.

"기가 막힌 머리라……. 그 머리로 생각한 것이 마교의 힘, 아니었던가?"

"……."

우안은 말을 할 수가 없었다. 갑자기 말문이 턱하고 막히는 듯한 기분이 들어서였는데 반박할 수 없는 확실한 사실이었던 것이다.

"원살토 정도면 이 강호의 어떤 곳도 충분히 쓸 것이라 하지 않았나? 빙궁의 몰락을 예견하지 않았었어? 진가는 더 이상 강호에 얼굴을 들 수 없을 정도가 될 것이라 말하지 않았었던가?"

"……."

역시나 말을 할 수가 없다. 이렇게 말했던 것은 전부다 뇌악이 말했던 것들이다. 한데 그중 단 한 개도 제대로 이루어진 것은 없었다.

"팽가의 몰락과 함께 강호는 우리들 만사회와 천약련의 양강구도로 가게 된다 한 것으로 기억나는데. 자, 과연 그 말이 맞는 것 같아? 네 생각을 듣고 싶다, 우안."

최종적으로 그가 생각해낸 큰 줄기다. 뇌악은 그렇게 생각했고 그래서 이를 위해 여러 가지 준비를 해놓았다. 이 당문을 본거지로 한 것부터 시작해서 천약련에 개파첩을 보낸 것까지 모두 다 그 녀석이 한 짓이다.

“아뇨, 그렇지는 않을 것 같습니다. 정육협의 힘이 생각보다 녹록치 않아요.”

여러 가지 상황을 판단하며 내릴 수 있는 결론이었다. 이 강호에 쉽게 뿌리를 내릴 수 있을 것이라 생각했지만 실제는 달랐다.

보이지 않는 적들이 너무도 많았다. 보이는 적만으로도 벅찬데 거기에 진육협이라니, 좀 버겁다고 느끼는 것이 솔직한 심정이다.

“진육협이라고? 정말 그렇게 생각하는 거냐? 진육협이 우리들의 앞을 가로막는 것이 가능하다고 생각해?”

“형님, 그건 무슨 말씀이십니까?”

그는 반문했다. 언제나 별로 말이 없는 안립이지만 항상 날카로운 눈으로 세상을 보고 있는 사람이었다. 가끔이지만 그가 하는 말들은 너무도 날카로운 비수가 되어 가슴에 꽂힌다.

“솔직해지자, 진육협이 두려운 것이 아니지. 두려운 것은 오직 한 사람, 항자웅이지, 그렇게 생각하지 않나?”

“무슨 그런 말씀을…….”

부정하려 했다. 수없이 많은 무림인들의 단체인 천약련도 아니고 고작 한 사람을 두려워 한다는 게 말이 되냐고 소리치고 싶었다.

그러나 아니라고 할 수가 없었다. 지금까지 있었던 모든 일들을 차분히 생각해 보면 답은 나온다.

원살토의 몰락, 빙궁의 건재함, 진가 또한 마찬가지다. 물론 가장 아픈 것은 마교의 개입이다.

그들은 지금 강호의 일에 개입했어야 했다. 그 외곬적인 성격들을 가지고 움직여야 했고 그래서 더욱더 혼란스러운 상황을 만들어야 했다.

그러나 상황은 그렇지 않다. 이 모든 일들은 다 실패했다. 그리고 그 실패 속에는 공통적으로 개입된 사람이 하나 있다.

항자웅이다. 그가 있었기에 모든 것이 어그러졌다. 획책했던 것들 모두가 단 한 사람에 의해서 망가져 버린 셈인 것이다.

"그가 없었다면 우리들이 이런 상황에 놓이지 않았을 것이야. 만사회라는 단체를 만들 것도 없었고 천약련을 이곳에 부르지도 않았을 것이야. 이 모든 것이 다 한 사람 때문인데 당연히 두렵지 않을까?"

차분한 목소리로 안립은 말했고 우안은 그저 듣기만 했다. 뭐라고 반박하고 싶은 마음은 굴뚝같지만 단 한마디도 부정할 수가 없었다.

하지만 반박하는 목소리는 튀어 나왔다. 우안이 아니라 뒤쪽에서 들린 낯선 사내 목소리에 의해서 말이다.

"믿지 않습니다. 한 사람의 힘이 그토록 거대할 수 있다는 것을 말이지요. 이 사람 가후인(可後引), 회주님의 힘을 믿습니다."

"헛헛, 검악이 아닌가? 저 아래에 있어야 할 사람이 이곳에는 웬일이야?"

안립은 너털웃음을 흘렸다. 그저 사람 좋아 보이는 웃음소리는 농을 즐기는 여느 집 아저씨로 보일 정도로 편안하게 느껴졌다.

　"뇌악 소진진, 그 박쥐같은 놈 때문에 심려하고 계실까 싶어 왔습니다만 정작 그 녀석에 대한 생각은 전혀 하고 계시지 않는군요."

　"아, 고맙군. 그래, 하나둘씩 내 곁을 떠나는 사람들 때문에 날 위로하러 와준 건가?"

　겉모양으로 봐서는 안립보다 가후인이 더 늙어 보이지만 실은 그렇지 않다. 가후인의 머리가 백발이라 특히 그리 보이는 것뿐이었다.

　가후인은 어리다. 사사악주 중 가장 어린 친구로 올해 서른이 갓 된 사람이지만 그 무공은 대단했다. 순수한 무공만으로 따진다면 사사악주 중 가장 강한 사람이 가후인일지도 몰랐다.

　"회주님의 곁을 떠나는 놈들은 가장 바보 같은 놈들입니다. 회주님이야말로 사람이 기댈 수 있는 그릇, 더 이상의 주군은 없습니다."

　"이런이런, 자네는 사사악주의 사람이야. 내가 아니라 다른 사람에게 충성해야 하는 것 아닌가?"

　"사사악주라는 이름은 버린 지 오래입니다. 회주님을 만나고 나서부터 전 회주님의 사람입니다."

　허리춤에 찬 한 자루 고검이 외롭게 보이는 사내였다. 길게 기른 흰머리에서는 고독이 절로 묻어나고 있었는데 입고 있는 백의와 함께 어우러져 정말 신선의 풍모가 따로 없었다.

　"어차피 권악이 죽은 후부터 사사악주란 이름은 의미 없어진 것이나 다름없습니다. 뇌악과 도악이 마음이 맞아 나갔다면 전 언제까지나 회주님의 곁에 남겠습니다."

"이것 참, 그런 낯 간지러운 이야기를 눈 하나 깜박이지 않고 하는 친구라……. 확실히 부담스러운 친구야, 핫핫."

"회주님……."

작은 농담이지만 가후인은 얼굴색을 변한 정도로 정색했다. 그러자 안립은 고개를 좌우로 흔들며 중얼거렸다.

"나와 여기 우안, 그리고 화미란과 자네 가후안, 모두 네 명인가? 이것 참 이렇게 놓고 보니 능히 천하를 두고 다툴 만한 인재들이 아닌가? 핫핫핫."

대체 무슨 생각을 하는지 모를 상황이었다. 어째서 이 네 명으로 세상의 패권을 다툴 수 있다고 생각하는지는 모르지만 일단은 그냥 입 다무는 것이 나을 듯했다.

어차피 그냥 한 말이 분명하니 말이다. 상황은 점점 안 좋아지는 가운데 화미란마저 뭔가 이상해졌다. 얼마 전 십무원에서 온 후로 자기 방에 틀어박혀서 나오지 않고 있었던 것이다.

"그렇게 생각하신다면 막내에게 한번 가보시죠. 그 녀석, 아무래도 좀 이상해서요."

"그렇지 않아도 지금 가볼 생각이다. 우선 저 밖에 있는 녀석들이 문제인데 일단 후인 자네가 좀 맡아주겠나? 아마 자네 혼자도 충분할 듯싶은데?"

"농담이시죠? 당문의 독이라도 쓰는 게 나을 것 같지 않아요?"

가후인 혼자 저 많은 병력을 맡는다……. 말도 안 되는 이야기였다. 이건 그에게 죽으라고 등 떠미는 짓이나 다름없었던 것이다.

"아니, 당문의 무인들은 쓰지 않는다. 그들은 뒤로 물려라. 후인과 너, 둘만 가서 막아봐. 아마도 충분할 거라 난 생각해."

"그렇습니까? 알겠습니다. 하면 바로 가서 막겠습니다."

"뭐가 알겠습니다야! 우리가 무슨 염라대왕이라도 되는 것 같아? 둘이서 백 명의 고수를, 그것도 동자패권 우호가 앞장서는 상황이야. 가능할 것 같아 하는 이야기냐!"

알았다며 돌아서려 하는 가후인을 우안은 거칠게 불러 세웠다. 이건 절대 말도 안 되는 이야기인 것이다.

형처럼 생각하는 사람이 그들을 죽음으로 밀어 넣고 있는 것이나 다름없는 것이다. 평소의 안립이 하는 태도를 보자면 절대 있을 수 없는 일이었다.

"동자패권 우호, 그렇지. 그 사람이 있었지. 두 사람이 나서면 그자 혼자 막기 힘들까?"

"농담하십니까? 개방의 거지는 저 혼자서도 충분합니다. 우 공자가 나설 일도 없지요."

담담하지만 자신감이 확연히 어린 가후인의 목소리가 허공에 울리자 안립은 크게 고개를 끄덕였다. 그가 듣고 싶은 말이 바로 이것이었다.

"그럼 됐어. 그자만 막으면 될 거야. 나머지 백 명의 무인은 움직이지 않는다. 우리가 당문의 고수를 전면에 내세우지 않는 한 말이야."

"그게 무슨……."

우안은 안립에게 다시 소리쳐 묻고 싶었다. 대체 그게 무슨 소리냐고 말이다. 아무래도 안립은 그가 모르는 뭔가를 알고 있는 듯했다.

"아참, 그러고 보니 아까 한 말 정정하도록 하지. 역시 네 말도 틀림이 없구나, 우안."

북 치고 장구 치고 혼자 다하는 안립을 보며 우안은 미간을 찡그렸다. 안립은 빙긋 웃으며 방을 나서고 있었다.

"진육협, 만만히 볼 자들이 아니야. 그들은 지금 이 상황을 너무도 정확히 보고 있어. 우리들이 무사할지 안 할지는 그들의 손에 달려 있는 것이나 마찬가지야."

끝까지 뜻 모를 소리를 하며 나가는 안립이었다.

*　　　*　　　*

"재미있군. 정말 재미있어. 이래선 뭐가 어떻게 돌아가는 건지 한눈에 파악하기 힘들 것 같구만."

제신승 방양대사는 한쪽 입술을 살짝 틀어 올렸다. 그는 지금 벽이 열린 거대한 천막 안에서 좌우로 눈을 돌리고 있었다.

좌측에는 당문이 보였다. 동자패권 우호를 선두로 해서 백여 명의 무인들이 움직이고 있다. 조금 있으면 성과도 같은 당문의 거대한 시립문을 지나게 될 터였다.

그곳에서 한 이백여 장 정도 떨어진 오른편에 상당한 수의 천막이 보였다. 마치 군대의 주둔지 같은 모습이었는데 그건 진육협 중 세 명이 있는 곳이었다.

손소, 현지초, 그리고 한구사, 셋 중 어느 하나도 소홀히 할 수 없는 자들이 눈앞에 있는 셈인 것이다.

게다가 손소는 표국의 사람들을, 현지초는 아미의 사람들을, 한구사는 한림전장의 고수들을 데리고 와 있다. 그들이 가진 병력의 수도 무시할 수 없을 정도였다.

"움직이지 않는다라, 과연 눈치 하나는 기가 막히게 좋은 놈들이라니까. 이것 참, 이럼 곤란한데."

말로는 곤란하다고 이야기하지만 실제 표정에서는 전혀 그런 느낌을 찾아보기 힘들었다. 마치 즐거운 놀이라도 보는 듯 방양대사는 턱까지 오른손으로 괜 채 생각에 잠기려 했다.

"진육협이란 이름을 그냥 얻은 것은 아니니까요. 무공도 무공이지만 그 외의 상황판단이 뛰어난 자들입니다. 특히나 한림전장을 운영하는 한구사가 있으니 조심성은 극에 달할 것입니다. 섣불리 움직인다면 그거야말로 함정이라 보시면 됩니다."

방양대사가 앉아 있는 태사의 옆에서 한 사내가 종알거렸다. 몸집으로 따지자면 방양대사의 반밖에 되지 않는 사내다.

다만 그 머리가 유난히 큰 자였다. 세 가닥 염소수염을 길게 기른 채 작은 웃음을 띠고 있었다.

"과연, 틀린 말은 아니군그래. 특히나 한구사 그 녀석은 조심성이 한도 끝도 없지 어찌 보면 소진진 네 녀석과 닮았구나."

"동전 하나에 벌벌 떠는 수전노와 비교하시면 곤란합니다. 적어도 전 이 머릿속에 천하를 담고 있다 자부합니다."

실로 광오한 말에 방양대사는 얼굴가득 웃음을 머금었다. 그냥 즐거워 웃는 웃음과 비웃음이 반쯤 섞인 모습이었다.

"천하를 담고 있는 자가 이렇게 틀린 예측을 한단 말이야? 대체 시원하게 일이 풀린 게 몇 개나 있지?"

"모두 제대로 풀리고 있었습니다. 다만, 항자웅이라는 변수를 예측하지 못한 것뿐이지요. 그놈은 걱정할 것이 없다고 하신 사람이 련주님 아니었던가요?"

방양대사와 소진진은 서로 웃었다. 마치 서로 오랫동안 잘 아는 것처럼 농을 주고받으면서 말이다. 참으로 놀랄 만한 광경이 아닐 수가 없었다.

정파의 수장인 방양대사와 사사악주의 한 명인 뇌악이 같이 있으니 당연한 일이다. 만나면 서로 손을 섞어야 할 사람들이 말을 섞고 있으니 놀라지 않을 수가 없었다.

"솔직히 우치주 그놈이 당했다는 소식을 들었을 때 정말 많이 놀랐습니다. 도대체 어떻게 그런 놈이 아직까지 세상에 알려지지 않았는지 의구심도 들었구요. 제 계산의 오류는 모두 그놈의 존재부터 시작되었습니다."

"그건 인정하지. 나의 예상보다도 훨씬 큰 인물이 되어 버렸으니까 말이야. 하지만 문제는 지금부터지. 이 상황, 어떻게 해결하는 것이 좋겠나?"

마치 뇌악 소진진이 방양대사의 수하라도 되는 것처럼 보일 정도로 이 둘은 친밀했다. 방양대사의 말에 소진진은 한 번 미간을 찡긋거린다.

"이미 항자웅에게 야율찬을 보낸 상태입니다. 야율찬과 그가 이끄는 남도단(南刀団)이면 항자웅을 상대할 만할 것입니다."

"도악? 그 녀석과 남도단이면 항자웅을 이길 것이라 생각하나?"

"아니오. 그렇지 않습니다. 지금껏 모아온 정보를 가지고 생각한다면 야율찬은 이길 수 없습니다.”

너무도 확신에 찬 발언에 방양대사는 미간을 찡그렸다. 이건 조금 생각외의 이야기였던 것이다.

“야율찬의 역할은 반나절입니다. 그 정도면 항자웅의 발걸음을 잡는다면 성공이지요. 그 반나절 동안 이곳은 모두 평정될 것입니다.”

“호오…….”

방양대사의 눈이 반짝였다. 역시 소진진은 무언가 복안을 가지고 있었다. 그 복안이 무엇인지 궁금해졌던 것이다.

소진진은 그런 방양대사의 생각을 잘 읽고 있었다. 그는 한 번 입술에 침을 바르고는 말을 이었다.

“천약련의 본대가 이곳에 도착하는 것이 한 시진 정도 후라 판단됩니다. 약 사백 명의 무인이니 그 위력은 두말할 것도 없겠지요. 그들이 온다면 이 모든 상황은 종료되고 남음이 있습니다. 하나 문제는 그들이 올 때까지 버틸 수 있는 시간이 되겠지요.”

소진진의 말에 방양대사는 고개를 끄덕였다. 지금 현재 본대가 제대로 꾸려 달려오고 있다. 대부분 구파일방의 무인들로 구성된 사람들로서 꽤 좋은 무공들을 가지고 있었다.

십무원이라는 시설을 놀리고 있었던 것이 아니다. 구파일방의 떨거지들 몇 명 모아 장난질치고 있다고 보였겠지만 그렇지 않다. 진짜 수련생은 다른 곳에 있었다.

과거 진육협을 통해 한 번 효과를 거두었던 십무원은 그 후로 많은 발전을 했다. 진육협이 사용했던 십무원 시설은 폐쇄했지만 다른 곳에서 새로운 시작을 했다.

사백 명의 무인은 대부분 그곳 출신이다. 과거 진육협 때 가장 중요시한 것은 무공에 대한 자질이었지만 이번엔 거기에 한 가지 요소가 추가되었다.

충성심이다. 어디 한군데 살짝 비틀려 있는 듯한 진육협에 비해 구파일방에 대한 절대적인 충성이 깔려 있는 자들이 필요했다. 지난 이십 년동안 그 점을 중점적으로 키워 왔던 것이다.

그들이라면 방양대사를 위해 기꺼이 목숨 바칠 자들이다. 당연히 그들만 온다면 이 당문 따위가 문제가 아니었다. 강호라는 커다란 장소를 한꺼번에 도모할 수 있게 되는 것이다.

"물론 지금이라도 무리한다면 할 수 있습니다만 별로 권하고 싶지는 않습니다. 가장 중요한 저 진육협이 이쪽에 그리 좋은 감정을 가지고 있지 않는 것 같군요. 게다가 만사회 회주 안립도 꽤 머리가 잘 돌아가는 인물입니다. 아직까지 당문의 무인들을 내보내지 않고 있는 것을 보면 생각을 읽을 수 있지요."

"진육협과 등을 지고 싶지 않다는 생각인가?"

"극단적으로 본다면 그리 말할 수 있을 것입니다. 지금까지 싸워온 자들이지만 새로운 적이 왔고 이에 잠시 손을 멈추자는 의미로 보면 아마 맞을 겁니다."

쉽게 말해 떨거지 둘이 더 강한 자가 오니까 손을 잡으려 한다는 것과 다름없는 것이다. 어떻게든 살아보려 치는 몸부림, 그것 이외에 더 이상의 의미는 없었다.

"그러고도 남을 녀석들이지. 역시나 정신적 소양이 제대로 안 된 자들이니 어쩔 수 없는 일이야. 아미타불……."

차분히 불호를 외며 그는 중얼거렸다. 만사회든 진육협이든 지금 이 순간 그에겐 다 똑같이 느껴지는 듯했다.

"그러니 지금 할 수 있는 것은 없습니다. 일단 저 백여 명의 병력을 함부로 움직여선 안 될 것 같군요. 저 진육협의 놈들처럼 사태의 추이를 지켜보면 됩니다. 시간은 결국 우리 편일 것입니다."

느긋한 소진진의 목소리에 방양대사는 웃었다. 그의 말이 틀린 것은 없었기 때문이었다.

시간이 흐르고 본진이 도착한다면 그것으로 끝이다. 더 이상 왈가불가할 것도 없는 것이다.

그냥 이렇게 상황을 주시하는 것도 그리 나쁘지 않는 결정인 셈이었다. 하지만 그건 왠지 뒷맛이 그리 좋지 않은 방법이기도 했다.

힘이 있으면서도 눈치를 본다는 사실이 영 마음에 걸리는 것이다. 그리고 그 때문에 이미 승부수는 던진 후였다.

"그래, 네 말도 맞지. 그러나 난 이 모든 것이 잘못될 것을 생각해야만 하지. 혹시라도 예상하지 못한 변수가 생길지도 모르는 것이 강호의 일이니 말이야."

당문 쪽이 아니라 진육협 쪽을 보며 하는 말이었다. 소진진은 피식 웃으며 살짝 고개를 끄덕였다.

무슨 말인지 알고 있었다. 표면상으로 모든 병력을 당문을 향해 보냈지만 진짜 힘은 그쪽으로 보낸 것이 아니었다.

진육협이 있는 곳, 그곳에 꽤나 강한 자들이 향했다. 지금의 찬약련에서 방양대사를 지지하는 세력들이 모두 그곳으로 갔던 것이다.

아마 고수들의 집단은 당문이 아니라 진육협 쪽에 있다 해도 틀림없는 사실일 터였다. 소리없는 싸움은 이미 일어난 것이다.

"예상하지 못한 변수라, 굳이 따진다면 두 개 정도가 있을 겁니다. 하나는 바로 제 앞에 있는 천약련주님의 존재지요. 상황이 안 좋아진다면 언제든 출수하실 텐데 당연히 예상할 수 없지 않겠습니까?"

"훗, 과연 그렇구나. 하면 두 번째는 뭐지?"

역시 뇌악이었다. 생각하는 것도 그렇지만 입심도 대단하다. 다른 사사악주들에 비해 세력이 없이 단신으로 강호를 헤쳐나가는 가장 큰 원동력이 이것이었던 것이다.

"두 번째 역시 이 자리에 있는 것입니다. 누가 알았겠습니까? 저와 련주님이 아는 사이라는 것을 말입니다."

"크핫핫핫하! 그래, 그렇지. 과연 누가 알 수 있었을까나 크핫핫!"

대소를 터뜨리며 방양대사는 한참동안 허리를 젖혔다. 언제나 진중한 것으로 여겨졌던 방양대사의 평판과는 전혀 다른 모습이 드러나고 있었다.

더 이상 온화하고 유약한 방양대사는 이 자리에 없었다. 감정적이고 강렬한 느낌의 사내만이 서 있을 뿐이었다.

방양은 두 눈을 들어 허공을 바라보았다. 다시 한 번 좌우로 눈을 돌려 각기 한 번씩 돌아본 후 입가에 미소를 머금었다. 결론은 이미 나와 있는 셈이었다.

양쪽 다 천약련의 발아래 굴복하게 될 것이다. 변수라는 것은 오직 한 가지 어느 쪽이 먼저 굴복하는가 하는 것뿐이었다.

2

한쪽 입술을 살짝 말아 올리며 항자웅은 웃었다. 물론 그 웃음의 정체는 비릿한 살소였다.

"적이지만 좋은 지형을 골랐어. 야들목이라……. 돌아가면 최소한 삼일은 걸릴 거야."

팽연지의 목소리가 들려온다. 물론 항자웅은 돌아갈 생각 따윈 눈곱만치도 없었다. 무슨 일이 있어도 치고 나갈 터였다.

하지만 팽연지의 말처럼 진짜 장소는 아주 잘 잡았다. 이름 모를 작은 강치고는 꽤나 강폭이 넓어서 함부로 건널 수가 없는 곳이었다.

이 정도로 크게 되면 제대로 이름 하나 붙을 만도 한데 이 하천이 저 아래와 위로 하루 거리만 올라가거나 내려가도 상당히 얕고 좁아진다. 거기선 어디든 다 건널 수 있었던 것이다.

다만 그렇게 되면 한참을 돌아야 한다는 소리가 나온다. 그래서 이 야들목은 당문으로 가는데 아주 중요한 길목이며 그곳에서 적을 맞아 싸운다면 능히 일당백이 될 수 있다 했다.

사람이 건널 수 있는 곳이 고작해야 이 장여 안쪽이니 당연한 일이다. 그런 곳에서 지금 일단의 사람들이 항자웅 일행이 갈 길을 막고 있었다.

육칠십여 명 정도의 사람들이다. 그중 한 명이 앞에 나와 있었고 나머지는 뒤쪽에 도열해 있었는데 앞에 나와 있는 사람의 기도가 상당했다.

거의 십여 장 정도의 거리를 두고서도 완연하게 느껴질 만큼 대단한 기도가 느껴졌던 것인데 사내는 품에 한 자루 박도를 들고 있었다.

낭인이라면 흔히들 볼 수 있는 싸구려 박도였다. 그러고 보니 그뿐만이 아니라 그 뒤에 있는 자들 모두 박도를 든 채 이쪽을 노려보고 있는 것이 보였다.

복장은 제각각이지만 병기는 한 종류인 것이다. 그것이 무슨 뜻인지 모른다면 아마 바보라 불려도 할 말 없는 순간이었다.

"사사악주 중 도를 성명절기로 하는 사람이 있다 하더니 그게 저자인 것 같군. 도악 야율찬이란 자지. 그리고 그 뒤에 있는 자들은 그가 이끌고 다니는 남도단인 듯해."

"남도단이라……. 그럼 동악대와 비슷한 경우로군. 사사악주는 한 사람 한 사람이 다 세력을 끌고 다니나?"

"괜히 쉽지 않은 놈들이란 이야기가 붙는 게 아니야. 특히 이 놈들은 잘 조련되어 있어서 웬만한 군대와 비견된다는 말도 있었다."

진덕승의 말에 항자웅은 미간을 찡그렸다. 사실이라면 여간 귀찮은 일이 아닐 수 없는 것이다.

그냥 무림인들이라면 사실 강한 모습을 보여주면 어느 정도 통용된다. 기를 꺾어 놓게 된다면 급격하게 무너지는 모습을 자주 보여주는 것이 그들의 특징인 것이다.

그런데 군대는 다르다. 아무리 상황이 좋지 않다 하더라도 그들은 포기하지 않는다. 허투루 목숨을 내놓는 것 따위를 밥 먹듯이 하는 자들인 것이다.

"그런가? 하지만 어차피 돌아갈 생각은 없어. 그냥 밀고 나갔으면 하는데."

"그거야 두말하면 잔소리지. 문제는 선두에 누가 설 것인가 정도가 신경 쓰이는데 그 때문에 네가 먼저 나온 것이 아니냐?"

항자웅은 피식 웃었다. 이들의 존재는 이미 멀리서부터 눈치 채고 있었다. 이들 또한 기척을 지우며 숨어 있는 짓 따위는 애당초 하고 있지 않았다.

마치 '우리들 여기 있고 그 이유는 네놈들을 치기 위해서다' 라고 외치듯이 말이다. 물론 그만한 자신감이 있는 놈들임에는 분명했다.

"뭐, 이런저런 일이 있어서 앞에 나온 거지. 선두는 내가 갈 테니 삼 장 이상 떨어져 와봐."

"그러지. 조심해라. 생각보다 꽤 강하다는 보고가 올라오는 놈이야."

"아아, 뭐, 그건 저쪽도 마찬가지 보고를 들었을걸?"

"응, 그건 그럴 거야. 훗."

마실이라도 가는 듯한 표정으로 항자웅은 말을 앞으로 몰았다. 그의 뒤쪽으로 일행들이 도열해 있는 가운데 항자웅은 야들 목의 중간 지점을 지나 앞으로 갔다.

나이는 꽤 많아 보였다. 아무리 적게 잡아도 오십대 후반 정도? 피부는 아직 팽팽하지만 자글자글한 주름들은 대번에 상대의 연륜을 느끼게 해주었다.

강하다라는 느낌보다는 관록이 물씬 풍기는 느낌이었다. 무슨 일을 맡기든 믿을 수 있다는 느낌이라고나 할까?

"그대가 항자웅인가?"

야들목을 거의 다 지나고 날 때쯤 상대의 입술이 열렸다. 나이에 걸맞은 조금은 쉰 듯한 목소리, 슬쩍 살펴보니 목 어림에 큰 상처가 있다.

쉿소리는 그 때문에 나는 것 같았다. 산전수전 다 겪은 노장의 느낌이 더욱더 진하게 묻어나는 순간이었다.

"그쪽은 도악인가?"

천천히 고개를 끄덕이며 항자웅이 묻자 그의 고개도 끄덕여진다. 역시나 그가 바로 도악 야율찬이었다.

"야율찬이라 한다. 실제로 보니 소문 그 이상이군."

소문이 어떻게 났는지 모르지만 그리 좋은 것은 아닐 것이란 생각이 드는 가운데 항자웅은 주변을 둘러보았다. 그를 위시해 약 칠십여 명 정도의 사람이 보였다.

무질서하게 늘어서 있는 것처럼 보이지만 실은 세네 명씩 짝을 지어 무리를 짓고 있었다. 여차하면 집단의 싸움을 벌린다는 뜻이었고 그리되면 골치 아픈 상황이 벌어질 수도 있었다.

"볼 것도 없다. 나를 제외하고 칠십이 명, 모두 널 상대하기 위해 준비되어 있다."

"호오, 이것 참 영광이군. 괜히 과분한 영접을 받는 듯한 기분인데?"

말위에서 싱긋 웃으며 항자웅은 말했다. 물론 그냥 말만 하는 것은 아니다. 천천히 수결을 끌어 올리며 주변 상황을 판단하고 있는 것이다.

칠십이 명에 대한 느낌들이 하나하나 몸 안에 각인되기 시작했다. 그들 한 명 한 명의 느낌은 연결이 되어 전체적인 형상까지 한꺼번에 파악되었다.

강하지는 않다. 한 명 한 명이 상당한 수준에 올라와 있긴 해도 항자웅이 난감해할 정도는 아니었다. 그런데 문제는 다른 곳에 있었다.

예상대로 서너 명씩 연결이 되어 있었다. 기운들의 군락이 확실하게 보였다. 쌍둥이들도 아니고 유사한 느낌이 아니라 그냥 같은 느낌이었다.

내력의 끈들이 서로 연결된 듯한 느낌에 항자웅은 미간을 살짝 찡그렸다. 여러 가지 경우를 겪어 봤지만 이런 느낌은 정말 처음이었다.

"권악을 죽였다고 들었다. 맞나?"

이어 들려오는 야율찬의 목소리에 항자웅은 생각을 거두었다. 처음 자세 그대로 야율찬은 한결같은 태도를 보여주었다. 그 목소리 속에 무슨 다른 감정도 실려 있지 않았다.

"복수를 하고 싶은가?"

간단한 이야기였다. 사사악주로서 친한 이들이니 친히 복수를 하고 싶다 해도 틀린 말은 아니었다. 명분은 충분히 있었던 것이다.

그러나 야율찬은 그런 것에 신경 쓰는 자가 아니었다. 처음으로 감정을 내보이며 그가 말했다.

"난 그렇게 감상적인 사람이 아니다. 또한 복수를 한다 해도 내 힘으로는 무리다. 그냥 그 녀석이 즐겁게 갔는지 그것만 알고 싶을 따름이다."

조금은 이상한 주문이다. 피식 웃으며 그가 하는 말이 이러니 어찌 해석해야 할지 한순간 머뭇거릴 수밖에 없었다.

조심스러운 얼굴로 항자웅은 고개를 끄덕였다. 가지고 있던 모든 것을 다 뿜어내며 갔으니 무인으로서 더 이상의 호사는 없었다. 적어도 항자웅은 그렇게 생각한다.

"훗, 그럼 된 거지. 죽어도 무공 하나에 집착하더니 결국 행복하게 죽었군."

아무래도 권악과 도악은 서로 친분 관계가 상당한 듯싶었다. 친하지 않으면 할 수 없는 이야기들이 자연스럽게 흘러나오는 것을 보니 말이다.

"복수도 아니고 그냥 권악의 죽음을 확인하기 위해 내 앞에 나타난 것인가? 그렇다면 이쯤에서 길을 여는 것이 어떨까 하는데?"

"미안하군. 쓸데없이 말이 길어서. 본론은 그게 아니다."

"아까 당신 입으로 날 이길 수 없다고 하지 않았었나?"

"물론이다. 분명 그리 이야기했었다."

담담한 목소리를 내며 그가 말하자 항자웅은 미간을 찡그렸다. 아무래도 뭔가 더 있는 듯한 느낌인 것이다.

"너를 이길 수 있다고는 생각하지 않는다. 그러나 네 발을 묶어 놓을 수는 있겠지. 내가 받은 명령은 그것이다. 이곳에서 너의 발을 묶을 것."

무인치고는 기묘한 사람이다. 보통 무인들은 그 차이를 알고 있음에도 불구하고 전력을 다해 덤벼온다. 승부란 것과 무공은 다른 것이란 말을 하면서 말이다.

그러나 이 사람은 아니다. 정확하게 자신의 역량을 알고 있었고 그 역량을 토대로 움직이려 하고 있었다. 하나 특이하긴 해도 성공할 수는 없었다. 항자웅이라면 당장에 몸을 뺄 수도 있으니 말이다.

"이길 수는 없지만 발을 묶을 수는 있다는 말인가? 그것참 기묘한 이야기군. 가능할까?"

"너를 노리는 것이 아니라면 가능하다고 했다. 네가 아니라 뒤쪽에 있는 일행들을 노린다면 충분히 발길을 묶을 수 있다고 하더군."

순간 항자웅의 눈이 매서워졌다. 방법치고 상당히 치졸한 것을 들고 나온 것이다.

그가 아니라 같이 있는 일행을 친다. 항자웅은 같이 움직이는 사람들을 내치고 달려나가는 유형이 아니다. 누구인지 모르지만 꽤나 적절한 답안을 내놓은 셈이다.

"안립이 내놓은 방법이 고작 그것인가? 생긴 것과는 달리 얕은 수를 쓰는군."

"회주는 모르는 일이다. 그리고 난 회주의 말을 듣지 않아. 내가 말을 듣는 자는 오직 하나 소진진뿐이다."

"뇌악?"

의외의 답변에 항자웅은 미간을 찡그렸다. 아무래도 저 당문 앞에서 뭔가 많이 헝클어지고 있는 듯한 느낌이 들고 있었던 것이다.

그가 알기로 사사악주는 만사회의 소속이었다. 그런데 사사악주의 한 명인 도악 야율찬은 그의 명령을 듣지 않는다고 한다.

새로운 인물이 나타난 셈이었다. 뇌악 소진진의 명령으로 왔다라고 하면 이젠 다른 생각을 좀 해야 했다. 물론 소진진이 안립의 말을 듣고 있을 수도 있었다.

그렇다 해도 뇌악이란 자가 중간에서 상황을 움직이는 것은 변하지 않는 사실이다. 그가 딴마음을 먹게 되면 상황은 전혀 엉뚱한 방향으로 흐를 소지가 다분했다.

"검악은 회주에게 충성을 다하는 것 같지만 나와 뇌악은 다르다. 우리가 강해서 누군가와 같이 있는 것이 아니라 강한 자들과 같이 있는 것이 우리들 사사악주다. 우리가 보는 만사회는 강하지 않아."

간결한 이야기였다. 황당하기도 하지만 왠지 이자들이 살아온 족적을 보면 충분히 납득이 가는 이야기였다. 떨치고 있는 악명으로 판단해도 충분히 이럴 수 있는 자들이었다.

"종합해 보면 뇌악이란 놈이 이런 계획을 세웠다 이거군. 너나 뇌악 둘 다 강한 자들에게 붙는 자들이라면 이제 더 이상 만사회 소속이 아니겠군."

너무도 간단하게 야율찬의 고개가 끄덕여진다. 항자웅은 한쪽 입술을 비틀어 올리며 다시 말했다.

"그렇다면 지금은 가장 강한 곳으로 몸을 옮겼겠군. 현재 당문 부근에 모인자들 중 가장 강한 자들이라면 천약련이겠지. 하면 결국 천약련을 위해 이렇게 하고 있다는 뜻인가나?"

"뭐라고 하든 상관없다. 내 할 일은 정해졌고 그대로 행하면 된다. 난 널 막을 것이고 최대한 시간을 끌 것이다. 그뿐이야.”

더 할 말은 없다는 듯 야율찬은 수중에 박도를 꺼내 들었다. 그가 움직이자 뒤쪽의 남도단 역시 같이 움직이기 시작했다.

앞서 나오는 것이 아니라 야율찬 역시 이들과 호흡을 맞추고 있는 것이다. 한 사람이 아니라 철저히 단으로서 움직이려 하는 것이다.

“최대한 시간을 끈다라……. 차라리 처음에 거기까지 말하는 것이 나았다.”

항자웅은 바로 내력을 끌어 올렸다. 상대가 이렇게 나오신다면 그 역시 좋은 말로 할 필요가 없다.

“천약련의 판단으로 이곳에 있는다는 말을 한 순간 이미 너희들의 운명은 결정된 거다.”

스르르릉…….

항자웅의 손에 월산도가 들렸다. 그와 함께 짙은 살기가 허공 가득 퍼져 나가고 있었다.

*　　*　　*

놀라운 일이었다. 황당하다고 생각했던 일이 진짜 일어났던 것인데 백여 명의 천약련 무인들이 출진을 멈추었던 것이다.

정말 한구사의 말처럼 된 것이다. 눈으로 보면서도 당양우는 믿을 수가 없었다.

“과연 진육협의 생각은 예측할 수가 없을 지경이구나. 정말 틀림이 없지 않은가?”

"나도 지금 놀라고 있는 중일세. 대체 어떻게 이런 판단을 내릴 수 있는지 짐작조차 되질 않네."

옆에 다가온 서림진가의 가주 진우헌과 이야기를 주고받으면서도 그는 미간에 힘을 주었다. 아무리 보고 또 봐도 정말 그들은 멈추어 있었다.

다음의 계획이 궁금해지지 않을 수가 없는 상황인 것이다. 그가 들은 것은 여기까지니 궁금증은 더욱더 증폭되고 있었다.

"하면 이제 다음 수순은 어찌 되는 것인가? 혹 들은 것이 더 있는가?"

"아니, 나도 여기까지일세. 더 이상의 말은……. 음?"

진우헌의 말에 대답하던 당양우는 한순간 내력을 확 끌어 올렸다. 그의 몸 안에 있던 감각들이 모조리 소리치고 있었다.

뭔가 위험하다고 말이다. 그는 한 걸음 크게 뒤로 물러서며 품속에 손을 넣었다.

그 손이 다시 허공에 나오는 순간 얇은 나비 두 마리가 들려져 있었다. 철로 만든 호접표였다.

시시싯…….

작은 바람소리와 함께 호접표는 허공으로 치솟아 올라갔다. 좌우로 흔들리며 허공에 유영하는 호접표는 그자체로도 너무도 아름다웠다. 하나 그냥 아름다운 것만이 아니다.

핏… 피핏…….

좌우로 흔들리며 날개가 바람을 가르고 있다. 그 날개에 조금이라도 스친다면 바로 땅바닥에 누워야 할 것이다. 남만에 사는 오공(蜈蚣)의 독이 발려져 있으니 말이다.

솔직히 당양우는 아직까지 어디서 어떻게 위험이 다가올 것인지 모른다. 그저 느낌이 그렇기에 움직였을 뿐이다. 짐작 가는 곳은 있었다.

허공이다. 살짝 눈을 들어 올리면 볼 수 있는 각도에서 뭔가 있었다. 그곳을 향해 호접표를 날린 것이다.

보이지 않는 작은 실이 연결되어 있기에 호접표의 움직임은 너무도 정확하게 휘몰아쳤다. 그리고 그가 생각한 지점에 정확히 휘둘러졌다.

카캉…….

"……!"

그리고 이어진 날카로운 소리와 함께 당양우는 두 눈을 크게 떴다. 그가 펼쳐낸 두 개의 호접표가 네 개가 되어 있었다. 둘 다 반으로 잘려 버린 것이다.

그리고 그곳엔 복면을 한 사내가 검을 휘두르며 땅으로 내려서고 있었다. 거리는 약 오 장, 이 정도라면 아직 암기가 유리한 거리다.

바로 다시 품속에 손을 넣어 이번에 네 장의 암기를 꺼낸 순간이었다. 땅에 내려서던 사내가 기묘한 움직임을 보였다.

휘릭… 휘리리릭…….

"아니 저건……!"

옆에서 지켜보던 진우헌은 두 눈을 부릅뜬 채 소리쳤다. 한순간 복면인은 허리를 트는 듯하더니 순식간에 삼 장을 좁혀 왔던 것이다.

땅에 발을 딛고 도움닫기 하여 온 것이 아니다. 그냥 공중에서 확 신형을 틀었고 그러자 한 마리 물고기처럼 다시 허공으로 튀어 올라 왔다.

세상에 이런 신법은 없었다. 아니, 딱 한 군데만이 이런 신법을 가능하게 한다. 흐르는 물속에서 튀어 오르는 연어를 생각하며 만든 신법…….

"운룡대팔식……. 곤륜의 사람이시오!"

틀림없었다. 절기 중의 절기, 곤륜에서도 소수만이 알고 있다는 절기가 지금 두 사람의 눈앞에서 펼쳐지고 있었다.

그렇다면 이 사람은 천약련의 사람이란 뜻이었다. 대체 왜 복면까지 하고 이곳에 왔는지 모를 가운데 이번엔 진우헌이 앞으로 나섰다.

"선자(善者)라면 그 검을 거두시오! 그렇지 않다면 이 사람 진우헌, 출수하겠소이다!"

고오오오…….

거대한 기운이 진우헌의 몸에서 일어났다. 이미 일 장여까지 달려온 복면인은 아무런 말도 없이 오른손을 내밀고 있었다.

물론 그 오른손엔 검이 쥐어져 있었다. 검날은 곧장 진우헌의 가슴을 노리고 왔다.

더 이상 두고 볼 것도 없었다. 진우헌은 그가 생각하는 초진도를 펼치려 했다. 바로 월도에 기를 주입하며 허공에 반월을 그릴 순간이었다.

튀이이잉… 튕…….

복면인의 검날이 기묘하게 변했다. 협봉검 같은 얇은 검이 아니라 고검에 가까운 두터운 검이다. 그런데 좌우로 휘청거리며 그 진행 방향을 알 수 없게 하고 있었다.

검을 잘 만든 것이 아니다. 이건 검날에 내력을 주입하여 그렇게 움직이도록 만든 것이다. 누구인지 모르지만 이 복면인의 무공은 상상 이상인 것이 분명했다.

하지만 그냥 감탄만 하고 있을 수는 없기에 진우헌은 그대로 월도를 휘둘렀다. 상대의 움직임이 놀랄 만한 것이지만 그래도 그의 칼보다 빠를 수는 없었다.

쉬이이잇…….

간결한 일도가 그어지고 공기의 진동이 허공에 울려퍼진다. 진우헌의 초진도는 강렬한 진동을 동반하는 것, 조금의 부딪힘이라도 있다면 그것으로 뒤로 밀려나게 된다.

그런데 이상한 일이 일어났다. 진우헌의 손에 걸리는 느낌이 그 어디에도 없었다. 마치 망망대해에 돌멩이 하나 떨어뜨리는 격이라고나 할까?

어떻게 된 일인지 제대로 정신을 차리기도 전에 복면인의 검이 다시 변했다. 이번엔 허공에 기이한 모양들을 그려내며 진우헌을 압박해 오고 있었던 것이다.

한데 그 모양이 왠지 낯이 익었다. 그것이 무엇인지 기억해 내는 데는 많은 시간이 필요하지 않았다.

"검화……! 화산의 검이 아닌가!"

틀림없는 화산의 검화였다. 그것도 물경 십여 개 이상 한꺼번에 피어오르며 진우헌과 당양우를 동시에 압박하고 있었다.

두 사람은 자신들도 모르게 피했지만 이미 늦은 감이 있었다. 검화는 한순간에 유성처럼 떨어져 내렸고 그 위력에 두 사람의 목숨이 꺼져나갈 순간이었다.

쉬이이잇……! 카라라라라랑!

빠른 한 개의 그림자와 함께 상당한 타격음이 들려왔다. 진우헌과 당양우의 바로 앞에서 일어난 일이었다.

그와 함께 검화는 순식간에 사라져 갔다. 빠른 그림자는 그저 검화를 막아내는 것에 그치지 않고 복면인의 앞으로 바짝 다가가 양손을 휘두르기 시작했다.

따라라랑… 따랑… 따다다당!

귀청을 울리는 소리와 함께 허공 가득 불꽃이 피어오르고 있었다. 그리고 어느 한순간 두 사람은 약속이라도 한 듯 거리를 두고 물러섰다.

“손 대협……!”

쌍용검객 손소였다. 그는 굳은 얼굴을 한 채 복면인을 노려보고 있었는데 진우헌은 아랫입술을 지그시 깨물었다. 손소의 어깨어림에서 붉은 피가 흘러나오고 있었다.

이 격돌에서 상처를 입은 것이다. 천하의 손소도 부상을 당할 만큼 상대의 무위는 대단했다.

그러나 상대 역시 무사한 것은 아니었다. 한순간 복면인의 얼굴에서 무언가 떨어져 내렸다.

팔랑…….

복면이었다. 그것도 그냥 떨어진 것이 아니라 붉은 피가 묻어 있었다. 손소는 한쪽 뺨에 옅지만 확실한 검상을 남겨둔 것이다.

자연스럽게 진우헌과 당양우는 복면이 떨어져나간 사내의 얼굴로 눈길을 돌렸다. 그리곤 둘 다 동시에 눈을 크게 떴다.

"아니, 그대는……."

말을 이을 수도 없었다. 한쪽 뺨에 작은 검상을 입은 사람은 모를 수가 없는 사람이었다.

천약련 감찰원주 화천사 은향인이었다. 그가 복면을 한 채 이곳에서 살수를 휘둘렀던 것이다.

1

끼이이이…….

두터운 철문을 열어젖힌 후 안립은 안으로 들어갔다. 무려 한 치에 달하는 두께지만 안립은 너무도 쉽게 열었다.

“오… 오라버니!”

뾰족한 목소리와 함께 누군가 그의 품으로 뛰어 들자 안립은 팔을 벌렸다. 그러자 한 여인이 팔을 벌리며 안립을 꽉 안는다.

화미란이다. 안기자마자 가슴이 축축하게 젖어 드는 것을 보니 눈에서 눈물을 흘리는 모양이었다.

아마도 두 눈은 퉁퉁 부었을 터다. 화미란의 성격이라면 아마 족히 한 시진 이상은 울었을 터, 눈이 온전할 리가 없었다.

“헛헛, 또 울고 있었느냐? 이번엔 또 무슨 일이 일어난 것이지?”

너무도 부드러운 목소리가 안립의 입술 사이로 흘러나왔다. 그냥 듣기만 해도 최대한 부드럽게 낸 소리라는 것을 알 수 있을 정도로 여린 소리였다.

"무서워… 무서워요. 그 사람은 우릴 다 죽일 거야. 그자는 아무도 이길 수 없어요! 절대로요!"

"으음? 대체 누굴 말하는 것일까? 무서운 사람이라도 본 거야?"

차분한 그의 목소리에 화미란은 더욱더 몸을 떨기 시작했다. 기억 속에서 그토록 두려워하던 사람을 떠올리는 듯했다.

"하… 항자웅……. 항자웅 그 사람, 큰 오라버니도 안 될 거 같아. 나 그 사람 싸우는 거 봤어. 나 봤어."

"아, 그 사람을 만났구나. 우리 막내, 많이 두려웠었나?"

화미란의 등을 쓰다듬으며 안립은 중얼거렸다. 그러면서도 안립의 입가엔 쓴웃음이 떠나질 않았다.

그녀의 나이 올해로 서른이 넘는다. 이런 목소리로 아이처럼 굴 나이가 아닌 것이다. 물론 보기엔 그렇게 보이지 않는다.

하지만 사실이다. 그리고 그녀도 자신의 나이를 가끔 제대로 인식한다. 요즘 들어 전혀 인식하지 못하기에 문제가 되는 상황이지만 말이다.

수결 때문이었다. 여러 가지 형태로 나타나지만 그녀에게는 이런 모습으로 수결의 부작용이 나타난다. 점점 사람의 감정이 격해지고 있었던 것이다.

안립과 우안, 그리고 화미란은 각기 수결을 배웠고 나름대로 연마해 왔다. 그 과정에서 서로간의 능력에 따라 각기 다른 방향으로 발전해 갔다.

안립과 우안은 무공 방향으로 계속 발전을 했지만 그녀는 달랐다. 그녀는 조금 특이한 방향으로 선회했는데 바로 자신의 내력을 남에게 넘겨줄 수가 있었다.

남의 무공을 받아 가지고 있다가 다시 돌려주는 것도 가능할 정도로 독특한 무공을 연성하게 되었다. 비록 무공 자체는 별로 쓸모있게 발전하지 못했지만 그 능력 하나만으로도 이미 놀라운 일이었다.

"가져가, 큰오라버니. 내가 가진 것 다 가져가. 그래야 이길 수 있을지도 몰라. 아니면 큰오라버니도 우치주처럼 그렇게 죽게 될 거야!"

사라락…….

그녀는 걸치고 있던 옷을 벗었다. 힘을 모으는 것도 독특하지만 넘겨주는 방법도 독특했는데 남녀 간의 방사로 가능했다.

"아니, 괜찮구나, 막내야. 아직 이 오라버니 그렇게 약하다고 생각하지 않아."

슥…….

떨구어진 옷을 집어 들며 다시 그녀의 몸에 걸쳐주자 화미란의 눈에서 또 한 번 눈물이 치렁하게 고이기 시작했다. 곧 다시 울면서 처음부터 했던 말을 또 할 기세였다.

"일단은 좀 자는 것이 좋겠구나. 자고 일어나면 네 모든 문제가 해결될 것이야."

"으으음……."

일순 그녀의 몸이 추욱 늘어졌다. 참다못한 안립이 수혈을 짚은 것인데 그는 조심스레 바닥에 그녀의 신형을 내려놓았다.

편안하게 자는 그녀의 머리칼을 슬며시 쓰다듬는다. 바라보는 그의 두 눈엔 동정 어린 눈길이 가득 담겨 있었는데 그때였다.

"틀린 말이 아닐 수도 있다. 한 번쯤 그녀의 제안에 대해 생각해 보는 것이 어떨까?"

두 사람 외에 아무도 없는 것이 아니었다. 화미란의 머리맡에서 약 이 장여 떨어진 곳에 한 사람이 가부좌를 튼 채 앉아 있었다.

백발이 성성한 깡마른 노인이었다. 앉은키의 높이로 봐서 제대로 선다면 육 척에 가까울 정도로 큰 키를 가진 사람이었다.

긴 수염이 허리 근처까지 올 정도니 그 나이를 짐작하기도 힘든 사람이었다. 그러나 피부로 본다면 육십대 정도의 나이로 보이는 노인이었다.

"그럴 수는 없지요. 누가 뭐래도 우린 오누이들입니다. 하늘에 부끄러울 짓은 하고 싶지 않아요."

"이미 수없이 한 후가 아닌가? 하늘에 부끄러울 짓이 비단 이런 것뿐이겠나?"

부드럽지만 날카로운 음성이 노인의 입속에서 흘러나왔고 안립은 쓴웃음을 지었다. 하나 노인의 말은 끝나지 않았다.

"누군가의 목숨을 빼앗는 것 자체가 이미 하늘에 부끄러울 짓이지. 자네나 나나 이미 그런 쪽으로는 죄인이 아닌가? 그런 사람이 무슨 죄 하나 더 짓는다고 그리 생각하는가?"

"차라리 이 손으로 이 아이를 죽인다면 그리하겠습니다. 그러나 그 외엔 할 수 없습니다.”

“이제 보니 꽤나 위선자 같은 생각을 가진 친구였구먼. 만사회가 아니라 천약련에 어울리는 친구가 아닌가?”

비웃는 말이다. 말의 어투나 내용 모두 다 말이다. 그러나 안립은 반박하지 못했다.

틀린 말이 아닌데 어찌 반박할 수 있을까? 스스로 생각해도 안립은 누구보다 더 위선자다. 굳이 더 살을 가져다 붙일 필요도 없었다.

“방법이… 역시 없을까요?”

그래도 한마디 툭하고 변호라도 할 만하건만 안립은 전혀 다른 이야기를 꺼냈다. 밑도 끝도 없는 소리지만 눈앞의 노인은 알아들었는지 말을 받았다.

“자네도 이미 알고 있지 않는가? 이건 불가능한 것일세. 수결은 어떻게 변하게 될지 아무도 몰라. 도저히 연구한다는 것 자체가 불가능일세.”

고개를 좌우로 흔들며 노인이 말한다. 사망선고 같은 그 말에 안립은 입술을 질끈 깨물었다. 그냥 지나가는 노인이 이렇게 말한다면 웃으며 넘길 수 있었다.

하지만 그는 아니었다. 만독의 조종이며 반대로 백약을 다스리는 의술의 제왕이 하는 말이다.

만우일추 당혁기, 바로 이 노인이었다. 강호에 명성이 자자한 사천무성 중의 한 명이 이 깡마른 노인을 칭하는 것이다.

그가 안 된다고 하면 안 된다고 봐야 한다. 만에 하나라는 말이 있기는 하지만 그건 당혁기에게 통용되는 말이 아니다. 차라

리 하늘이 무너지고 바다가 마르기를 바라는 것이 더 현실적일
터였다.

"더욱이 자네들이 익힌 수결은 과거 진육협이 익혔던 것과는
조금 다르다네. 어느 부분에 다른 것인지는 자네조차 모르지 않
는가? 이 노인네의 입장은 그저 바라봐 주는 것밖에는 할 수 있
는 도리가 없어."

"그렇군요."

담담하게 대답하지만 안립의 속은 그리 편하지 않았다. 사실
안립에게 있어 마지막 보루는 이 사람이라 생각했던 것이다.

안립이 그의 사제들과 함께 이곳 당문에 들어와 실력행사를
할 때 별다른 충돌이 없었다. 그건 안립이 이곳에 왔을 때 저자
세를 취해서가 아니었다.

당혁기의 결정이었다. 그는 이 당문의 모든 것을 사용하라 이
야기했고 대신 자신을 그 어떤 사람과도 만나지 않게 해달라 했
다.

왠지는 몰랐다. 그리고 부가적으로 몇 개의 조건이 더 있었는
데 당문의 사람들에게 위해를 가하는 것도 금해 달라고 했다.
물론 이 말을 지키는 과정에서 쌍요악이 튀어 나오며 몇몇 문도
들에게 불상사가 일어났지만 그건 안립이 의도한 것이 아니었
다.

안립이 이렇게 나오자 당혁기도 한 가지 일을 해주기로 했다.
그것은 안립의 일행이 익힌 수결에 관한 것으로서 그 부작용을
어떻게든 줄여주고자 했던 것이다.

유안이 가지고 다녔던 약도 당혁기가 만든 것이다. 순간적으

로 수결에 가까운 위력을 내게 하는 약으로 쌍요악과 원살토주가 그 약을 복용했었다.

원래는 이들에 대한 연구용으로 만든 것인데 사용이 조금 다르게 된 것뿐이다. 하지만 당혁기가 할 수 있는 일은 그것뿐이었다.

"과거 수결을 처음 만났을 때도 그랬지. 연구에 연구를 거듭했지만 결론은 나지 않았다. 약물이나 독을 사용해 증진시키는 것이 아니라 무공에 관한 일이었으니 말이야. 그 입장은 지금도 유효하다."

"무공에 관련된 것이라……. 그럼 오히려 진육협이 우리들의 희망이 될 수도 있는 것인가요?"

안립의 말에 당혁기는 묵묵히 고개를 끄덕였다. 그가 할 수 있는 일은 수결을 익힐 때 조금이라도 빠르게 그 효과를 얻을 수 있게 할 수 있었다.

오직 그 정도뿐인 것이다. 차라리 지금 안립이 원하는 방향을 얻고자 한다면 이미 익히고 있는 진육협에 희망을 걸어보는 것이 제일 좋은 방법이었던 것이다.

그러나 진육협에 대한 이야기는 이미 듣고 있는 당혁기다. 당문에 있다고 세상과 단절한 것이 아니기에 그들의 무공이 현재 어느 정도인지 충분히 파악하고 있었다.

그들 중 그 누구도 수결에 대해 비약적인 발전을 보인 사람은 없었다. 모두들 이십 년 전 십무원의 밀지로 들어갈 때와 별 차이가 없었음을 익히 알고 있었다.

"하지만 현재 진육협의 무공 수준으로 봤을 때 그들이 우리가 갈 길을 제시할 것이란 생각이 들지 않는군요. 차라리 진육협보다는 항자웅이란 친구가 더 확률이 높지 않을까요?"

"자네, 왠지 그 녀석을 만난 듯한 느낌이군."

순간 당혁기의 눈이 파랗게 빛났다. 항자웅이란 이름은 당혁기에게도 특별한 것이었다. 과거 십무원에서 그를 봤을 때 무공의 발전에 관해서라면 정말 독보적이라는 생각이 든 유일한 사람이었다.

하나 이십 년 전, 그는 돌연히 강호에서 사라지기를 원했고 그렇게 사람들의 뇌리 속에서 잊혀졌다. 그가 지금까지 무공을 계속해 왔다면 모를까 그렇지 않다면 그 역시 큰 도움이 될 수는 없었다.

"얼마 전에 만났습니다. 정말 엄청난 무공을 지니고 있던 친구더군요. 이 아이가 두려워하는 것을 이해할 수 있을 정도입니다."

"……."

당혁기는 입술을 꾹 다물었다. 비록 눈앞에 있는 안립이란 친구에 대해 많은 것을 알지는 못해도 한 가지 확실한 것은 있었다. 과장 따위나 하는 사람은 아니었던 것이다.

더욱이 안립의 무공은 진육협보다도 높다. 그런 그가 이렇게 말할 정도라면 항자웅의 무공은 정말 대단하다는 뜻이었다.

"수결, 그 이상을 보았다는 것인가? 어떻게 발전시켰다고 하던가? 아니, 그동안 누군가와 같이 연공을 하고 있었다 하던가?"

당혁기는 갑자기 말이 많아졌다. 비록 나이가 들었지만 무공과 독, 의술에 대해선 누구보다도 대단한 관심이 있는 자였다.

관심은 곧 호기심과 다름없는 것이다. 안립은 살짝 웃으며 다시 당혁기를 향해 말했다.

"피차간에 길게 이야기할 상황은 아니었습니다만, 그 단초는 봤습니다. 사실 그게 수결에 기초한 것인지조차 알 수 없었습니다."

말을 하면서도 그는 기억을 더듬었다. 마지막에 보여주었던 한 수, 공격이든 수비든 모두 소용없던 그 한순간이 머릿속에서 계속 보이고 있었다.

과연 그것이 수결로 인해 변한 것인지 아닌지는 모르지만 그에게 있어 부작용 같은 것은 없어 보였다. 그렇다고 그가 수결이 아닌 다른 무공으로 그 정도의 경지를 간 것은 아니다.

그 누구보다 수결을 잘 활용하고 익혔던 항자웅이다. 굳이 그것을 버리고 다른 것을 취할 이유가 없는 셈이었다.

"단초를 봤다라……. 하지만 결국 그걸 자신의 것으로 하지는 못한 모양이군. 아니면 내게 숨기고 있는 건가?"

당혁기의 말에 안립은 다시 한 번 화사한 미소를 머금었다. 긍정도 부정도 아닌 아주 애매한 대답, 그는 잠시 고개를 갸웃거리다 자리에서 일어났다.

슥…….

조용히 오른손을 들어 눈앞으로 들었다. 손끝이 향하는 곳은 당혁기의 가슴 쪽이었다. 정확히 말하면 유근혈 쪽이다.

탓…….

오른발을 앞으로 쭉 내밀자 그의 신형이 움직였다. 길게 앞으로 쫘악 늘어나는 듯하더니 한순간 당혁기의 눈앞까지 다가왔다.

그냥 일직선으로 늘어난 것이 아니다. 약 반 장여 앞에 다다르는 순간 좌우로 흔들리며 심한 변화를 보였다. 당혁기가 어떻게 반응하기도 전의 일이었다.

툭…….

유근혈에 안립의 손가락이 닿는다. 내력은커녕 제대로 힘도 주지 않은 상황이라 당혁기는 다치지 않았다. 그러나 그 이상으로 너무도 크게 놀라고 있었다.

반응하지 않은 것이 아니다. 그는 분명히 반응했고 당혁기도 모르게 내력을 뿜어냈다. 호신강기까지는 아니더라도 반탄력 정도는 느껴져야 했다.

그런데 그렇지 못했다. 그가 뿜어내는 기력 사이를 신형이 비집고 들어왔다. 당혁기로서는 방비할 수도 없는 상황인 것이다.

"이 정도만으로도 이미 수결 따위는 넘어섰다고 생각했었습니다. 그러나 그건 항자웅도 마찬가지더군요. 저와 똑같은 한 수를 사용하는데 놀라 죽는 줄 알았습니다."

"항자웅이 이 정도의 무위를 가지고 있단 말인가!"

당혁기는 놀랐다. 항자웅이란 녀석이 무공에 대해 상당히 좋은 감각을 지니고 있는 것은 알고 있었지만 이 정도까지 발전했을 줄은 전혀 몰랐던 것이다.

그렇다면 그동안 놀고 있었던 것이 아니었다. 어떤 일이 있었는지 몰라도 그는 엄청난 발전을 이루어낸 셈이었다.

"아뇨, 이 정도가 아닙니다. 마지막에 보여주었던 것은 정말 흉내도 못 내겠네요. 가슴속에선 분명 제가 나아갈 단초라 여겨지지만 머릿속으로는 풀어낼 수가 없습니다."

쓸쓸한 고소를 지으며 안립은 말을 마쳤고 당혁기는 입을 벌리며 놀라움을 표시했다. 그로선 지금 안립이 말하는 것 자체를 이해할 수가 없었던 것이다.

이건 상상외의 일이다. 흔히 말하는 천외천(天外天)이란 것인데 하늘 위의 하늘을 말하는 것이나 다름없는 것이다.

안타깝지만 이제부터 그가 할 수 있는 일은 없다. 굳이 할 일이 있다면 조금이라도 빨리 이 상황을 타개할 비책을 생각하는 것 정도라고나 할까?

"후우, 결국은 항자웅 그 녀석이 이곳에 나타나야 하는 일이군. 얼마나 걸릴 것 같나?"

"오기는 오겠지만 적어도 하루 정도는 걸리지 않겠습니까? 야들목에 도악 야율찬과 그가 이끄는 남도단이 있습니다. 게다가 저쪽에 주둔하고 있는 진육협 쪽의 상황도 시끄럽게 굴고 있으니 그곳을 다 처리하고 오려면 그 정도는 걸릴 듯합니다."

"오다가 죽을 수도 있다는 생각은 안들고?"

"그럴 리 없습니다. 세상 사람 누구도 항자웅을 죽일 순 없습니다."

엄청난 맹신이 아닐 수 없었다. 마치 종교적 측면을 보는 듯한 착각 속에서 당혁기는 피식 웃으며 말을 이었다.

"그렇다면 할 일은 한 가지군. 이 방 앞에서 있게나. 그럼 될 걸세."

"밖에 검악과 우안이 있습니다. 그 둘을 뚫고 여기까지 올 수는 없을 겁니다."

"올 걸세. 그것도 꽤 빨리 말이야. 내 말이 틀릴 거라 생각하나?"

"……."

당혁기의 얼굴을 보며 안립은 한쪽 입술을 틀어 올렸다. 그러리가 없었다. 이제까지 당혁기가 생각한 것이 틀린 적은 없었다.

감이 좋은 건지 아니면 상대에 대한 예측이 좋은 것인지 모르지만 그가 온다면 오는 것이다. 안립은 고개를 끄덕이며 말했다.

"그러지요, 그럼. 대신 이 녀석 좀 봐주시겠습니까?"

"그러지. 어떻게든 정신을 돌려놓도록 노력해봄세."

"감사합니다, 어르신."

안립은 신형을 돌려 방문을 향해 나아갔고 그런 안립의 뒷모습을 당혁기는 물끄러미 바라보았다. 두터운 철문을 열고 사라지는 그를 보며 당혁기의 입술이 열린다.

"여기서 이렇게 만나지 않았다면 아니……."

아쉬움이 가득 담긴 목소리다. 듣기 좋으라는 소리가 아니라 진심인 것이다.

"반년만 먼저 만났어도……."

왠지 모를 측은함도 같이 묻어나고 있었다.

* * *

쩌어어어엉…….

좌아아아앗…….

거대한 울림과 함께 십여 명의 사람이 뒤로 물러난다. 양발로 달려서 움직이는 것이 아니다. 양발바닥 모두 땅에 붙인 채 밀려난 것이다.

제일 앞에 있는 사람은 도악 야율찬이다. 그의 뒤에는 아홉 명의 수하들이 있었는데 이들이 한꺼번에 밀려나는 이유는 항자웅의 일격 때문이었다.

그야말로 호쾌한 일격이었다. 아래에서 위로 올려쳐지는 월산도에 실린 힘으로 인해 이렇게 뒤로 튕겨 나가 버린 것이다.

그런데 야율찬 한 사람이 아니라 다른 사람들과 함께다. 이들은 야율찬의 뒤쪽에 서더니 야율찬이 받아내는 힘을 교묘하게 분산하여 자신들도 나누어 해소하고 있었다.

그래서 뒤로 형편없이 밀리지만 단 한 명도 다친 사람이 없었다. 참으로 괴이한 전투법이 아닐 수 없었다.

"몇 번을 해도 마찬가지다. 네가 아무리 대단하다한들 우리들 모두를 한꺼번에 패퇴시킬 수는 없다. 그 어떤 대단한 힘이라도 우린 막아낼 수 있다."

황당한 소리였다. 공격이 아니라 수비에 특화된 듯한 자들이었다. 물론 그렇다고 공격을 하지 않는 것은 아니다.

강렬한 힘을 사용할수록 예비동작이 길다. 그 틈을 노려 가끔 좌우에서 치고 들어오기도 한다. 참으로 귀찮은 짓만 골라서 하는 놈들이었다.

"그렇다면 한꺼번에 패퇴시키면 되겠군. 방법을 일러줘서 고맙다."

말과 함께 항자웅은 다시 월산도를 치켜들었다. 다시금 월산
도에 강렬한 기운들이 어린다.

고오오오오…….

주변의 공기들이 압축되는 듯한 느낌이 들 정도니 그 힘의 크
기는 말할 것도 없었다. 아무래도 이번 공격은 지금까지와는 좀
더 다른 힘이 담겨 있는 듯했다.

"몇 번을 해도 소용이 없다. 진육협이 한꺼번에 덤벼도 마찬
가지이거늘 너 혼자 가능할 리가 없다."

"그건 맞아 봐야 아는 거지. 그리고 그 녀석들이 그렇게 간단
히 무시할 만한 놈들이 아닐 텐데?"

"흥, 그렇게 대단한 자들이라면 아직 살아 있을지도 모르겠
군. 하지만 내 생각엔 이미 이 세상 사람들이 아닐 듯하군."

"…무슨 뜻이냐?"

순간 항자웅의 얼굴이 확 굳어졌다. 그 모습을 보며 야율찬은
확신할 수 있었다. 이 녀석의 약점은 그 알량한 동료다.

뇌악 소진진이 한 말이 있었다. 무언가 그리 좋지 않은 상황
이나 순간이 온다면 그쪽으로 말을 돌리라고 말이다. 그렇게 되
면 뜻하지 않은 좋은 결과를 얻을 수 있다고 했다.

그것이 바로 동료에 관한 이야기다. 특히 진육협에 관한 이야
기는 적절히 사용하기만 한다면 최선의 결과를 뽑아낼 것이라
말했다.

뇌악은 틀리지 않았다. 진육협이란 이름이 나오자마자 그는
분위를 바꾸었고 손을 멈추었다. 비록 얼마 되지 않은 시간이겠

지만 그 정도 시간이면 충분했다.

온몸의 내력을 빠르게 소주천시키며 체력과 힘을 회복하는 것이다. 티내진 않았지만 사실 항자웅의 일격을 막는 것은 그리 쉬운 일이 아니었다.

아니, 오히려 두려울 정도였다. 권악 우치주를 죽였다 했을 때 어느 정도 짐작은 했지만 막상 대하고 보니 이건 상상 이상 이었다. 일격을 받는 순간 여기서 죽을 수도 있다는 생각이 들 었다.

그때부터 항자웅의 심기를 노릴 때만 기다리고 있었다. 아무 리 강한 자라도 이런 힘을 수십 수백 번 낼 수는 없었다. 점점 지 쳐갈 것이 분명했던 것이다.

그가 노리는 순간은 오직 그 한 가지뿐이었다. 그 때문에 시 간을 끌 수 있는 것이 있다면 무엇이든 다 사용할 터였다. 진육 협에 대한 이야기는 그 최후의 것 중 하나였다.

"말 그대로지. 여기 한 명이 있지만 나머지 진육협은 다 죽었 을 지도 모른다. 당문 앞에 있는 자들에겐 좀 버거운 자들이 가 있으니 말이다."

"버거운 자들? 손소, 한구사 그리고 현지초에게 버거운 자들 이 있다고? 그곳에 손진표국의 사람들과 서림진가의 사람들, 당 문십결이 있는 것을 알면서도 그런 소리를 하나?"

이번엔 진덕승이 입을 열었다. 상황을 판단하는 것에 있어 여 기서 그보다 더 빠른 사람은 없었다. 천약련에 있으면서 오랫동 안 단련되었던 것이다.

"진육협 중 셋이 있다 한들 소용없다. 그들이 무슨 불사신이라 되지 않는 한 단 한 명도 빠져나갈 수 없을 거다. 내가 알기론 그들은 그만한 능력이 있어.”

“훗, 이거야 원 당문이 멸문했다는 소리가 더 사실처럼 느껴지겠구만. 너 뭐 하나 제대로 알면서 지껄이는 거냐?”

“나야말로 묻고 싶군. 적이 누군지나 알면서 움직이는 것인지 말이야.”

비릿한 웃음과 함께 야율찬은 한 걸음 뒤로 물러섰다. 이제 몸의 회복은 끝났다. 수비가 아니라 공격이라도 충분할 정도로 말이다.

슬쩍 상황을 살펴보니 항자웅과 진덕승만 앞으로 나와 있고 나머지는 뒤쪽 약 삼 장 뒤에 있었다. 그리고 제일 뒤쪽에 팽가의 사람들이 있었다.

목표는 정해졌다. 삼 장 뒤에 있는 여인 넷과 한 소년, 가장 약해 보이는 들이 표적인 것이다.

여기서 저들의 목숨을 빼앗는다면 그거야말로 최고의 상황이 될 터였다. 사람이 흥분해서 날뛰는 것만큼 제어하기 쉬운 일은 없으니 말이다.

“오호라. 그럼 넌 적이 누구인지 안다는 이야기구만. 귀를 열고 경청할 테니 어디 한 번 들어볼까?”

“굳이 원한다면 알려주지.”

우드드득……

등 쪽에 힘을 주자 척추를 중심으로 근육들이 뭉치기 시작한다. 남들은 단전에 힘을 주는 것이 우선이지만 그는 좀 달랐다.

허리를 중심으로 몸 위쪽이 긴장하게 된다. 그리하여 활시위

같은 탄력을 얻게 되는데 그 탄력이 바로 도악이 성명절기로 삼는 수법이었다.

탄일도(彈一刀), 그의 무공 이름이다. 오늘날 그에게 도악이란 별호를 가지게 해준 원동력이 탄일도였던 것이다.

온몸을 활시위와 같은 탄력을 지닌 채 한 점을 행해 쏘아지는 것이 그 특징이었다. 당연한 말이지만 쾌도 중에서도 이런 쾌도는 세상에 없었다.

"그저 네놈들의 멍청함이나 탓해라!"

콰아앙…….

야율찬이 있던 자리에서 폭발음이 일었나. 비틀린 몸을 한꺼번에 푸는 것과 동시에 온 내력을 발바닥에 집중시킨 결과였다.

주위의 풍광이 긴 선으로 끌리는 듯한 느낌이 들 정도로 빠른 움직임이었다. 단 일보에 일장에 가까운 거리를 움직이니 당연한 현상이었다.

쉬이잇!

항자웅과 진덕승의 곁을 스치듯 지나 뒤로 빠져나왔지만 두 사람은 반응조차 할 수 없었다. 뭐 그건 한두 번 겪은 것이 아니니 놀랄 것도 없다. 당연한 일인 것이다.

문제는 얼마나 빨리 목표물에 도달하는가 하는 문제인데 순식간에 삼 장여를 줄인 후 약 이 장의 거리가 남았을 때 야율찬은 미간에 힘을 주었다.

네 명의 목표물중 확실하게 한 명을 찍은 것인데 개중 가장 나이가 많아 보이는 소녀가 목표였다.

타아앙… 탕……! 파아아앙!

빠르게 세 걸음을 튕기듯 날리며 오른손을 크게 위로 휘돌렸다. 그의 박도가 바람을 가르며 아래에 위로 치달아 올라가고 있었다.

보통은 위에서 내려치지만 그건 속도를 줄이는 짓이다. 이럴 땐 나아가는 방향 그대로를 잡아 쳐올리는 것이 가장 효과적이었다. 역시나 그 생각은 맞아 떨어져서 여인은 자신의 목숨이 위험한 것인지조차 모르고 있었다.

그녀의 목을 조준한다. 그러고는 턱 어림부터 확실하게 베어 버리려는 순간이었다.

쩌어어엉!

"흡!"

야율찬의 입에서 작은 소리가 흘러나왔다. 갑자기 그의 박도가 멈추어지더니 신형마저 한꺼번에 멈추어지자 가슴속에서 울컥하는 것이 밀려 올라왔던 것이다.

그의 박도 앞에 달처럼 휘어진 칼 하나가 막아서는 것이 보인다. 그 칼의 주인은 이 네 명의 여인 옆에 있던 청년이었다.

"도악이라 하기에 권악 같은 인간인줄 알았더니 개만도 못한 놈이로구나! 물러나라!"

카아아아앙…….

야율찬의 눈앞에서 번쩍이는 불꽃들이 허공 가득 피어올랐다. 청년의 월도가 야율찬의 곡도를 잘라 버리려고 하려는 듯 마찰하고 있었다.

물론 그냥 불꽃만 내려는 것이 아니다. 왠지 모를 팽팽한 긴장감이 공기 속에 흐르고 있었다. 아울러 야율찬의 감각이 뭔가 위험하다는 신호를 계속 보내고 있었다.

무의식적으로 그는 뒤로 한 걸음 물러섰다. 그러자 청년의 양 손이 흔들리는 것이 보였다.

"진짜 빠른 것이 무엇인지 보고 싶다면 그리해 주마! 두 번 다 시 이딴 생각하지 못하게 만들어 주지!"

따다당… 두두두둑…….

기이한 소리가 허공에 울렸다. 자세히 살펴보니 청년의 양손 과 발에 찬 철환들이 부러져 허공에 튕겨 올라오는 것이 보였 다. 그러고는 섬뜩한 기운들이 연속으로 느껴졌다.

자연스럽게 야율찬은 온몸에 힘을 주었다. 그러고는 또 한 번 탄일도를 사용하여 뒤로 몸을 빼내었다. 탄일도는 도법이자 보 법이었다.

타아앙… 쉬이이잇…….

급한 와중이라 최대한의 힘을 낼 수는 없었지만 이 정도로도 충분하다고 생각했다. 벌써 일장을 넘게 거리를 벌렸으니 말이 다. 그러나 그건 오산이었다.

키이잉…….

"……!"

야율찬의 두 눈에 월도의 날이 보였다. 거리를 벌리긴커녕 오 히려 저쪽이 더 좁혀온 듯 코앞에 칼날이 있었다.

등에서 땀이 흐르는 것을 느끼며 그는 다시 몸을 뒤틀었다. 그러고는 빠르게 좌우로 신형을 흔들며 수십여 개의 환영을 만 들어냈다.

타타타타타타…….

머리가 아득할 정도로 빠른 몸놀림이다. 앞에 있던 청년도 놀랐는지 거리가 벌려졌다. 그 잠깐의 사이에 몸을 추스르며 야율찬이 신형을 바로 세우려 할 때였다.

시이잇…….

약 일 장 반의 거리다. 상대의 월도는 고작해야 이 척이 안 되는 크기, 닿을 리가 없는데도 청년은 월도를 휘두르고 있었다. 당연히 위협이 될 수 없었다.

그런데 그게 아니었다. 갑작스럽게 가슴 어림이 뻐근해지는 느낌에 야율찬은 대경하며 박도를 들어 올렸다. 많은 싸움을 해 오는 동안 이것이 어떤 징조인지 잘 알고 있었던 것이다.

살기다. 그리고 진짜 두려워할 힘이었다. 야율찬의 오른손에 막대한 진력이 느껴졌다.

쩌어엉!

"크윽!"

박도가 밀려 도배에 가슴이 찍힐 정도로 대단한 힘이었다. 두 발이 모두 땅에서 떠오르는 것을 느끼며 야율찬은 뒤로 튕기듯 날아갔다.

그리 많이는 날아가지 않았을 터였다. 그러나 중요한 것은 그가 날아간다는 사실이었다. 그의 의지가 아니라 누군가의 힘에 의해서 말이다.

퍼어억…….

등어리에 강렬한 충격을 느끼며 그는 이를 악물었다. 그러고는 치밀어 오르는 것을 참지 못하고 그대로 토해냈다.

"욱… 우욱."

투두둑…….

검은 피가 한 움큼이나 입에서 토해졌다. 내상도 아주 제대로 입었다. 이 정도라면 자칫 목숨을 잃을 수도 있는 것이었다.

"비… 빌어먹을……. 대체 이게 무슨… 도… 도기인가?"

말로는 도기라 했지만 그게 아니라는 것은 알고 있었다. 도기라면 이런 느낌이 아니었다. 시전하기 전부터 이미 강렬한 기운들이 느껴지는 것이 도기였다.

강하지만 피할 수 없는 것은 아닌 것이다. 그것에 비해 이건 조금 다른 현상이 보였다.

기척조차 느낄 수 없었다. 느끼는 순간 이미 직격당했다 해도 과언이 아니었다. 마치 허공을 격하고 날아온 일격 같아 보였던 것이다.

그러나 세상에 그런 무공은 없었다. 허공을 격하고 갑자기 밀려들어오는 공격은 말이다. 마치 공간을 베는 듯하지 않는가?

"호오, 드디어 성공한 거냐?"

문득 귓가에 항자웅의 목소리가 들려왔다. 어느새 그는 바로 옆에 있었는데 그가 온 것이 아니라 야율찬이 밀려서 여기까지 온 것이었다.

자신을 이렇게 만든 청년은 멍한 눈으로 월도와 그를 번갈아 바라보고 있었다. 스스로도 뭘 했는지 모르는 얼굴이었다.

"축하한다, 꼬마. 결국 초진도를 연성했구나."

"초진도?"

야율찬은 중얼거렸다. 도법을 하는 이상 초진도가 뭔지 모른다면 말이 되지 않는다. 이 강호의 사천무성이라는 명예로운 칭호를 받은 사람 중 하나의 독문무공이었다.

"그래, 초진도. 서림진가의 초진도."

"……."

"저 녀석 직계거든. 진소군 어르신의 손자야."

야율찬의 입술이 꽉 물려졌다. 왠지 판단이 조금 잘못되었다는 생각이 들고 있었지만 아직까지는 괜찮다고 판단했다. 문제는 저 꼬마가 아니라 이 항자웅이란 놈이니 말이다.

"시도는 좋았는데 판단은 영 꽝인 놈이구나. 정말 네 녀석이 여기 있는 사람들에게 손가락 하나라도 건드릴 수 있다고 생한 거냐? 그 정도의 쾌도로?"

항자웅의 입술이 좌우로 올라간다. 사람 좋은 듯 웃고 있지만 그냥 웃음이 아니다 명백한 비웃음이었다.

"저 녀석이 한 말, 한 번 더 해주마. 귓구멍 씻고 잘 들어."

"……."

"진짜 쾌도… 보여줄까?"

야율찬의 박도가 살짝 흔들리기 시작했다. 놀라서 그런 것이 아니었다. 그의 몸이 자연스럽게 흔들리는 것이었다.

떨고 있었던 것이다. 이성이 아니라 본능의 판단으로…….

2

양손에 들린 검에 작은 힘을 준다. 살짝 줄을 튕기듯 손목을 한번 허공을 들어 올렸다 내린다.

키릭…….

언제나처럼 작은 소리가 귓가에 들려온다. 검동과 검날이 완전히 밀착되지 않아서 나는 소리, 검날이 살짝 흔들리는 소리다.

손소는 이 소리를 좋아한다. 완전히 밀착되지 않아 정확한 초식을 구사하기 힘든 법이라고 사람들은 이야기하지만 그는 개의치 않는다. 오히려 이 작은 달칵거림으로 인해 가끔은 도움을 받는다.

달카닥…….

바로 지금처럼 말이다. 머릿속에서 느껴지는 강렬한 살의를 지우는데 이것만 한 것이 없다. 온정신을 집중하는 가운데 느껴지는 소리들은 바늘 떨어지는 소리라도 천둥치는 소리처럼 들리니 말이다.

수결을 올렸을 때 느껴지는 것들은 손소도 어쩔 수 없다. 까닥하는 순간 완전히 이성을 잃게 되지만 그렇다고 수결을 쓰지 않을 수도 없다.

만만한 상대들이 아니다. 눈을 보이는 것을 따라가려 한다면 어느새 차가운 땅바닥에 누워 있을 터였다. 느끼고 인지한 순간 이미 차후의 움직임을 생각하고 움직여야 겨우 대응이 가능한 자들이었던 것이다.

그러니 수결을 쓰지 않을 수가 없다. 손소는 허리를 뒤틀며 양손을 들어 올렸다. 그가 낼 수 있는 최대한의 반응속도로 검날을 휘둘렀다.

따라라라랑!

시끄러운 소리가 고막을 울리는 가운데 세 사람의 신형이 뒤로 튕기듯 물러났다. 모두 복면을 쓴 자들, 방금 그들의 목을 향해 손소는 쌍검을 휘둘렀었다.

두어 번씩 방어하고는 그대로 몸을 빼고 있었다. 뒤로 쫓아가고 싶지만 그것이야말로 이자들이 원하는 것이다. 가만히 있는 것이 훨씬 낫다.

물론 그냥 가만히만 있어선 안 된다. 그건 스스로 죽음을 찾아 가는 것과 마찬가지의 경우, 저들이 물러난 순간 이미 다른 자들이 손소의 목숨을 압박해오고 있었다.

절묘한 순간이다. 한 호흡 들이마실 시간적 여유조차 없는 공격, 이 정도의 공격을 하려면 꽤나 오랜 시간동안 같이 움직여야 할 듯했다.

좌우에서 두 명이 달려들고 있었다. 역시나 복면을 한 자들, 좌측이 조금 더 빨리 달려오는 중이었다.

"후우……."

숨 돌릴 사이도 없지만 손소는 크게 한숨을 내쉬었다. 폐부에 신선한 공기가 들어온 순간 정신이 번쩍 든다. 그러자 왼쪽에서 날아오는 검날 하나가 보였다.

고작 삼 척 정도 떨어진 곳이다. 그냥 있다간 목이 떨어져 버릴 것이지만 손소는 움직이지 않았다. 대신 다른 사람이 움직이고 있었다.

"음침하기 그지없는 인간이구만. 그렇게 이기면 좀 기분이 낫냐!"

쐐액… 따아아앙……!

기다란 검 하나 눈앞을 스치고 지나가더니 삼 척 앞의 검날을 저만치 밀어버린다. 현지초의 키만 한 장검이 번뜩이고 있었다.

캉… 카캉… 카카카캉!

기왕이면 오른편에서 오는 자도 막았으면 좋으련만 현지초는 오로지 왼쪽 편에 온 자만을 상대하고 있었다. 죽어도 한 놈만 후려 패는 그녀의 성격다웠다.

대신 오른편에서 달려든 복면인은 다른 사람이 상대하고 있었다. 아니, 사람이 아니라 암기였다.

쉬쉬쉿…….

땅… 따당…….

수중의 장검을 휘두르며 사내는 오히려 뒤로 물러나기 시작했다. 슬쩍 바닥으로 눈을 돌리니 암기의 정체가 눈에 들어온다.

동전이다. 그것도 가장 싼 구리 동전, 값어치로 봤을 때 경단이나 하나 먹을 정도였다.

그러나 그 위력은 절대 싼 것이 아니었다. 좌우로 휘어 들어오는 한구사의 암기술은 두 눈으로 보면서도 믿기 힘들 정도로 강한 것이었다.

"숫자로 눌러보려는 얄팍한 생각은 그때나 지금이나 다른 게 없구나."

"있다면 그게 더 이상한 일이겠지. 애당초 그따위로 살아가는 자들 아니겠나?"

한구사의 목소리에 손소는 맞장구를 쳤다. 물론 썩 좋은 이야기는 아니니 당사자로 지목된 자들은 기분 좋을 리가 없었다.

특히나 저쪽 뒤편에 물러난 채 유일하게 움직이지 않던 사내의 얼굴이 굳어진다.

복면이 떨어진 사내, 천약련 감찰원주 화천사 은향인이다. 온화한 얼굴색 그대로 너무도 인자한 표정을 지은 채 손소와 한구사를 바라보고 있었다.

"헛헛, 그래도 오랜만에 보건만 왠지 좀 서글프구나. 그래도 우리가 사부들인데 대접이 이래서 되겠더냐?"

"세상에 어떤 사부가 제자를 죽이려 애를 쓴단 말인가나? 기왕지사 시커먼 속내를 보였으니 그 표정도 바꾸지 그래요?"

은향인의 목소리에 한구사가 이죽거렸다. 그는 아까부터 배알이 비비 꼬인다는 표정을 짓고 있었다.

"말 잘했다, 구사. 이 인간들은 그렇게 인자한 표정이 어울리는 자들이 아니지. 눈 치켜뜨고 옆으로 흘겨봐요. 그럼 딱 맞지."

어느새 돌아온 현지초의 목소리가 들려왔다. 그녀는 땀을 흠뻑 흘린 채 크게 가슴을 요동치고 있었다. 아무래도 체력이 서서히 달리는 듯했다.

무리도 아니다. 벌써 반 시진 이상을 이자들과 싸워왔으니 충분히 이해할 수 있다. 이들은 그냥 보통 무림인들이 아니다.

얼굴이 드러난 은향인을 포함한 여섯 명의 복면인, 그들은 이 강호에서 이름만 말하면 모두 알 만한 사람들이다. 바로 십무원의 교관들이었던 것이다.

진육협의 스승들이었다. 감찰원주의 신분인 은향인을 제외하고 어디서 무엇을 하고 있었는지 베일에 가려져 있던 자들이다.

"헛헛, 그게 난 잘 안되더군. 아무래도 천약련에 참 오랫동안 있었나 보네. 그러고 보니 벌써 이십 년이 다 된 듯한데?"

부드럽고 인자한 웃음이지만 한없이 가식적인 웃음이다. 보는 순간 짜증이 확 돋아날 정도의 두 얼굴인 것이다.

이 자리에 있는 다른 사람들은 몰라도 손소, 현지초 그리고 한구사는 잘 알고 있었다. 이들의 본 모습이 얼마나 추악한지를 말이다.

"아 네, 그러시겠죠. 뭐, 그럼 그리 보이시지요. 다만 그만들 복면을 벗으시는 것이 어떻겠습니까? 누구인지 다 알겠는데 난 모르겠지 하는 표정은 그만 지으시죠."

비틀린 손소의 목소리에 여기저기서 술렁거림이 느껴진다. 물론 이들이 복면을 한 것은 진육협 때문이 아니었다. 그 외의 다른 사람들을 이목을 생각한 것이다.

"어차피 여기 은 교관님께서도 볼 장 다 보였는데 여기 있는 사람들 그냥 두겠습니까? 생각이란 걸 좀 해볼 요량이면 상황판단을 시작해 보세요."

말속에 경어를 붙여주지만 그 내용은 신랄한 비판이었다. 몇몇 사람들의 표정이 변하는 가운데 은향인의 목소리가 들려왔다.

"뭐, 틀린 말은 아니군. 난 저 뒤의 사람들도 살려두고 싶은 마음이 없으니 말이야. 이보게들 그만하고 벗어 던지시게. 마침 호흡 조절도 곤란한 상황이 아니었던가?"

아무리 고수라도 복면을 하고 싸우는 것은 쉽지 않은 일이다. 평소보다 호흡량이 원활하지 않기에 체력도 쉬이 떨어지고 힘도 더 많이 들었다.

어차피 이렇게 된 이상 은향인의 말은 틀린 것이 아니었다. 순간 누군가 고개를 끄덕이며 손을 움직였다.

"그리하지. 나 역시 오늘은 손에 피를 묻히려 온 것이니……."

슥…….

한 사람이 복면을 벗었다. 한 자루 송문고검이 고색창연한 빛을 발휘하고 있던 그는 무당의 양치수(陽値壽)였다.

현무검사(賢武劍士)라고도 불리는 그는 과거 십무원의 교관 중의 하나다. 무당을 대표해서 진육협을 가르쳤었다.

"마찬가지입니다. 굳이 이럴 필요가 없겠군요."

곤륜파의 영주상인이다. 항자웅의 몸이 변하는 유가술을 가르쳐준 자가 바로 이자였다. 그 역시 십무원의 교관이었다.

"그래도 네 녀석들의 무공이 쓸 만해서 기분이 좋다고 해야 하나? 우리가 아주 헛손질을 한 것은 아니었구나."

점창의 일점취군 양백이다. 진육협에게 잠영신보를 가르쳐 주었던 자, 아직도 강호에서 양백이라 하면 밤에 만나지 말라는 말이 있을 정도로 대단한 신법을 보여주는 사람이었다.

그 외 두 사람은 복면을 벗지 않고 있었다. 손소를 그 둘을 향해 눈을 돌렸는데 왠지 모를 이질감이 느껴지는 자들이었다.

"그쪽 둘은 아무래도 우리와 관련이 없었던 자들 같군. 성품으로 보나 나이로 보나 이쪽 사람들과 어울리지 않는 사람들 같은데?"

남자일 것으로 생각한다. 한 사람은 철로 된 수갑을 차고 있었고 또 한 사람은 구환도를 들고 있었다. 여전히 말이 없이 손소만을 바라보는 중이었다.

"친하다고 해서 언제나 같은 생각을 하는 것은 아니지. 뜻이 다르다면 같이할 수 없는 법, 같은 생각을 가진 사람들끼리 모이는 것은 당연한 일이겠지."

"홋, 역시 그런 건가?"

한껏 비틀린 한구사의 목소리가 허공에 울린다. 돈의 흐름을 쫓아 이들의 정체를 추격하기 시작했을 때 살짝 이상한 점을 느꼈다.

두 사람의 흔적이 이상했다. 현재 소림의 방장인 소림의 지천불 일지대사와 청성 삼 장로 중의 한 명인 음이검(音以劍) 황호(黃虎), 두 사람은 너무도 명확하게 활동하고 있었던 것이다.

이 둘을 제외하고 나머지 사람들의 종적은 참으로 묘연했었다. 사천무성과 합쳐 모두 열 명의 사람, 그들이 바로 십무원의 시작이었다.

"어떻게든 여섯 명을 잡아넣겠다라는 것은 십무원의 힘을 가지고 가겠다는 뜻이겠지. 그렇다면 정말 다행이구나. 내 지난날이 완전히 쓰레기처럼 구겨진 것은 아니었어."

한구사는 웃었다. 즐거워 웃는 것이 아니라 처연한 웃음이다. 이런 상황이 못내 가슴 아픈 것이다.

하지만 완전히 아픈 것만은 아니었다. 그렇기에 처연하지만 웃을 수는 있었다. 그 반응에 은향인이 묻는다.

"이해하기 힘든 소리를 하는구나. 무슨 뜻인지 들어봐도 될까?"

“못할 이유는 없겠지요. 말 그대로 우리 추억이 아주 망가진 것은 아니라는 것이지요. 아니, 달리 이야기하는 게 낫겠구나. 내가 참 헷갈리는 것이 하나 있었지요.”

한구사 특유의 비릿한 웃음이 얼굴에 흐르기 시작했다. 돈에 관련된 일을 즐길 정도로 그는 생각이 많은 사람이다. 머리 쓰는 일에 한구사가 힘들어하는 것을 본 적이 없을 정도로 그는 회전이 빠르다.

이번 일에 대해 조사해 달라는 항자웅의 요청을 받고 움직인 것이 꽤 여러 날이다. 그동안 모여든 정보만 해도 한 수레가 족히 될 정도다. 이것저것 결론을 낼 정도는 되는 것이다.

“정말 천약련이 완전히 미쳐 버린 것인가. 아니면 정파라는 곳 자체가 다 돌아버린 것인가 하는 것들이 제일 헷갈렸지. 사실이라면 참 피곤한 상황이 될 수밖에 없으니 말이야.”

“…….”

“그러나 이것으로 확실해졌어. 천약련 전체가 다 돌아버린 것은 아니라고 말이야. 당신은 그저 천약련의 힘을 가지고 움직이고 싶어 할 뿐이지. 기반만 사용할 뿐이야.”

“달라질 것이 있던가?”

처음이었다. 화천사 은향인의 얼굴에서 작은 미소가 떠오르는 것이 말이다. 그 미소는 명백한 비웃음이었다.

비로소 이 상황에 어울리는 표정을 짓게 된 것이었고 이는 한 가지 사실을 의미했다. 한구사의 말이 정곡을 찔렀다는 뜻이다.

“엄청나게 달라지지. 이건 우리 일이 그리 힘들지 않게 됐다는 것을 뜻해. 여기 있는 자들만 후려치면 모든 것을 되돌릴 수 있다는 뜻이니까."

"푸핫핫핫핫, 여기 있는 우리들을 후려쳐? 되돌린다고? 그것이 가능하리라 생각하나?"

눈가에 눈물까지 찔끔거리며 은향인은 커다랗게 웃었다. 마치 아주 즐거운 농담을 들은 것처럼 말이다.

"여기서 우리와 같은 힘을 가진 자들은 너희들 셋뿐이다. 그것도 우리가 제대로 나서면 너희들이 감당할 수 있을지도 모르지. 설마 저 뒤에 있는 사천무성의 떨거지들을 믿고 있는 것은 아니겠지?"

진우헌과 당양우의 눈에 힘이 들어간다. 설마 은향인이 이런 생각을 가지고 있을 줄은 꿈에도 몰랐던 것이다.

설사 힘이 안 된다 해도 전력으로 다해 부딪치고 싶을 정도로 울컥하는 두 사람의 귓가에 손소의 목소리가 들려왔다.

"신경 쓰지 마세요. 워낙이 오래전부터 사천무성 어르신들을 싫어하던 인간들입니다. 십무원에서도 편을 가르더니 아직도 이런 식이군요."

"십무원에서도 이랬단 말이오?"

진우헌의 눈에서 불길이 일어났다. 그의 아버지인 진소군도 이자들에게 이런 대우를 받았다고 생각하니 열불이 올라왔던 것이다.

"그래요. 참 밴댕이 소갈딱지만 한 인간들이거든요. 오죽했으면 항자웅을 포함한 우리 일곱 명은 다 사천무성 어르신들에게 사사받았을까? 그러고 보니 당신들이 가르친 애들은 어디에 있더라? 아 다 무덤에 있지? 오래전 일이다 보니 기억이 좀 안 나서 말이야.”

현지초의 목소리에 사람들의 얼굴이 굳어졌다. 사천무성을 제외한 교관들에게 가장 가슴 아픈 일이 그것이었다.

제대로 된 아이를 길러 내지 못했다. 다 죽었고 남은 것은 사천무성이 가르친 아이들뿐이었다. 그마저도 여기 네 명이 심하게 견제를 하여 겨우 건진 일곱이었다.

지천불 일지와 음이검 황호가 아니었다면 그 일곱 명마저 이들에게 빼앗겼을 터였다. 다행히 그 두 사람이 막아주어 일곱 명은 이들의 제자가 될 수 있었다.

“네년이 눈에 보이는 것이 없나 보구나. 내 비록 마음에 드는 아이들은 없었지만 나 혼자로도 충분히 네년을 도륙할 수 있다.”

“그리 자신 있었다면 지금까지 왜 그냥 두셨을까? 참 다행이야. 내가 너한테 배웠었다면 지금쯤 주둥이로만 싸우고 있었을 것 아냐?”

일점취군 양백의 얼굴에 한기가 덧씌워진다. 더 이상은 참지 못하겠다는 듯 그를 위시로 여섯 명이 앞으로 나서기 시작했다. 아마 진육협의 세 명을 잡고 나면 여기 있는 모든 사람을 다 죽이려 할 것이었다.

“곱게 죽이려 했건만 네놈들은 그 주둥이가 문제로구나. 이 사람을 원망하지 말거라. 다 네놈들이 운명이다.”

은향인도 앞으로 나섰다. 이제 본격적으로 상대하겠다는 듯이 보였는데 앞에 선 진육협의 세 사람은 긴장하기 시작했다.

말은 이렇게 하지만 이들의 실력은 보통이 아니었다. 더욱이 제대로 된 합격을 시작한다면 상황은 어찌 풀릴지 몰랐다.

"운명은 무슨……. 일 대 다수로 싸우는 거 아니면 냅다 도망가는 인간들이 무슨 운명 타령이야?"

"그러게나 말이야. 짜증나는데 내가 송사를 걸어볼까? 왜 맨날 이따위로 싸운데?"

손소의 얼굴에 미소가 감돌았다. 갑자기 들려온 낭랑한 두 개의 목소리는 많이 들어본 목소리였다. 참 오랜만에 듣는 소리이기도 했다.

"왜 이리 늦었어! 기다리느라고 똥줄 타는 줄 알았잖아! 아, 어서 와서 줄 맞춰 서봐!"

"망할 지지배는 진짜……. 너 좀 있으면 아미파 장문인된다 그래서 사람된 줄 알았더니 아미파 사람들을 통째로 오염시킬 기세네."

"큭큭, 암, 그게 정상이지. 미안. 아픈 사람들도 있고 해서 좀 시간이 걸렸다."

낙이언과 송일이었다. 각기 철필과 곤봉을 든 두 사내는 휘적거리며 앞으로 나와 세 사람의 옆에 섰다. 진육협의 사람들 중 진덕승을 제외하고 모두 모인 것이다.

"진육협이라 이름 붙은 것들 중 덕승이만 빠지고 다 모인거네? 쪼금 아쉽긴 하지만 할 수 없지. 한 놈은 손소 네가 맡아. 넌 검이 두 개잖아."

"검 하나에 한 명씩 싸우려고 쌍검 든 게 아닌데?"

"그래? 그럼 이 기회에 한 번 해봐. 잘만하면 무공의 신기원을 이룩할 수도 있을 거야."

"그럴 생각은 손톱만치도 없지만 두 놈 정도는 맡아주지. 마
침 손가락도 근질거리니 말이야."

손소의 목소리에 현지초는 웃었다. 말은 저렇게 해도 정말 믿
음직한 놈이 손소다. 그의 무공은 진육협 여섯 명 중 가장 강했
다.

진육협의 힘 중 반이 손소라 불릴 정도니 두말할 것도 없었
다. 아무리 그들을 가르쳤던 자들이라 해도 손소를 쉬이 이길
수는 없을 터였다.

"손소가 맞는 것도 좋긴 하지만 일단은 우릴 도와줄 친구가
있어서 말이지. 꽤 쓸 만한 친구야. 본 사람들도 있을라나?"

"응?"

낙이언의 목소리에 모두의 고개가 움직인다. 그러고 보니 낙
이언과 송일의 뒤쪽에 한 청년이 서 있었다.

다들 본적이 없는 친구인 듯 고개를 갸웃거렸다. 그러자 청년
이 먼저 입을 열었다.

"빙궁의 왕민이라 합니다. 잠시 동안만 어깨를 같이하도록
하겠습니다."

"빙궁… 왕민? 혹시 이 궁주님의 아들이신가?"

손소의 말에 청년은 웃으며 포권을 올렸다. 대답은 없지만 어
떤 말보다 확실한 의사 표현이었다.

"이 궁주님께 꽤나 영준한 아들이 있다는 말은 들었다
만……. 주화입마에 들었다 하지 않았었나?"

현지초의 목소리에 낙이언은 웃었다. 물론 사실이긴 했다. 하
나 이미 그는 주화입마에서 거의 빠져 나온 것으로 봐도 좋을

정도였다.

"맞습니다. 오랜 시간 동안 주화입마로 살아왔었습니다만 근자에 항자웅 대협의 도움으로 겨우 사람 구실할 수 있게 되었지요. 그래서 이렇게 급히 달려왔습니다. 저희 호법님과 함께요."

"호법? 호법이라면… 하 교관님도 오셨다고?"

현지초는 놀라며 고개를 홱 돌렸다. 그러자 진짜 저 뒤에서 냉막한 표정을 짓는 사내 하나가 서 있는 것이 보였다.

그의 곁엔 작은 여자아이 하나가 뒤에 숨어서 빼꼼이 고개를 내밀고 있었다. 문득 손소의 얼굴에 웃음기가 번져간다.

"핫핫, 정말 오래간만에 뵙는군요. 빙궁에서 너무 오래 머무르신 것 아닙니까?"

"빙궁의 호법이 빙궁에 머무는 것은 당연한 일, 쓸데없는 신경은 그만 거둬라. 너희들이 신경 써야 할 사람은 앞에 있어."

언제나처럼 냉막한 목소리, 그제야 진육협은 얼굴 가득 함박웃음을 지었다. 딱 이십 년 전에 보았던 하린벽의 모습 그대로였던 것이다.

그만이 아니라 뒤쪽에 빙궁의 무인들도 꽤나 많이 보였다. 하나같이 태양혈이 불룩한 게 상당한 무위를 지닌 자들인 듯했다.

"소저도 오랜만이군요. 건강해 뵈니 다행이오."

"헤헤, 네, 오랜만이에요."

이미 손소를 한 번 본 하이화라 배시시 웃으며 대답한다. 손소는 하린벽의 눈을 보며 고개를 살짝 끄덕였다. 일단 여기부터 정리하고 이야기하자는 뜻이었다.

하린벽도 알아들었는지 같이 고개를 끄덕인다. 손소는 신형을 돌려 앞쪽에 있는 자들을 향해 신경을 쓰기 시작했다.

"근데 하 교관 옆에 있는 애는 누구야? 새로 부인이라도 들였나?"

"부인은 무슨……. 딸이야."

"엑! 저 사람에게 딸도 있었어? 진짜로!"

손소의 대답에 현지초는 두 눈을 동그랗게 뜨며 놀라워했다. 그 모습에 한구사는 피식 웃었다.

"뭐야, 그게 놀랄 일이야? 결혼하셨으니 애도 있겠지."

"그렇지만 하린벽이잖아. 천하에 무뚝뚝하기로 둘도 없는 하린벽이야. 놀랍지 않아?"

아무래도 현지초의 머릿속에 하린벽이란 사람의 인상은 보통 사람과는 좀 다르게 들어가 있는 듯했다. 하지만 굳이 여기서 그 인상을 바꾸어줄 필요는 없었다.

일단은 저 앞에 있는 자들부터 상대해야 하는 것이다. 문득 귓가에 낙이언의 목소리가 들려왔다.

"아무리 그래도 네가 아미장문인 된다는 거보다 놀랍진 않다만……."

"저 육시랄 놈들보다 먼저 죽여줄까? 오랜만에 만나니 옛 기억도 다 아름답게 꾸며져 있지, 아주."

"미안, 나이 드니 할 말은 하고 살아야 할 것 같아서 말이야. 잊어줘. 실언이야."

"저놈들 후려패고 나서 보자 아주. 기억 확실하게 나게 해줄 테니."

사삿…….

진육협 중에 가장 강한 사람을 꼽자면 손소를 말하지만 성격 급한 것을 논한다면 그 누구와도 비교가 안 되는 사람이 있었다. 바로 이 현지초가 그 주인공이었다.

피이이잇…….

거대한 검을 든 채 그녀는 이미 허공으로 떠올랐고 이를 시작으로 일행은 모두 짓쳐들기 시작했다. 한때 스승과 제자였던 사람들의 승부가 시작된 것이다.

1

전서구라는 것은 일반적으로 소식을 전하는 것이다. 그리고 그 매개체로 비둘기를 많이 쓰기에 그런 이름을 불렀다.

보통의 경우 한 마리가 회귀 본능에 의해 돌아오고 관리하는 사람도 그때그때마다 살펴보는 것이 아니다. 매 시진 살펴보고 온 게 있으면 보면 되는 것이다.

그러나 뇌악에게 있어 전서구는 그냥 시간 날 때마다 보는 것이 아니다. 그가 어디에 있든 전서구는 날아온다.

올 때마다 살펴볼 수 있는 것이다. 그래서 그의 몸에선 비둘기 냄새가 배어 있는 경우가 많았다. 역한 냄새지만 그는 개의치 않았다.

후드드득… 후드득…….

깃털 날리는 소리가 시끄럽게 들릴 정도였다. 한두 마리가 아니라 한꺼번에 십여 마리는 날아오는 듯했다. 그 발에 묶인 전통만 빼내는데도 꽤 시간이 걸릴 정도였다.

"호오, 이렇게 보니 장관이 따로 없구만. 갑자기 그리 많은 전서구들이 날아 들다니, 뭔가 다른 일이 생긴 것인가?"

지켜보고 있던 방양대사가 입을 열자 소진진은 살풋이 미소를 머금었다. 물론 등지고 있기에 얼굴 표정까지 보일 리는 없었다.

하지만 방심할 수 없었다. 그가 이야기하고 있는 사람은 천하의 방양대사, 만일 상황이 조금이라도 안 좋아지는 듯하면 바로 내쳐 버릴 사람이었다.

"되지도 않는 머리 굴리지 말고 어떤 작은 것도 보고하라 했으니 그럴 수밖에 없을 겁니다. 괜히 일 망치는 거 내 눈으로 보는 거보다 차라리 귀찮은 게 낫지요."

"헛헛, 천하의 뇌악이 하는 말이니 아무리 광오해도 당연하다 생각이 되는구나. 과연, 판단이 안 되는 자들이 판단해 봤자 더 일만 꼬이게 될 뿐이지."

고개를 끄덕이며 방양대사는 동의를 표했다. 소진진은 살짝 고개를 끄덕인 채 이내 다시 내용들에게 집중하기 시작했는데 왠지 그 모습을 보는 방양대사의 눈빛이 날카로워졌다.

불과 반 시진 전까지만 해도 아무런 동정이 없었다. 그런데 갑자기 이렇게 많이 온다는 것은 뭔가 있다는 뜻이었다.

변화가 생긴 것이다. 상황이 변한다는 것은 의외의 일들이 일어나고 있다는 것, 그냥 가만히 있어야 할 상황이 아니었다.

"항자웅에 대한 이야기인가?"

그저 한 번 부드럽게 물었을 뿐이다. 아니라면 별것 아닌 반응이 있을 터였지만 유감스럽게도 너무 눈에 띄는 반응이 나왔다.

"그리 큰일은 아닙니다만. 아무래도 도악이 예상한대로 움직이지 못하는 것 같군요. 생각보다 그쪽의 힘이 강한 듯합니다."

그래서일까? 순순히 문제가 생겼다고 그는 인정했다. 숨기는 것 보다 차라리 드러내 놓는 것이 낫다고 생각한 모양이었다.

"생각보다 강해? 자네답지 않군. 그쪽에 있는 게 항자웅뿐만이 아니라는 것은 이미 알고 있지 않나? 도후의 힘이 어느 정도인지 모르는 건가?"

"……."

"아니, 도후뿐만이 아니지 팽가의 가주도 있고 어리지만 진소군의 직계후손도 있어. 약하다면 그게 더 이상한 일이 아니던가?"

부드러운 어투였지만 이건 분명한 질책이었고 소진진은 등어리에 살짝 땀이 배어나는 것을 느꼈다. 이 부드러운 질책이 무서워서가 아니다.

너무 정확히 알고 있었다. 지금 소진진은 원살토의 살수들을 정보원으로 쓰고 있었다. 어디서 숨어 상황을 살피는데 그들만한 사람들은 없었다.

보이는 것만 쓰라고 했으니 당연히 그리했을 터였다. 과연 보내온 전통엔 생생한 현장 묘사가 쓰여 있었고 아주 유용한 많은 정보들이 있었다.

무릇 정보라는 것은 하나만 봐서는 안 된다. 그 어떤 정보라도 세 개 이상의 눈으로 봐야 한다. 하나는 적, 하나는 아군, 그리고 또 하나는 객관적인 시선이다.

그렇게 보고 나서야 비로소 정보라는 것이 생긴다. 즉 이리저리 생각해 봐야 판단할 수 있는 것이다.

그런데 방양대사는 이 모든 과정을 생략했다. 그러면서도 정확하고 빠른 판단을 했는데 그건 방양대사도 나름대로의 정보망이 있다는 뜻이었다.

어쩌면 소진진이 가지고 있는 것보다 훨씬 나은 것일지도 몰랐다. 소진진은 전서구로 눈에 띄게 움직였지만 방양대사는 그 어떤 움직임도 없었다.

어떻게 정보가 전달되었는지 조차 알 수 없었던 것이다. 보면 볼수록 신비로운 인물이 아닐 수가 없었다.

"그렇다면 일단 변수가 생겼다는 일이 되겠군. 자네가 말한 두 가지 변수, 거기에 한 가지를 더 추가해야 되나? 항자웅이란 인물 말일세."

"그건 아닐 것입니다. 아직까지는 충분히 제어할 상황입니다. 곧 천무맹의 본대도 올 것이구요."

뭔가 잘못되어 가고 있지만 소진진의 눈빛은 확고했다. 그 어떤 상황이 닥쳐도 큰 줄기는 이미 흐르고 있다고 본 것이다.

"자네답지 않군. 원군을 생각하다니 말이야. 그건 곧 지금 상황이 자네가 예측한 범주를 넘는다는 말이 되겠군."

"…완전한 부정은 하지 않겠습니다."

빙빙 돌려 이야기하지만 결국 인정한다는 뜻이었다. 소진진의 그런 모습에 방양대사는 씁쓸한 미소를 머금었다.

"그렇다면야 더 할 말은 없겠지. 기왕지사 변수가 생긴 거라면 이쪽에서도 변수 하나쯤은 둬야겠지. 아까 말한 것 중에 하나를 해볼까나?"

소진진의 눈썹이 꿈틀거렸다. 그렇다면 방양대사가 움직인다는 뜻이었던 것이다.

"물론 아직까지 진육협은 잘 막아지고 있다는 전제하에 말이지. 그곳은 괜찮겠지?"

"물론입니다. 믿을 만한 분들이지 않습니까."

소진진의 목소리에 방양대사는 고개를 끄덕였다. 이제 더 이상 이곳에서 할 말은 없었다. 방양대사는 허리를 살짝 틀며 몸을 움직이기 시작했다.

"자네는 이곳에 있게. 저 안에 들어가 봤자 별다른 할 일도 없을 테니……. 이제부터는 나의 영역이라 생각하겠네."

"네, 대인. 그리하지요."

소진진의 대답이 채 끝나기도 전에 방양대사는 움직이기 시작했다. 그가 간 방향은 왼쪽, 당문의 정문이 있는 곳이었다.

이제 그가 스스로 움직이기 시작한 것이다. 소진진은 알 듯 말 듯한 미소를 지었다.

"변수라……. 뭐, 어떤 상황이든 변수는 생기게 마련이니……. 중요한 것은 어떻게 해결하는가 하는 것이지."

방양대사의 뒷모습을 보며 소진진은 중얼거렸다. 슬쩍 움직인 순간 이미 방양대사는 시야에서 사라진 후라 소진진의 목소리를 들을 턱이 없었다.

"어디 과연 얼마나 대단한 변수를 만들어내는가 그걸 한번

볼까나?"

슉… 스슥…….

전서구들의 발목에 있던 말려 있던 양피지들이 땅바닥에 떨어진다. 지금까지 소중하게 다뤄왔던 것들이 한순간에 쓸모없는 취급을 받은 것이다.

하나 그건 당연한 일이었다. 정확한 정보들이 많은 것은 좋은 일이지만 그것들이 쓸모있을 경우나 가능한 일이었다.

지금 가장 중요한 것은 정보가 아니다. 강호의 문제를 해결하는 방식으로 볼 때 힘이 우선이 될 터였다. 그럼 그 힘의 균형을 봐야 한다.

저쪽에는 항자웅이 있다. 그 외에 진육협과 도후, 당문십걸에 서림진가 등이 있지만 그건 모두 해결할 수 있는 문제다. 요는 항자웅을 어떻게 묶는가 하는 것이었다.

이쪽에서 그를 해결할 수 있는 사람이 있는가 없는가에 따라 이 승부는 결말이 뒤바뀌게 될 것이다.

그래서 눈으로 직접 봐야만 했다. 마침 방양대사가 나선다 하니 지금이 기회였다. 똑똑히 보고 다시 한 번 형세 판단을 해야 했다. 과연 그가 이쪽에서 내세울 만한 충분한 패로 어울리는지를 말이다.

만일 방양대사가 비기거나 이길 가능성이 있다면 그에게 맞춰야 한다. 모든 계획은 이제 방양대사를 중심으로 짜야 한다는 뜻이었다. 그렇게 되면 이 정보들은 모두 쓸데없는 것이 된다.

"수고들 했구나. 그러나 당분간 너희들은 필요없겠다, 훠잇!"

후드드드득…….

마지막 남은 전서구를 하늘에 날린 후 그는 돌아섰다. 이미 멀어져 가는 방양대사의 뒤를 쫓으며 한껏 은밀하게 움직이고 있었다.

*　　　*　　　*

가후인은 눈을 감았다. 주변의 공기가 미친 듯이 요동치고 있었지만 그의 마음속은 달랐다. 이미 고요한 물과 같이 평정심을 유지한 상태로 들어가 있었던 것이다.

눈을 감았기에 아무것도 보이지 않는다. 그러나 보이지 않는다고 느낄 수 없는 것은 아니다.

일장 반 거리였다. 얼굴을 비롯한 몸의 전면이 따끔거릴 정도로 강렬한 기운, 과연 천약련의 내무원주를 맡고 있는 사람다웠다.

"검악이라. 꼭 한번 만나고는 싶었다. 이런 기회를 준 하늘에 감사하다 말하고 싶군."

묵직한 목소리가 귓가에 들려온다. 그리 크게 느껴지진 않지만 그의 존재감은 아니다. 귀가 아니라 온몸으로 느껴지는 존재감은 거대하다 못해 두렵기까지 했다.

만사회주 안립의 말처럼 백 명의 선발대는 오지 않았다. 그들은 정말 움직이지 않은 채 이곳과 진육협이 있는 곳, 그 중앙에 진을 치고 있었다. 여차한 경우 양측 어느 쪽으로든 이동이 용이하게 만들 요량인 듯싶었다.

　이렇듯 백 명의 선발대는 없지만 그보다 더한 긴장감이 가후 인의 온몸을 휘돌고 있었다. 그들은 없지만 동자패권 우호가 눈앞에 있었기 때문이었다.

　동자패권 우호라는 이름은 그 정도의 긴장감을 가질 만한 이름인 것이다. 천무련 내무원주란 직책은 그냥 연줄로 된 것이 아니다. 순전히 그 무공 그 자체만으로 그 자리에 올라선 입지 전적인 인물이 이자였다.

　"하늘에 감사해야 할 사람이 누구인지는 승부를 봐야 하는 것이겠지. 그 주인공이 자신이 될 것이란 것은 섣부른 판단이라 이야기하고 싶다."

　가슴속에 요동치는 심장의 움직임을 잔잔히 누르며 가후인은 말했다. 그러자 우호의 입술이 살짝 올라간다.

　"평소라면 승부에 관해 이런 이야기를 하지도 않는다. 하나 넌 사사악주의 한 명, 그렇다면 난 반드시 이긴다. 광오하다 해도 난 그리 말할 수밖에 없다."

　괴이한 소리였다. 언뜻 들으면 무슨 주문 같기도 한 말, 그러나 그건 그가 품고 있는 의지의 표현이었다.

　악에 지지 않겠다는 것이다. 그리고 승리를 위해선 무슨 짓이든 다 하겠다는 의미이기도 했다. 아울러 이 승부엔 반드시 목숨이 걸린다는 뜻도 포함되어 있었다.

　"생각은 자유지. 그러나 그 생각만큼 양손도 자유로운 지 그건 알 수 없겠지. 왠지 말이 길다고 생각되는 것은 나 혼자뿐인가?"

　"아니, 동의한다. 말은 이 정도면 되었겠지."

우우우웅…….

우호의 몸에서 거대한 기력이 피어오르기 시작했다. 그 누구보다 강한 양강의 힘을 지닌 우호의 진산무공이 모조리 끌어 올려 지고 있는 것이다.

"네 녀석은 이다음에 손봐주도록 하지. 뭣하면 같이 와도 좋다만……."

"아아, 사양하지. 그보다는 눈앞에 집중하는 것이 좋을 거야. 이 친구, 만만치 않아."

우안은 손사래를 치며 웃었다. 그는 이미 오 장 이상 멀찍이 물러난 채 아름드리 노송에 등을 기대며 편안히 서 있었다.

"그럼 그리하도록 하지. 조심하시게."

고개를 끄덕이며 우호는 앞으로 크게 발을 내딛었다. 내딛는 순간 이미 일 장여의 공간을 확 줄여나갔다.

둘 사이의 거리는 삼 장이었다. 삼 장이면 보통 사람이 꽤나 내 달려가야 하는 거리지만 우호에게는 아니었다. 단 두 걸음이면 충분했던 것이다.

터어엉…….

크게 앞으로 도약을 하며 일 장을 더 줄였다. 그러고는 오른손을 뒤로 젖히며 내력을 집중하기 시작했다.

아주 간결한 동작이었다. 가까이 다가와 주먹을 휘두르는 것, 그러나 그 간결한 동작 하나가 가지고 있는 힘은 상상을 초월했다.

파아아아앙…….

가까이 오기도 전에 파공음부터 들려올 정도로 대단한 힘을 담고 있었다. 힘이 그 정도니 속도는 두말할 것도 없었다.

가후인은 검을 들고 있는데도 공격 대신 수비를 택했다. 무시하고 피하면서 쳐낼 일격이 아니라는 것을 은연중에 깨달은 것이었다.

가후인은 오른손에 든 검날을 앞으로 내밀었다. 순수한 일격은 순수하게 받아주어야 한다. 괜한 기교 부렸다가는 그것으로 끝이었다.

쩌어어엉!

그냥 검만 앞으로 내민 것이 아니다. 옅기는 해도 분명 검기가 스며들어 있는 검날이다. 그런데 그 검날이 지금 부러질 듯 진동하고 있었다.

팔목, 팔꿈치, 어깨와 허리가 자연스럽게 뒤로 밀려난다. 확실히 위력에서 그를 당할 수는 없을 듯했다. 정파의 여러 무인들 중에서 내력으로 손꼽히는 사람이 그였으니 당연한 일이었다.

검이 부러지지 않은 것이 더 신기할 정도였다. 하지만 이 정도의 충격은 가후인도 이미 예상한 것이었다.

문제는 이후였다. 여기서 더 수세로 돌아선다면 그건 필패였다. 가후인은 뒤쪽으로 쭉 뻗은 오른발에 힘을 주었다.

지이익… 투우웅…….

밀려나는 신형을 다잡고 바로 앞으로 몸을 날렸다. 우호가 양손을 좌우로 쫙 벌리고 있었지만 상관없었다.

그의 검은 위력 면에서 떨어질지 몰라도 그 외의 장점이 있었다. 지금부터는 그 장점을 가지고 상대를 해야 할 것이었다.

슥… 스슥…….

마치 장난이라도 치는 듯 가후인은 오른손을 좌우로 휘둘렀
다. 어린아이가 물장난을 치는 듯한 동작이라고나 할까? 지켜보
던 우호까지 미간을 찡그릴 정도로 무공과는 거리가 먼 것이었
다.

하나 그 표정은 이내 지워졌다. 우호의 등 뒤에서 날아온 검
은 기운 때문이었다.

"괴이한 놈이었구나!"

쉿… 쉬쉿…….

괴이하다고 하지만 우호의 동작 또한 일반적인 것이 아니었
다. 그는 마치 술이라도 취한 듯 좌우로 흔들거리며 날아오는
검은 기운들을 피해 내고 있었다.

취팔선보(取八仙步)였다. 개방에서도 익힌 사람이 별로 없다
는 취팔선보가 펼쳐지자 그의 모습은 이제 모호하게 느껴진다.
상대의 사각을 교묘히 이동하는 취팔선보의 효능이 나타난 것
이다.

하지만 보법에 자신있는 것은 우호뿐만이 아니다. 가후인 또
한 움직임엔 자신있었다.

쫘아아앗…….

그의 신형이 한줄기 선이 된다. 취한 듯 흔들리는 우호의 주
변을 마치 연기처럼 스며들며 그 주변을 돌기 시작했다. 서로의
사각을 향해 이동하는 셈이었다.

하나 이렇게 되면 유리한 것은 가후인이었다. 가후인은 검을
사용하고 우호는 권을 사용한다. 가후인의 검이 훨씬 더 긴 것

이다.

당장 공세로 돌아설 수 있는 것이다. 권장술을 성명절기로 한 사람들이라면 누구나 이해할 수 있는 경우였다.

쉬쉬쉬쉬쉿!

순식간에 그의 검날이 허공에 춤추었다. 거리는 일장이 조금 안 되는 거리, 이 정도라면 검을 운용하는데 최적의 거리였다.

어디선가 검은 어둠의 칼날들이 우호의 전신을 노리자 우호의 얼굴이 변했다. 듣도 보도 못한 공격에 살짝 당황한 듯 보였지만 그건 아주 찰나간의 일이었다.

검날의 개수만큼 양손에서 장력이 폭발한다. 손이 보이지도 않을 만큼 빠른 움직임이었다.

파파파파팡!

검날들이 모조리 깨어져 나갔고 그 공간을 우호가 비집고 들어갔다. 다시금 반 장의 거리로 다가선 것인데 이렇게 되면 우호가 유리한 거리였다.

"염화(炎火)!"

화르르륵…….

이것이 정말 무공인가 하는 생각이 들 정도로 희한한 일이 일어났다. 우호의 양손에서 불길이 피어올랐던 것이다.

마치 차력사들이 재주라는 부리는 것처럼 말이다. 그냥 뜨거운 아지랑이가 아니라 양손에서 불길이 피어오르고 있었다. 오히려 뜨거운 것은 느껴지지 않는다.

대신 섬뜩한 살기가 온몸을 내리누르자 가후인은 아랫입술을 질끈 깨물었다. 이건 충분히 긴장하고 또 긴장해야만 하는 초식이었다.

우호가 양손을 휘두르자 거대한 불길의 잔영이 피어올랐다. 물론 그 동작 속에는 취팔선보가 같이 들어 있다. 불길의 잔영은 마치 하나의 화마처럼 피어올라 영원이 허공에서 불타오를 것 만 같았다.

감히 얕보지 못하고 가후인은 온몸의 내력을 끌어 올렸다. 오른손의 검날이 다시 한 번 부서질 듯 떨려온다. 그러나 이건 가후인이 밀어 넣은 내력 때문에 생긴 떨림이었다.

"차앗!"

스파파파팡!

반 장여의 공간속에 붉은 불길들이 꽃길처럼 휘날리기 시작했다. 가후인은 보법을 펼치며 그 불길들 속을 헤쳐 나갔다. 감히 맞받지 못하고 모두 흘려버리는 수밖에는 없었다.

타타타탕……! 타탕……! 타타탕!

머리가 징징 울릴 정도의 울림이 그의 몸 주변에 가득차기 시작했고 가후인은 미간에 온 신경을 집중했다. 이 정도의 위력이라면 아차 하는 순간 그는 정신을 잃을 수밖에 없었다.

맞아서 잃은 것이 아니라 장력에 스치기만 해도 그럴 것 같았다. 당연히 모든 감각을 다 동원했고 그렇게 미친 듯이 몸을 뒤집었다.

얼마의 시간이 흘렀는지도 알 수 없었다. 한순간 가후인은 두 눈을 부릅떴다. 딱 한순간 우호의 모습이 또렷이 보였다.

피이잇…….

하고 싶어 한 것이 아니다. 그냥 반사적으로 오른손이 나아간 것인데 진짜 무의식이 이루어낸 것이었다. 보이기만 한 것이지 어디를 찌르겠다고 생각한 것도 아니다.

하지만 그 한 수는 결과적으로 너무도 적절한 한 수가 되었다. 우호의 두 눈이 커지면서 양손이 가슴께로 올라가는 것이 보였다.

공격에서 수세로 돌아서는 순간인 것이다. 가후인은 허리에 힘을 꽉 준 채 그대로 앞으로 신형을 기울였다.

타아아앙……! 기기기긱…….

특이한 소리가 들린다. 부러지는 것도 아니고 그렇다고 튕겨지는 소리도 아니다. 뭔가에 잡히는 듯한 둔탁한 소리였다.

아직까지 울리는 이명음에 모든 광경들이 확실하게 눈에 보이지 않는다. 물론 그 현상은 오래가지 않았다.

잘못 들은 것이 아니었다. 이명음이 사라지고 완전히 눈이 제대로 보이게 되었을 때 가후인은 아랫입술을 질끈 깨물었다. 전혀 짐작하지 못했던 광경이 눈앞에 펼쳐져 있었던 것이다.

그의 검이 곧게 나아가 있었다. 그리고 검의 중앙 즈음에 두 개의 두터운 손이 보였다. 동자패권 우호의 양손이 검날을 사이에 두고 박수를 치는 듯한 동작을 취한 것이다.

둔탁한 소리의 정체가 이것이었다. 양손으로 합장을 하는 소리, 놀랍게도 칼날을 잡은 채 내력으로 버티고 있는 중이었다.

"이런 초식이 있다고 말은 들었지만 설마 진짜 존재할 줄이야……. 기예라고 해야 하나? 정말 놀랍군."

"손가락으로도 잡는 사람이 있거늘 기예라 할 것도 없겠지. 그리고 놀란 것은 나다. 이건 무슨 무공이지?"

솔직히 멋들어지게 이야기하고 싶다. 이건 어찌해서 만들어진 것이라 이런저런 이름이라 말이다. 그러나 이 마지막 초식은 그도 처음 보는 한수다.

아니, 그저 죽고 싶지 않아 내지른 것뿐이다. 그것이 우연하게도 잘 맞아 들어가 이렇게 동수를 이룬 것뿐이니 할 말이 없었다.

"모른다. 나도, 그냥 살고 싶어 내지른 초식이다. 그뿐이야."

"그런가? 그런 것치고는 너무 멋들어진 것이군. 그 어떤 쾌검보다도 빠르고 강력했다."

"네 무공도 대단했다. 하긴 이 정도의 힘은 있어야 우릴 내칠 정도가 되겠지. 그리고 그것이 위선자들의 올바른 태도일 테니까."

"…그게 무슨 소리지? 누가 네놈들을 내쳤다는 것이냐?"

"……"

검날을 잡힌 채 가후인은 미간을 찡그렸다. 왠지 이 상황이 좀 의심스러웠는데 아무래도 그가 생각을 잘못한 것 같았다.

우호는 전혀 모르겠다는 얼굴로 의혹을 가득 담아 바라보고 있었다. 만일 연기라면 참 소질 있다 생각될 정도였다.

"이런 이런, 이렇게 되면 안 되는데 잘들 나가다 왜 서로 이야기를 주고받으시나."

둘 사이의 묘한 분위기 속에 우안의 목소리가 들려왔다. 우호는 몸을 틀며 검날을 팅겨낸 후 일 장여 뒤로 물러나며 외쳤다.

"무슨 꿍꿍인지 모르지만 역시나 간악하기 그지없구나! 그 정도로 나의 집중력이 흐트러질 것 같은가? 꽤 괜찮은 무사를 만났다고 생각했더니 아니었나?"

"……."

가후인은 고개를 돌렸다. 처음으로 우호에게서 눈길을 떼어 뒤쪽에 있는 우안에게 향한 것이다. 그 눈빛의 의미는 하나였다.

"아아, 그 사람은 아니야. 진짜 천약련의 골수 무인이라고. 우리가 십무원에서 키워졌다는 사실도 모르는 사람이야."

"뭐라고!"

우호의 두 눈이 부릅떠졌다. 뭘 어떻게 생각하고 자시고 할 것도 없었다. 머릿속이 하얗게 물들어 가고 있었던 것이다.

2

야율찬은 어금니를 꽉 물었다. 최대한 힘을 내며 오른손으로 그 힘을 보내고 싶었지만 그게 잘 되질 않았다.

내 의지대로 내 몸의 힘을 움직이는 것, 참으로 일 같지도 않은 것이다. 그런데 그것이 잘 되질 않는다. 힘을 보내기는커녕 모으는 것조차 힘들었다.

그 이유는 이 눈앞에 있는 사람 때문이다. 쾌검을 보여주겠다던 항자웅이 보였는데 사실 그 앞에 나와 있는 다른 사람 때문이었다.

도후 팽연지, 곧 죽어 관짝에라도 들어가야 할 나이의 노파 때문이라는 것이 믿겨지지 않겠지만 그건 이 작은 노파가 움직이는 것을 보지 않아서다.

그녀의 도법, 특히 자신의 키보다도 한 뼘 정도 큰 거도를 휘두르는 것을 보면 모골이 송연할 지경이다. 그녀를 앞에 두고 항자웅을 걱정할 때가 아니었다.

"고작 십여 초를 받고 세상 다 산 표정 짓지 말거라, 아이야. 아직 이 녀석이 할 이야기가 적지 않구나."

귓가에 파고드는 그녀의 목소리가 송곳처럼 느껴진다. 평소 같았으면 나불거리는 저 주둥이를 박살 냈겠지만 유감스럽게도 지금은 그리할 수 없었다.

"할 이야기가 있다면 얼마든지 해보시지. 몇 번이든 들어줄 테니."

짐짓 호기로운 목소리로 대답했지만 스스로 생각해도 설득력이라고는 손톱만큼도 없는 이야기였다. 입에서 나오면서도 작게 떨렸던 것이다.

"오호호, 꽤나 남자다운 녀석이구나. 그래, 사내라면 의당 그래야지. 그럼 사양하지 않고 가마."

슥…….

거대한 힘을 끌어 올리는 게 아니다. 주위의 풍광이 일그러질 만큼 엄청난 내력을 끌어 올리는 것도 아니었고 온몸이 떨릴 정도로 강렬한 살기를 뿜어내는 것도 아니었다.

그저 조용히 거도를 들고 온다. 마치 유랑이라도 나온 듯한 움직임으로 말이다. 워낙 자연스럽게 들고 와서 저 거도의 무게가 상당하다는 것조차 잊을 정도였다.

사사사삿…….

그녀가 움직이자 남도단도 움직인다. 자연스럽게 야율찬의 뒤로 와 대형을 잡고 있었는데 언제나처럼 같은 움직임이었다.

그러나 그 기운은 이전과 다르다. 빠르고 정확하게 움직였던 이전에 비해 제자리를 찾는데 시간이 걸린다는 것이 느껴진다.

물론 그리 큰 차이는 아니다. 눈 한 번 깜박일 정도의 시간이니 말이다. 그러나 이는 분명한 차이다.

팽연지 정도의 고수와의 싸움에서 이 정도 차이가 난다는 것은 이미 승부가 기울기 시작했다는 뜻이었다. 힘들어 하고 있는 것은 야율찬 혼자만이 아니었던 것이다.

"이 한 번이나 버틸 수 있으려나. 헛헛, 조심하거라, 아이들아."

쉬이잇…….

팽연지의 거도가 허공으로 들려지자 야율찬은 온몸에 힘을 주었다. 어떻게든 그가 기댈수 있는 것은 오직 하나 이것뿐이니 말이다.

하나 그것으로 공격을 하는 것은 아니다. 그것보다는 이 엄청난 위력의 거도가 제대로 내려쳐지는 것을 조금이라도 막는 것이 주목적인 것이다.

"차아앗!"

커다란 기합성과 함께 그는 오른손을 뻗었다. 팽팽히 긴장되어 있던 온몸을 원래대로 돌리면서 말이다. 목표는 위에서 소리 없이 내려쳐지는 팽연지의 거도였다.

카아앙…….

정확하게 막았다. 그것도 박도의 날로 막은 것이 아니라 칼끝으로 찌르듯이 말이다. 온몸에 칼끝으로부터 느껴지는 강렬한 하중이 느껴진다.

그가 낼 수 있는 최대한의 힘이다. 문득 그의 등에 두 개의 손길이 느껴진다. 언제나처럼 수하들이 장을 뻗어 같이 하중을 막으려 하고 있었다.

"정확하긴 하지만 때로는 그 정확함이 약점이 될 수도 있지. 바로 이런 경우에 말이다."

기이이이이잉!

"흡!"

야율찬은 헛바람을 들이켰다. 일순 주위의 공기들이 한꺼번에 내려쳐지는 듯한 느낌이 든 것이다.

엄청난 중결(重結)이었다. 등 뒤에서 버티고 있는 수하들의 상태도 한순간에 나빠졌다. 그녀의 거도는 그저 한 사람만 노린 것이 아니라 일정 범위 이상을 한꺼번에 노렸던 것이다.

그야말로 무지막지한 힘이었다. 야율찬은 이를 악물고 버티려 했지만 그의 등 뒤에 있는 사람들은 무리였다. 하나둘씩 쓰러지는 느낌이 분명하게 느껴졌다.

"크윽……."

어금니를 꽉 깨물지만 더 이상 방법은 없어 보였다. 한순간 야율찬의 손목에 가해지는 힘이 사라진다.

따아아앙…….

야율찬의 박도가 반으로 부러졌다. 그나마 막고 있던 것이 날아가자 야율찬은 절망할 수밖에 없었다. 이젠 꼼짝없이 죽는 일만 남은 것이다.

턱…….

문득 목 어림에 차가운 것이 느껴지자 야율찬은 고개를 들었다. 온몸으로 느껴졌던 거대한 압력은 어느새 씻은 듯이 사라진 후였다.

대신 그냥 무거운 거도가 목 어림에 턱하니 올려졌던 것이다. 뭐라 하기도 힘든 완벽한 패배였다.

"어떠냐, 아이야."

팽연지의 목소리가 들린다. 그녀는 어느새 코앞으로 다가와 쪼글한 얼굴을 들이밀고 있었다.

"다시 한 번 해볼까? 웅?"

거도를 치우고 그녀가 말한다. 할머니 답지않은 미소가 그녀의 얼굴에 떠올라 있었다.

"아주 박살을 내시는구나."

"그 성격 어디 가겠나. 아마 지금 죽기보다 싫을 거다, 저놈은."

진덕승과 항자웅의 목소리에 진월은 쓴웃음을 지었다. 조금 전까지 희열감에 들떠 가슴이 두근거렸지만 지금은 아니다.

정말 놀라웠다. 저 야율찬이란 자가 달려 들었을 때 스스로 발출했던 한 수, 그 한 수는 틀림없이 항자웅이 하는 것과 같은 모습이었다.

검기도, 검강도 아니다. 공간 자체를 베는 힘, 바로 그것이었다. 물론 그리 크게 그어진 것은 아니다. 기껏해 봤자 제대로 벤 것은 약 일 척 정도의 길이일 터였다.

그러나 그 경지를 맛보았다는 것이 중요하다. 단 한 번도 가

보지 못한 곳, 그 미답의 대지에 발을 들여 놓는 기분이 들어 한 껏 고무되어 있었던 것이다.

아직도 손가락이 간질거린다. 그때의 감각을 모두 다시 살려 다시금 발출해 보고 싶지만 지금은 그럴 때가 아니었다. 지금은 저 앞에 있는 도후의 움직임에 압도당하고 있을 뿐이었다.

"손가락이 근질근질 하는가 보구만. 지금이라도 가서 말해봐 '선배님 비켜보세요' 라고 말이야."

"날 뭘로 보는 겁니까? 강호에서 한 사람 매장당하는 거 보고 싶어요?"

"호오, 아직 앞뒤 생각할 정신은 있다 이거구만. 의외인데?"

장난기 가득한 항자웅의 목소리에 진월은 입술을 삐죽 내밀 었다. 비록 농담이긴 해도 항자웅은 정확하게 진월의 마음을 꿰 뚫어 보고 있었던 것이다.

"방금 전의 느낌을 기억하기 위해 뭐라도 하고 싶겠지만 참 고 봐라. 지금 도후께서 보여주는 것은 다른 사람도 아니고 널 위해 움직이고 있으신 거다."

"네?"

항자웅의 목소리에 진월은 두 눈을 동그랗게 떴다. 아니 진월 뿐만이 아니라 옆에 있던 사람들 모두가 다 항자웅을 바라보기 시작했다.

"도후께서 펼치시는 무공은 팽가의 오호단문도다. 그러나 그 안에 녹아 있는 진실한 힘을 봐. 네가 초진도를 펼친 순간 이미 결심하신 것 같으니……."

"무슨 말이에요? 뭘 주의해서 보란 말이죠?"

진월은 진지한 얼굴을 만들었다. 사실 지금 도후가 펼친 무공은 초식으로 따져도 몇 초식 되지 않는다.

기껏해야 십여 초식을 펼쳤을 뿐이다. 그런데 뭘 보라는 것인가? 그저 느낀 것은 도후의 내력이 너무도 대단하다는 것뿐이다.

"도후께서는 자네에게 중결(重結)의 묘리를 알려주시려는 것이야. 초진도에 이른 과정이 쾌결이라면 그 발전은 중결으로 가야 하겠지. 그런 의미로 한 말이 아니었나?"

"뭐야. 다 가르쳐 주면 재미없잖아. 조금 더 뜸 들이고 이야기해 보려 했더니……."

입술을 툭 내밀고 항자웅이 말하는 걸 보니 확실히 그 말이 맞는 듯했는데 진월은 미간을 찡그렸다. 대체 무슨 말을 하는 것인지 도무지 알 수가 없었던 것이다.

쾌결(快結)를 주로 해왔던 그다. 항자웅 덕분에 진짜 쾌도라는 것이 무엇인지 알았고 그로 인해 초진도의 끝자락을 볼 수 있었다. 지금도 그 점은 참으로 감사하다.

그런데 왜 갑자기 중결이 필요하다는 것인지 이해할 수 없었던 것이다. 한데 이런 의문은 진월만 가진 것이 아니었다.

"기이한 일이군. 확실히 우리 팽가의 오호단문도가 세상에 보기 힘든 중결을 담고 있기는 해도 여기 진 공자의 초진도에 도움이 되는지 알 수 없네. 설명해줄 수 있겠나?"

팽가주 양문도 팽양까지 의문을 느낀 듯 물어오자 항자웅은 신형을 돌렸다. 그러자 모든 사람들의 시선이 한꺼번에 모인다.

심지어 저쪽 끝에서 서 있던 팽호와 화인까지 귀를 쫑긋거리고 있었다. 항자웅은 실소를 흘리며 말을 이었다.

"어려운 이야기는 아닙니다. 확실히 속도를 말하는 것이라면 쾌결을 사용해야 하지요. 그러나 위력을 따지자면 쾌결이 아니라 중결이 되야 한다는 것이죠. 그뿐이에요."

"왠지 뭔가 좀 많이 생략되어 있다는 느낌이 드네요. 기왕지사 말씀해 주시는 거 시원스럽게 다 말씀해 주시면 안될까요?"

"역시 요 꼬마, 이거 구렁이 다 됐어. 아주 내 속에 들어와 있네그랴."

"이런 광경 어디 한두 번 봤어야지요. 심지어 이 대화도 언젠가 했던 것과 참 유사한 것 같은데요."

대화를 하는 항자웅과 진월, 두 사람의 이마에 작은 핏줄이 툭하니 튀어 올라왔다.

"뭐, 그렇다면 조금 더 이야기해 주지. 쉽게 말해 쾌결에 중결을 없는다고나 할까? 이렇게 이야기하는 것이 좀 더 쉬울 것 같구만."

"쾌결에… 중결을 없어요?"

어려운 말은 아니다. 못 알아들을 소리도 아니다. 그러나 전혀 이해할 수 없는 말이었다.

쾌결에 환결을 없는 것은 이해가 간다. 성질상 유사한 점들이 조금이나마 있으니 말이다. 그러나 쾌결과 중결은 너무 성질이 다르다.

거의 반대의 성질을 가진 것이나 다름없는데 이 두 가지를 어떻게 섞는단 말인가? 도무지 이해할 수 없는 이야기였다.

"그래, 그리 보면 될 것이야. 어렵다고 생각하겠지만 사실 그리 어려운 것은 아니지. 도후께서는 이미 오래전부터 통달한 경지이기도 해."

"도후께서 이미 그 경지를 넘어서셨단 말입니까?"

항자웅은 고개를 끄덕였고 팽양은 두 눈을 동그랗게 떴다. 같은 집안사람임에도 불구하고 이런 사실을 전혀 모르고 있었다.

"네, 이십 년 전에 우리가 도후께 배웠을 때도 이미 그 정도는 넘어서셨지요. 도후께서 펼치는 오호단문도는 보는 것과는 다릅니다. 아마 지금 저기 야율찬이란 자는 차라리 죽고 싶을 겁니다. 도후의 앞에 섰다는 것이 얼마나 두려운 것인지 겪어보지 않은 사람들은 모르거든요."

옛 생각이 나는 듯 진덕승이 입을 열었고 항자웅은 고개를 끄덕였다. 그말 그대로 팽연지는 오래전에 도달해 있던 경지였다.

"진짜 팽가도법이 무서운 것은 그 거대한 힘이 아니었지. 힘이라고 착각해 버리는 순간 날아오는 쾌결이 진짜 무기야. 게다가 그 무공 속에 쾌결이 섞여 있다는 것을 상대는 전혀 눈치채지 못해."

스릉…….

문득 항자웅은 자신의 월산도를 들어 올렸다. 팽가의 거도에 견주어도 전혀 밀리지 않을 정도로 커다란 칼이다.

"내가 사천무성의 네 분께 얻은 것은 그분들의 정수가 아니야. 그분들은 뭔가 주면서 최고의 제자가 되길 원하지 않았지. 그건 그저 하나의 기준만 제시해 주실 뿐이었어."

"……."

"도후께서는 중결의 힘을 알려주셨지. 그리고 중결이라는 것

이 그저 내리 누르는 위력만이 아니라는 것을 끊임없이 가르쳐
주셨어. 오로지 그것 하나만 배웠다구."

저벅… 저벅…….

그가 움직인다. 부러진 박도를 보며 망연자실한 표정을 짓고
있는 야율찬을 향해서 말이다. 기척을 느꼈는지 팽연지도 뒤를
돌아 항자웅을 바라보고 있었다.

"이 늙은이가 못미더워서 나온 게냐? 아직까지 꽤 쓸 만한 몸
뚱이라 생각하고 있었거늘 네 생각은 다른가 보구나."

"그럴 리가 있겠습니까? 다만 저 뒤쪽에 있는 꼬마가 하도 보
채서요. 그냥 하나 보여주고 말라구요."

"헛헛, 이 녀석, 매일 투닥거리기만 하는 줄 알았더니 마음속
으로는 많이 챙겨주고 있었구만."

"그 말은 저쪽에서 하지 말아줘요. 진가 꼬마 녀석, 하늘 높은
줄 모르고 콧대 높아지니 말이에요."

그녀가 싱긋 웃는다. 야율찬에게 보여주었던 그 나이답지 않
은 웃음에 항자웅도 웃었다.

"그 사람 두근거리게 만드는 미소는 그만 지으시고 잠시 물
러나시죠. 그냥 한 번으로 끝낼게요."

"오호, 아직까지 먹힌단 말이지. 당씨 노인네나 한 번 더 꼬셔
볼까? 어차피 죽을 날도 얼마 안 남았는데 한 번 제대로 놀아
봐?"

"제가 팽가 사람들이라면 말리겠지만 제자인 관계로 전혀 말
릴 생각이 없군요. 편하실 대로 하시죠."

"일없다. 진가 노인네라면 모를까 생각해 보니 당가 노인네

는 음침해서 싫어. 그냥 혼자 더 놀다 갈란다.”

신형을 돌리며 뒤로 가는 그녀를 보며 항자웅은 피식 웃었다. 항상 죽는다는 말을 입에 달고 살지만 아직 그가 보기엔 백 년은 더 살 정도로 정정해 보였다.

항자웅도 신형을 돌렸다. 그러고는 바로 냉막한 얼굴이 되어 눈앞에 있는 사내를 보았다. 부러진 박도를 들고 아직도 가쁜 숨을 몰아쉬고 있는 도악 야율찬이었다.

“미안, 내가 나선다 해놓고 뒤에서 있었지? 보다시피 아직도 팔팔하게 정정한 노인네라 막을 수가 있어야지.”

한쪽 눈을 찡긋거리며 항자웅이 말하지만 야율찬은 아무런 말이 없었다. 아마 아직도 회복이 안 된 듯했다.

회복이 안 된 건 그만이 아니었다. 그의 뒤쪽에 같이 있던 자들, 남도단 역시 거의 대부분 제대로 서 있는 자들이 없었다.

“시간이 없으니 간단히 하지. 하나만 알려주마. 그곳에 가만 있으면 죽는다.”

“……”

“죽든지 살든지 네놈이 정하란 뜻이다. 기회는 한 번이니 잘 생각해라.”

고오오오오……

확실히 항자웅은 도후와는 달랐다. 도후는 조용히 움직이는 유형이었지만 항자웅은 확실한 모습을 보여주었다.

사방에 엄청한 기의 회오리가 일어났던 것이다. 항자웅을 주변으로 약 이 장여 주변이 모두 회오리의 영향력에 속했다.

“오냐! 죽여 봐! 우핫핫핫하! 내가 죽어도 난 내 일에 성공했지. 이 정도의 시간을 끌었으면 된 것이다. 지금쯤 진육협이란 놈들은 시신이 되어 땅바닥을 뒹굴고 있을 테니까!"

마지막 오기인지 야율찬은 커다란 소리를 질렀다 마치 한번이라도 더 항자웅의 심기를 긁어 놓는 것이 사는 이유라도 된 것처럼 말이다.

"훗……."

하지만 항자웅의 반응은 너무도 담담했다. 그저 한번 피식 웃고는 바로 오른손을 들어 올렸던 것이다.

스릉…….

"후욱!"

그저 월산도를 들어 올렸을 뿐이었다. 그러나 그 효과는 대단했다. 야율찬의 정수리부터 척추를 지나는 선을 따라 강렬한 살기가 피어올랐던 것이다.

그냥 살기만으로 머리가 쪼개질 듯이 아파올 정도로 대단한 것이었다. 이 정도라면 정말 사람 죽이기를 밥 먹듯이 해야 가능할 정도라 생각될 만큼 대단한 살기였다.

자신도 모르게 다리가 떨리는 것이 느껴진다. 야율찬은 아득해지는 정신을 붙잡으며 미간에 힘을 주었다.

그의 눈에 항자웅의 월산도가 내려쳐지는 것이 보인다. 한순간이지만 야율찬은 몸을 떨었다. 그의 머릿속에 반으로 쪼개지는 자신의 몸이 그려졌던 것이다.

머릿속에 아무런 생각이 나지 않는다. 만일 죽게 된다면 멋들어지게 죽을 것이란 생각을 한 적이 있었다. 삶에 집착하는 꼴사나운 모습은 보이지 않을 것이라 굳게 다짐했다.

그러나 정작 죽음을 앞에 두자 그런 것 따윈 전혀 생각나지 않았다. 그저 본능이 이끄는 대로 그는 옆으로 몸을 움직였다.

쫘아아앙!

그가 서 있던 자리에 엄청난 흙기둥이 피어올랐다. 가만히 있었다면 반쪽이 아니라 가루가 되었어야 할 만큼 강렬한 일격이었다.

그가 있던 자리 전후로 기다란 선이 하나 땅에 그어졌다. 물경 한 자에 달하는 깊이로 삼 장여 앞에 있는 항자웅에 이르기까지 그어진 긴 흔적이었다.

엄청난 위력이었다. 이건 도후에 비교될 만한 성질의 것이 아니었다. 도후가 보여준 것이 강물이라면 이건 넓디넓은 대해라 해도 틀림이 없었다.

무려 삼 장의 거리를 격하고 날아온 일격에 야율찬은 멍한 표정을 지었다. 이건 검기나 검강 뭐, 이런 것들과는 전혀 궤를 달리한 무공이었다.

그냥 잘려 버린 것이다. 검기라면 사전에 날아오는 느낌이 있다. 아무리 대단한 내력의 소유자라도 그럴 수밖에 없었다.

하나 방금 항자웅이 날린 일격은 그런 것과는 아예 달랐다. 마치 공간에 뭐가 뚝 떨어져 버린 듯한 그런 느낌이었다.

"결국 살자고 하는구만. 그래 놓고 뭘 그리 대단한 척 지껄이나?"

항자웅의 목소리가 들려오고 야율찬은 멍한 눈을 들어 그를 바라보았다. 풀린 다리로 서 있을 수도 없어 야율찬은 땅바닥에 주저앉아 있었다.

한 걸음 옆으로 움직여 살아남을 수 있었던 것이다. 스스로 생각해도 한심한 처사였다.

"그리고 아까부터 진육협이 뭐, 어쩌니 저쩌니 하는데 그만 좀 지껄여. 그놈들은 네놈이 걱정해야 할 정도로 그리 약한 놈들이 아니야."

"……."

그는 아무런 할 말이 없었다. 애당초 처음부터 이자를 막는다는 것은 불가능한 일이었던 것이다.

그가 마음만 먹었다면 일 각도 버티질 못했을 것이다. 야율찬은 너무도 확실하게 이를 깨달았다.

"살아 뭐할지 모르겠지만 앞으로 한 가지만 더 깨달아라. 지금은 그냥 보내주지만 다음은 없다. 다음에 보면 불문곡직하고 어깨 위에 달린 것이 떨어져 내릴 것이야."

야율찬에게 말한 후 항자웅은 신형을 돌렸다. 죽은 사람들은 한 명도 없었지만 그건 아무래도 좋았다.

애당초 나선 이유가 이들을 죽이기 위해서가 아니니 말이다. 그가 나선 것은 오직 한 가지 진월에게 보여주기 위함이었다.

진월은 지금 방금 전의 일격을 보고 뭔가를 느꼈는지 골똘히 생각을 하고 있었다. 그 결과물이 어떤 방향으로 나올지는 모르지만 적어도 항자웅이 쓸데없는 짓을 한 것은 아니라는 증명은 되고도 남음이 있었다.

항자웅은 고개를 들었다. 정오를 지나 서서히 저녁으로 지나가는 시간속의 하늘은 그 푸른 색깔이 점점 흐려지고 있었다.

"조금은 되돌려 준 겁니다. 그럼 되는 거겠죠?"

작은 중얼거림이 항자웅의 입술 사이로 흘렀다. 아울러 그의 머릿속에 한 사람의 모습이 떠올랐다. 언제나 삶의 기준이 되었었던 사내, 진소군의 모습이었다.

1

　가후인은 한쪽 얼굴을 일그러뜨렸다. 뭔가 귀찮은 일을 만났을 때 취하는 그의 습관, 아무래도 괜한 이야기를 한 것이 아닌가 하는 생각 때문이었다.

　그냥 말없이 싸웠다면 이런 일은 없었을 터였다. 그냥 말하다 보니 당연히 알고 있을 것이라 생각하고 툭하니 내뱉었다. 그런데 상황은 전혀 엉뚱하게 풀려갔다.

　"확실히 답하라! 누가 십무원에서 컸다는 말이더냐! 그저 작은 곤궁함을 피하기 위해 지껄인 것이라면 정말 네놈들은 곱게 죽을 생각은 포기하는 게 좋을 게야!"

　우호의 눈에서 불길이 일었다. 정말 진실을 알기 위해 무엇이든 할 기세였는데 가후인은 일순 어찌해야 할지 전혀 감을 잡을 수가 없었다.

이에 우안이 대신 나섰다. 뒷머리를 긁적이며 앞으로 나와 우호를 향해 입을 연 것이다.

"첫째, 솔직히 그리 위험한 상황은 아니니 그 말은 별로 와 닿지가 않고 둘째, 죽인다고는 하지만 당신 실력으로 봐선 거기 검악도 제대로 상대할 수가 없을 것 같네. 그러니 우리가 괜한 격동을 시키고 있다고 그만 생각하는 것이 어떨까 하는데?"

살짝 비틀린 목소리가 우안의 입속에서 흘러나오자 우호는 미간에 힘을 주었다. 가뜩이나 일그러진 인상을 짓던 사람이라 더더욱 인상이 안 좋아졌다.

"오냐, 그렇다면 말을 바꾸지. 십무원을 본거지로 활용한다는 뜻이더냐? 이곳 당문은 그저 이목을 돌리기 위한 수단으로 활용한 것이고?"

"에?"

"십무원에서 컸다는 말은 즉, 십무원을 이용했다는 말, 불법적으로 점거해서 사용하지 않는다면 네놈들이 어떻게 십무원이란 곳을 입에 담을 수 있겠느냐! 그렇지 않다면 우리 천약련에서 네놈들과 손을 잡았다는 이야기가 되질 않더냐!"

우호의 입에서 서슬 퍼런 이야기가 튀어 나오자 우안은 웃었다. 비웃는 것이 아니라 진심으로 웃었다. 웃겨서 말이다.

"이야……. 비관론이나 음모론 같은 것을 지껄이는 사람은 많지만 이렇게 완벽하게 벽창호 같은 인간은 처음 보는군. 어떻게 하면 그따위로 상황이 인식되는지 모르지만 억측은 그만해 주겠어? 듣다보니 구역질이 날 것 같아서 말이야. 카아아앗…… . 퉷……."

가래침을 뱉으며 그는 인상을 확 구겼다. 대체 어디서부터 이야기를 시작하면 좋을지 생각하다 보니 머리가 아파온 것이다.

"일단 이것부터 이야기하지. 천약련에서 우리들과 손을 잡았다고? 아니, 그건 아니야. 우린 손잡은 적 없어."

우호의 눈에서 작은 안도감이 떠오른다. '그럼 그렇지'라고 말하는 듯한 얼굴 표정이다. 보는 우안의 얼굴에 작은 경멸감이 떠오른다.

"손잡은 것은 아니지. 우린 처음부터 천약련의 사람들이었으니 말이야. 그러니 우리가 십무원에서 살았던 게 점거라 볼 수 없어. 우린 십무원에서 살면서 제대로 교육받은 사람들이라고."

"뭐… 뭐라고!"

우호의 얼굴이 사색이 되었다. 설마하니 이런 이야기가 나올 줄은 생각도 못했다는 얼굴이었다.

물론 그럴 것이다. 지금 이 말은 이 강호에 분란을 일으킨 만사회라는 곳이 천약련에서 만들어졌다는 이야기가 되니 말이다. 우호의 입장에서는 이런 악몽이 없을 터였다.

"네놈… 입에서 나오는 대로 지껄이는 것이라면……."

"그 참 사람 짜증나게 만드는군. 그럼 이건 어떻게 설명할래?"

순간 우안의 몸에서 강렬한 기운이 피어올랐다. 우호조차 놀랄 정도로 강력한 기운이었다.

그러나 진짜 놀랄 것은 그 기운의 크기가 아니었다. 섬뜩하면서도 사이한 기운, 그 기운의 느낌이 문제였다.

이건 사람에게서 느껴지는 기운이 아니었다. 마치 짐승들에게서나 느껴지는 기운들, 이 기운이 어떤 것인지 우호는 너무도 잘 알고 있었다.

"수… 수결! 어떻게 네가 수결을……!"

"배웠으니까 알지. 그것도 아주 제대로 된 것으로 말이야. 보여주는 김에 하나 더 보여줘?"

우안은 주먹을 쥐었다. 꽉 쥔 것은 아니고 달걀을 쥔 듯 빈 공간을 만들면서 말이다. 그러고는 장난을 치듯 앞으로 쭉 뻗었다.

슥……. 스스슥…….

그러나 그 장난 같은 손짓은 이내 엄청난 변화를 가져왔다. 좌우로 흔들리는 듯하더니 크게 휘어져 우호에게 다가왔던 것이다.

보는 우호의 두 눈이 커다래질 정도로 말이다. 워낙 정묘하고 신기한 광경이긴 하지만 그래서 놀란 것이 아니었다.

문제는 그 초식이었다. 그건 너무도 잘 아는 초식이었던 것이다.

"항룡십팔장! 대체 그걸 어디서……."

틀림없었다. 그건 개방 내에서도 장문인들에게만 전한다는 항룡십팔장이었던 것이다.

우호로서는 정말 사색이 될 수밖에 없는 일이었다. 이건 개방 내에서도 절대 밖으로 반출할 수 없는 무공, 아는 것 자체가 의심스러운 일이었다.

"이 정도면 믿어주실라나? 아니면 아직도 증거가 더 필요해?"

장난스러운 웃음을 지으며 우안이 말하지만 우호는 어떤 이야기도 할 수가 없었다. 그저 지금 이 상황을 어찌 받아들여야 할지 고민에 고민을 계속할 수밖에 없었던 것이다.

모든 것이 혼란스럽기만 한 상황이다. 뭘 어찌해야 될지 모르는 순간, 낯익은 목소리 하나가 들려왔다.

"증거는 필요없겠지. 차라리 이 사람이 증명해주는 것이 나을 테니 말이야."

"누구……!"

우호는 고개를 돌리다 흠칫했다. 그곳엔 언제 나타났는지 승복을 입은 승려가 서 있었던 것이다.

우호의 입장에서는 절대 모를 사람이 아니었다. 하얀 수염을 길게 내려뜨린 이 승려는 바로 천약련의 련주, 제신승 방양대사였던 것이다.

"아니, 련주님! 이곳에 언제… 혼자 오신 겁니까?"

반색을 하는 우호를 향해 방양대사는 부드러운 웃음을 지었다. 그로서는 천군만마를 얻은 기분이었다.

"허허허, 혹시라도 자네가 곤란하게 될 줄 알고 왔네만 재미있는 말들을 하는군. 이거 내가 오히려 흥을 깬 것은 아닌지 모르겠어."

"련주님! 그 무슨 말입니까? 그리고 이자의 말이 정말 사실입니까? 정말 우리 천약련에서 이자들을 기른 것입니까!"

우호의 신경은 이제 완전히 방양에게 가 있었다. 그는 싸움보다도 이 현실이 더 문제라 생각하는 듯했다. 사실이라면 이건 보통 큰일이 아니었다.

정파 무림의 근간을 뒤흔들 수도 있는 일이기 때문이었다. 정을 수호해야 할 천약련에서 오히려 사악한자들을 키워 내다니, 있을 수 없는 일이었다.

"자자, 차근히 이야기해 봅시다. 오해가 있다면 푸는 것이 옳겠지요. 우선 저 친구들 문제부터 이야기해 드릴까요?"

"네? 아… 예."

너무도 차분한 그의 목소리에 우호는 오히려 얼떨떨한 심정이었다. 방양대사는 인자한 미소를 지으며 입을 열었다.

"결론부터 말하자면 저 친구의 말이 옳네. 꽤 오랫동안 우리 십무원에서 교육을 받은 친구지. 상당히 수련 성적이 좋았다는 보고를 들었어."

"……."

우호는 이젠 할 말도 없었다. 그렇다면 저 녀석은 진짜 천약련에서 키워진 자란 뜻이었다. 아울러 이 모든 상황은 천약련에서 의도한 것이라 해도 과언이 아니었다.

"이 녀석 말고도 두 명이 더 있지. 우리 천약련에서 배출해 낸 기재들이 말이야. 십무원의 본 기능이 유지된 것이지. 대단하지 않나? 이 녀석들의 실력은 상당해."

"그 무슨……. 지금 제정신이신 겁니까?"

우호가 알기로 이미 십무원은 제 기능을 상실한지 오래였다. 십무원은 마교의 발호 때 그들을 상대하기 위한 인재를 만드는 목적으로 설립된 것이니 말이다.

작금의 십무원은 거의 고관대작들의 자제나 구파일방의 쓸모 없는 친구들 한둘 보내 놀게 만드는 것이 고작이다. 당연히 십무원의 밀지는 공개되지 않았다.

"이보게, 우호. 우리에겐 힘이 있네. 그리고 그 힘을 제어할 능력도 있지. 그런데 왜 그 멋진 시설들을 사장시켜야 하나?"

"밀지까지 개방해 오셨던 겁니까!"

우호는 두 주먹을 꽉 쥐었다. 이건 잘못된 것이다. 천약련에서 이렇게 움직인다면 세상에 그것을 막을 수 있는 곳은 존재하지 않는다.

천약련은 그냥 강호의 여타 문파와 비교할 수 없다. 그곳은 초법적인 존재이기에 가질 수 있는 힘이 너무도 크다. 당연히 그 중심은 제대로 잡혀 있어야 한다.

그 역할이 련주가 할 일이었다. 어느 한쪽에 치우치지 않고 오판을 경계하며 공정한 눈으로 세상을 바라보지 않으면 세상은 어지러워질 수밖에 없었던 것이다.

"천약련 내무원주 개방의 우호, 련주께 한 말씀 올리겠습니다."

"음? 무엇인가? 어서 말씀해 보시게나."

진중한 우호의 말에 방양이 대답했다. 언제나처럼 부드러운 미소를 띤 채 말이다. 조금 전에 들었던 말들이마치 꿈처럼 생각될 정도였다.

하지만 이건 꿈이 아니다. 그렇기에 결단 역시 내려야 했다. 그것이 천약련에 몸을 담은 우호가 할 일인 것이다.

"련주께서 그런 생각을 가지셨다면 이 사람은 그냥 있을 수
없습니다. 저는 천약련의 내무원주, 이 일은 반드시 짚고 넘어
가야 하겠습니다."

"헛헛 당연하겠지. 그리하세요. 그것이 내무원주님의 생각이
라면 얼마든지 하셔도 좋습니다."

우호는 미간을 찡그렸다. 지금 그가 말한 것이 무슨 뜻인지
련주가 제대로 모르는 것처럼 느껴졌던 것이다.

그는 지금 이 사실을 구파일방의 수장들에게 알려 련주를 탄
핵하려 하는 것이다. 한데 이를 알면서도 그는 그러라고 하는
것이다.

"련주님, 제 말이 무엇인지 아시겠습니까? 전 지금 련주님
을……."

"날 탄핵한다 말씀하신 것 아닙니까? 그걸 못 알아들었을 것
이라 생각합니까? 이 사람의 귀는 아직 쓸 만합니다, 헛헛."

모르는 척하는 게 아니라 진짜 알면서 이야기하는 것이다. 탄
핵을 당하게 된다면 모든 것을 다 잃게 되는데 왜 이리 반응이
없는지 이해할 수 없을 정도였다.

"내 밑의 사람이 그렇게 생각을 했다면 그리해야지요. 그런
제도가 제대로 활용이 되어야 우리 천약련이 더욱더 발전을 하
는 것이 아닙니까?"

"련주님……."

우호의 눈이 흔들린다. 이 강호를 뒤흔들어 놓은 사람이 할
말은 아니다. 모든 것을 책임지겠다는 말이 아닌가?

순간적으로 그가 잘못 생각하는 것이 아닌가 하는 생각이 들

정도였다. 이 사람이라면 한 번의 기회 정도는 더 주어야 할 것
이란 생각마저도 드는 순간이었다.

　푸욱…….

　"……."

　섬뜩한 소리가 귓가에 들려온다. 아울러 심장을 불로 지지는
듯한 끔찍한 고통도 같이 말이다. 그는 눈을 내렸다.

　왼쪽 가슴에 뭔가 박혔다. 노란색의 승복이 보이고 그 아래
하얀 살결이 보인다. 믿기 힘들지만 누군가의 손이었다.

　"하지만 그건 생각만으로 있어야 할 것입니다. 그게 진짜 일
어나서는 절대 안 되는 일이지요. 그러니 이럴 수밖에 없군요."

　"려… 련주… 련… 주……."

　우호는 뭔가 말을 하려고 했다. 그러나 더 이상 뭔가 더 할 수
는 없었다.

　파삭… 후두두둑…….

　엄청난 피가 가슴에서 터지듯 흘러나왔다. 방양이 손을 움켜
쥐어 심장을 터뜨려버린 것이다.

　털썩…….

　우호의 신형이 쓰러졌다. 동자패권이라는 별호를 지닌 채 강
호를 풍미했던 그는 그렇게 초라하게 죽어간 것이다.

　"위안이 될지 모르지만 저들도 곧 당신을 따라가게 될 것입
니다. 그러니……."

　슥… 스윽…….

　피가 묻어 있는 손을 노란 승복에 닦으며 그가 말했다. 노란
승복에 붉은 피가 묻자 너무도 선명하게 보였다.

"이 사람을 너무 원망 마시길……. 아미타불."

나직한 불호와 함께 그가 시선을 돌렸다. 그곳엔 우안과 가후인이 나란히 서 있었다.

두 사람 모두 가진 내력 모두를 끌어 올리고 있었다. 만일 이 승부에서 지게 된다면 어찌될지 너무도 뻔했다. 저기 점점 차가워지는 우호가 그 견본이었던 것이다.

물러날 곳이 없는 승부다. 최선을 다해야 하는 것은 너무도 당연한 일이었다.

*   *   *

"확실히 늙었구만. 이 정도 가지고 벌써 이렇게 된 거야? 나 참 세월이 야속하네."

"망할 놈의 주둥이 하고는……. 고 주둥이 놀릴 시간에 무공이나 좀 연마할 것이지 사람 귀찮게 만들고 있어."

"이봐, 지초. 난 지금 부상자야. 겨우 몸 놀리는 와중인데 어쩌라구. 그럼, 이 정도로 움직일 수 있는 것도 기적이라 생각한다구."

현지초와 낙이언이 투닥거리면서도 대화를 하고 있었다. 마치 놀러온 듯한 사람들의 대화지만 상황을 보면 황당 그 자체라 할 수 있다.

그들은 각기 한 명의 복면인들과 싸우는 와중이었던 것이다. 수중의 병기로 막고 쳐 내는 것도 힘들 텐데 거기서 수다까지 떨고 있는 것이다.

물론 그들이 맡고 있는 자들은 그리 만만한 자들이 아니었다. 끝까지 정체를 알 수 없게 말조차 없이 싸우는 사람들이었는데 무공 수준으로 따지자면 다른 사람들에 못지않다.

아니, 어떤 면에서는 더 강할 수도 있었다. 정체를 알 수 없다는 것에서 보면 어떤 무공을 사용하는지 모르는 것도 큰 무기가 될 수 있으니 말이다.

현지초가 상대하는 사람은 구환도를 들고 있었고 낙이언은 쇠로 된 수갑을 찬 사람을 상대하고 있었다. 두 사람 다 상당한 실력으로 둘을 압박하고 있었던 것이다.

그러나 현지초와 낙이언의 무공도 그리 녹록한 것은 아니다. 아무리 무공이 떨어지는 낙이언이라 해도 그 역시 진육협의 일인, 쉽게 질 리가 없었다.

"다치려면 그 추둥이나 좀 다칠 것이지. 물에 빠져도 입만 뜰 놈이 운도 좋아요."

"이 정도 운이니까 살아 있는 거야. 아니면 이미 고혼이 되었을걸? 저 양반들이 가르친 사람들처럼 말이야."

두 사람의 음성에 여기저기서 내력들이 확 끌어 올려지는 것이 느껴졌다. 그저 말 한마디에 사람 긁어 놓는 것엔 정말 비할 바가 없는 낙이언과 현지초였다. 물론 항자웅은 제외하고 말이다.

쩔렁… 쩔렁…….

바로 그때 현지초의 눈앞에 구환도의 짤랑거림이 들려왔다. 아홉 개의 고리가 내는 소리인데 원래 구환도는 그 소리만으로도 사람을 현혹시키는 점이 있었다.

하나 상대는 현지초, 그딴 것에 전혀 신경 쓸 사람이 아니었다. 그녀는 그대로 장검을 들어 올려 힘차게 후려쳤다.

카아아아앙…….

아무리 구환도가 큰 칼이라고는 하나 현지초의 장검에 비할 바가 아니다. 거의 육척에 달하는 긴 검이니 사실 검이라 부르기도 힘들 정도로 긴 것이다.

당연히 구환도의 공격은 막혀 버렸다. 그런데 그것이 문제가 아니라 어느새 옆에서 날아오고 있는 주먹이 문제였다.

쉬이이잇…….

낙이언이 상대해야 할 사람이 이곳에 나타난 것인데 이대로 가면 그녀의 옆구리에 철갑으로 된 주먹이 꽂힐 상황이었다.

피이잉… 핑… 따당!

어디선가 구리 동전 두 개가 날아와 주먹을 튕겨내자 사내는 바로 뒤로 물러났다. 정말 큰일 날 뻔한 상황이었지만 정작 현지초는 태연자약했다.

"뭐야! 야, 이 주댕이만 산 놈아! 하마터면 나 죽을 뻔했잖아!"

"농담이 심해졌네. 네가 죽어? 그게 아니라 누군가를 죽일 뻔한 것이겠지."

씨익 웃으며 낙이언은 다시 진형 속으로 들어왔다. 보니 그가 잠시 진형을 벗어난 사이 일어난 일인 듯했는데 이내 바로 돌아와 다시 견고한 진형을 짤 수 있게 되었다.

"이봐, 두 양반들. 니들이 무슨 불륜 관계도 아니고 수다는 좀 자중하지. 이러다 우리 모두 죽게 될지도 모른단 생각은 안 해

봤어?"

한구사의 목소리였다. 한구사는 지금 제일 중앙에서 끊임없이 주변을 돌아보고 있었는데 원래 진육협은 좀 특이한 진으로 싸우고 있었다.

암기를 던지는 한구사가 제일 중앙이 위치한다. 그리고 난 후 나머지 다섯 명이 주변을 감싸는 형국이었다.

맨 앞에 손소가 있었고 그 옆에 송일과 빙궁의 왕민이 있었다. 그리고 낙이언과 현지초가 좌우로 움직이며 지원하는 형식이었다.

한구사는 중앙에서 필요할 때 적절히 동전을 던진다. 그렇게 싸우는 것이 이 진육협의 협공이라 할 수 있었다.

한데 문제가 있다. 원래 왕민이 있던 자리에는 진덕승이 있어야 한다. 그래야 중심이 잡히고 어느 정도 강렬한 공격도 쉽게 막아낼 수 있다.

왕민의 무공이 많이 떨어지는 것은 아니지만 그래도 진덕승에 비할 바는 아니다. 진덕승은 무공뿐만이 아니라 머리도 좋은 놈이다.

상황 판단력은 두말할 것도 없다. 왕민은 그리 강호 경험도 높지 않은 친구로 아직은 어리다 할 수 있다. 그렇기에 실수가 조금은 잦을 수밖에 없는 것이다.

"아아, 미안, 아무래도 내가 좀 피곤하긴 한가 봐. 정신 차릴 테니 등 좀 잘 봐줘."

"그냥 구사 니가 다 날려 버려. 자꾸 왔다 갔다 하니 힘들기만 하다 어떻게 안 되겠나?"

아무래도 이 두 녀석의 수다는 질리지도 않는 모양이다. 한구사는 고개를 좌우로 흔들며 다시 상황을 살폈다. 아무래도 그리 좋은 편은 아니다.

지금 이 진형이 가진 작은 틈들이 시간이 지나면서 조금씩 커지고 있었던 것이다. 이대로 가다간 정말 위험해질지도 모르지만 할 수 없었다.

낙이언뿐만이 아니라 여러 사람들이 벌써 지친 기색이 완연해졌다. 여러 가지 원인이 있겠지만 제일 중요한 것은 역시 이 자리에 없는 항자웅의 존재였다.

원래 여섯이 아니라 일곱이다. 제일 앞에서 월산도를 휘두르는 항자웅이 없으면 정말 힘들 수밖에 없었다. 지금은 손소가 이를 대신하고 있지만 손소로서는 쉽지 않을 터였다.

그는 지금 전방에 있는 두 명을 혼자 막아내고 있었다. 무당의 현무검사 양치수와 점창의 일점취군 양백을 상대로 고군분투하는 중이었다.

그 두 사람을 동시에 상대하면서도 그는 밀리지 않고 있었다. 과연 진육협의 수장다운 무공실력이었다.

"이것 참, 진짜 피곤해질지도 모르겠는데. 뭔가 달라질 것 같기도 하고 말이야."

혼잣말을 중얼거리며 한구사는 다시 한 번 주변을 둘러보았다. 주머니속의 동전도 이젠 많이 남지 않았는데 이런 대치가 오래갈 것 같지는 않았다.

아마도 어떤 변수가 있을 터였다. 그것이 이 싸움 속에서든 아니면 저 바깥에서 나온 것이든지 말이다.

그리고 그때가 되면 알게 될 것이다. 이 싸움의 향방을 말이다. 물론 그 방향은 반드시 진육협의 승리여야만 했다.

그것이 지금 그가 이곳에 있는 이유였다. 그 어떤 희생을 치루더라도 반드시 해내야 하는 일인 것이다.

2

"이거 초반의 기세는 다 어디로 갔지? 고작 그 정도의 무공으로 진육협의 수장으로 불렸던 건가?"

"그러게나 말입니다. 내가 가르쳤다면 이 정도는 되지 않았을 텐데 참으로 아쉽군요."

양백과 양치수는 웃었다. 그들 역시 온몸이 땀으로 흠뻑 젖어 있어 좋은 상태는 아니었지만 적어도 손소보다는 나았다. 손소는 지금 상당히 많이 지친 상태였다.

지치기도 했지만 피도 꽤 많이 흘렸다. 거동하기 힘들 정도로 큰 상처를 입은 것은 아니지만 그래도 두 사람의 검에 의해 스치듯 난 상처가 쌓이니 꽤 많은 피가 흐르고 있었던 것이다.

슬쩍 눈을 돌려 상황을 살피며 손소는 한 걸음 뒤로 물러섰다. 일단 지금은 서로가 숨 돌릴 상황, 손소와 양백, 양치수를 제외하고 모두 손을 멈추고 있었다.

굳이 비교하지 않아도 상황이 어려운 것쯤은 알고 있다. 아무래도 특단의 조치가 필요하다는 생각이 머릿속을 가득 지배하자 손소는 왼손을 옆으로 길게 들어 올렸다.

크릭… 크릭…….

손목을 까닥거리며 검날을 아래위로 흔들자 뒤쪽에서 따가운 시선들이 쏟아진다. 방금 전 그건 하나의 약속으로 일단 다들 뒤로 물러서라는 뜻이었다.

물론 이유는 있다. 싫어하는 것이긴 해도 이젠 더 가만히 있을 여유는 없었다. 수결이 필요할 시간인 것이다.

사아아앗…….

한순간 손소의 몸에 흐르는 내력의 느낌이 싹 바뀌자 양백과 양치수의 눈도 굳어졌다. 너무도 거칠고 강렬한 기운이었던 것이다.

우득… 우드득…….

아울러 손소의 양팔이 조금 더 늘어나는 듯하더니 근육이 크게 부풀어 올랐다. 마치 숲속에 있는 원숭이와도 같은 모습이 된 것이다.

파아앙…….

발아래 흙이 허공으로 튀어 오르며 손소의 신형 또한 빠르게 앞으로 움직여 나갔다. 수결을 키워 올린 손소의 움직임은 이미 일반 사람들이 볼 수 있는 수준의 것이 아니었다.

움직였다고 생각하는 순간 이미 그는 두 사람의 앞에 나타났다. 또한 양손도 빠르게 움직여졌다.

키이이이잉… 카라랑!

"흡!"

"우욱!"

두 사람의 입에서 동시에 경호성이 튀어 나왔다. 손소의 검법, 이전과는 완전히 다른 모습이었기 때문이었다.

그냥 한두 번 치고 움직이는 것이 아니다. 얼떨결에 검을 들고 막아낸 순간 도무지 떨어지지를 않았던 것이다.

마치 자석이라도 붙은 듯이 말이다. 그것도 양쪽 모두에게 말이다. 양백과 양치수는 서로를 보며 눈을 마주쳤다.

창졸간의 일이라 약간은 당황했지만 대책이 없는 것은 아니었던 것이다. 두 사람은 서로 크게 물러나며 거리를 벌렸다. 둘 중 한 명은 몸을 뺄 수 있도록 말이다.

"바보 같은! 그게 그 녀석이 원하는 것이외다!"

화천사 음향인이 외친 것은 그때였다. 움직이던 양백과 양치수는 한순간에 신형을 멈칫거렸다.

그러나 이미 이 장여를 떨어진 후였고 손소 또한 움직인 후였다. 그는 점창의 일점취군 양백을 향해 짓쳐들었던 것이다.

키잉… 키이이이잉… 카라락!

괴이한 소리가 연속으로 들려오는 가운데 양백의 얼굴이 창백하게 변한다. 손소는 너무도 빠른 속력으로 검을 휘두르고 있었고 너무 가깝기도 했다. 바로 코앞에서 좌우로 흔들며 목숨을 위협하고 있었다.

이 정도 거리면 어찌해 볼 도리가 없을 정도였다. 게다가 아직도 손소의 공격은 끝나지 않았다.

팟… 파파파팟… 파팟…….

머리가 어지러울 정도로 빠른 공격에 양백은 정신을 차릴 수가 없었다. 보이는 것이 이런데 정신이 온전할 리가 없었다. 아니 그냥 정신만 사나워지는 것이 아니었다.

시간에 대한 느낌도 완전히 잊어버리게 되었다. 대체 이렇게 얼마큼의 시간이 흐르는지 조차 양백은 알 수가 없었다.

다만 하나 보이는 것이 있었다. 저기 앞쪽에서 양치수가 달려 오는 것이 보인다. 허공에 검을 휘돌리며 멋들어진 모습을 한 채 말이다.

"놈! 게 서지 못할까!"

양치수의 입에서 일갈이 터져 나오지만 손소가 멈출 리는 없었다. 그는 여전히 양백의 주변을 빠르게 휘돌고 있었고 그 속도 또한 빨라지고 있었다.

양치수는 이를 악물며 오른손을 뻗었다. 현무검이라 불리는 그의 검법은 무당에서도 논란이 일 정도로 파격적인 검법이었다.

정파의 무공이라고 믿기 힘들 정도로 사이한 검법이었던 것인데 특히 중요한 것은 그 형상이었다. 다른 검법과는 달리 검은 안개와 같은 형상을 나타낸다.

현무검이란 이름은 그래서 불리게 되었던 것인데 이는 검은 안개 속에서 튀어나오는 칼날 때문이었다.

보이지 않는 어둠 속에서의 움직임, 이는 쾌검이 될 수도 있었고 환검이 될 수도 있었다. 물론 이번과 같은 경우엔 쾌검이다.

구름같이 밀려가는 검은 안개들은 삽시간에 양백과 손소를 휘감았다. 양치수는 그 안에서 온 힘을 다해 손을 내려뻗었다.

물론 목표는 손소의 신형이다. 잠깐이긴 해도 그의 등이 보였기에 손을 내뻗었다. 정말 그것뿐이었다.

푸욱…….

"……!"

손에 느껴지는 감각에 양치수는 두 눈을 동그랗게 떴다. 분명이 손의 느낌은 검이 사람의 몸을 찔렀을 때의 느낌이다. 그것도 생각보다 깊게 찔렀던 것이다.

그냥 손소의 신형을 떨어지게 만들기 위해 한 것이지 진짜 찌를 수 있을 것이란 생각은 하지도 않았다. 그런데 너무도 쉽게 성공한 것이다.

파아앗…….

게다가 손소가 계속 움직이는 상황이라 찔린 옆구리 어림에서 길게 상처가 나 버렸다. 양치수는 순간 눈을 깜박였다. 손소의 피가 허공으로 튀어 올라 양치수에게까지 튀어서였다.

"무슨……."

황당한 상황에 그는 입을 벌린 채 놀라워했다. 손소의 신형은 어느새 뒤로 크게 물러났고 양백은 혼자서 멍하니 서 있었다.

"이보시오, 양백 대협. 지금 괜찮… 양백 대협?"

양치수는 양백에게 다가갔고 그가 괜찮은지 물었다. 양백은 수중의 검을 들어 올린 채 아무런 말도 하지 않고 있었다.

손소의 신형을 경계하며 양백의 어깨를 건드린 순간이었다. 양치수는 섬뜩한 느낌과 함께 뒤로 크게 물러났다.

파파파파팟… 파아아앗!

허공에 피분수가 튀어 올랐다. 그냥 한줄기 흐르는 것이 아니라 양백의 몸 주위에 온통 피가 튀어 올라오고 있었다. 머리부터 시작해 목, 가슴과 배, 그리고 다리까지 나선형으로 길게 난 상처였다.

"쌍룡검객 손소……."

문득 그의 입술 사이로 손소의 별호가 흘러나왔다. 그가 쌍용검객이라 불리는 이유를 불현듯 깨달은 것이었다.

두 개의 검을 사용하기 때문이 아니었다. 그 두 개의 검이 내놓은 상처 때문에 생긴 별호였다.

"이 지독한 놈!"

손소는 상처와 양백의 목숨과 맞바꾼 셈이었다. 하지만 그 상처도 그리 작지 않아서 그것이 이득이라고 말하기는 힘든 상황이었다.

"네놈의 목숨도 가져가야 이 녀석에게 미안하지 않을 것 같구나, 죽엇!"

고오오오오…….

손소의 주변에 검은 안개가 다시금 휘돌기 시작했고 손소는 몸을 움츠리며 도약할 준비를 했다. 하나 그의 옆구리에서 흐르는 피의 양은 그리 작지 않았다.

한쪽 어깨가 살짝 처진 것이 이미 충격을 입은 것이 분명했다. 움직이는 것은 할 수 있겠지만 아마 그리 오래가지는 않을 터였다.

그에게 위기지만 양치수에게는 기회였다. 양치수는 온 내력을 쏟아 검은 안개를 만들었다. 피한다는 것이 불가능할 정도로 짙은 안개가 이미 손소의 주변을 휘감고 있었다.

그중 어떤 곳에서 검이 튀어 나올지 모르는 것이다. 손소에게는 불행한 일이지만 이 싸움은 이미 승부가 정해진 것이나 다름없었다.

스윽…….

빠르게 오른손을 앞으로 밀어내자 양치수의 검이 안개 속으로 사라진다. 이 안개 속으로 손목까지 들어가는 순간 또 한 번 손소의 몸에 검이 박히게 될 것이었다.

이번에 박힌다면 그것이야말로 완전한 승리였다. 양백이 죽은 것은 아쉬운 일이지만 손소의 목숨과 바꾸는 것이라면 충분한 보상이었다.

이쪽에서도 아쉬울 것이 없는 것이다. 아니, 오히려 더 좋은 일이다. 손소가 죽으면 이들의 가장 든든한 기둥이 사라지는 셈이었으니 말이다.

“빌어먹을 영감탱이! 그 더러운 손 치우지 못해!”

패애애액!

하나 바로 그 순간 엄청난 속도로 검날이 날아왔고 양치수는 모골이 송연한 느낌에 바로 검날을 치웠다.

쩌어어엉…….

그가 있던 곳에 기다란 검 하나가 내려쳐진다. 현지초의 검이었다.

한데 그녀의 모습이 이전과는 좀 달랐다. 그녀의 가녀린 몸은 그대로 지만 얼굴과 몸의 체형이 달라졌던 것이다.

조금 더 두터워졌다고 해야 맞을 터였다. 아울러 그녀의 몸에서도 더 이상 인간의 느낌은 나지 않았다. 완전한 짐승의 느낌만이 느껴질 뿐이었다.

"빌어먹을… 본격적으로 나온다 이거구나, 모조리 수결이라
니!"

진육협 모두가 다 수결을 키워 올린 채 달려들고 있었다. 멀
쩡한 사람은 빙궁의 방립과 낙이언뿐이었다.

나머지 다섯은 모두 수결을 끌어 올린 후 본격적으로 달려
들고 있었다. 상황이 이러니 이쪽에서도 그냥 있을 수는 없었
다.

"이거 이거 역시나 쉽지 않은 상황이 펼쳐지는군요. 노납도
이젠 제대로 상대해 드리지요. 두 분도 가실까요?"

양치수의 귓가에 영지상인의 목소리가 들려온다. 어느새 자
신의 뒤쪽에 다가와 조용히 중얼거리는 그를 보자 그 옆에 다른
두 명의 복면인도 같이 있는 게 보였다.

"헛헛, 그리 크게 힘쓰지 않으셔도 될 것 같습니다. 이젠 아이
들을 쓸 때가 된 것 같으니까요."

화천사 은향인의 목소리에 양치수는 시선을 돌렸다. 제일 뒤
쪽에서 그는 허공을 향해 손을 들어 올리고 있었다. 그 손에는
뭔가 작은 원통 같은 것이 들려 있었는데 일순 은향인이 그 통
을 쥔 손에 힘을 주는 것이 보였다.

피이이이잉……. 퍼어엉…….

그러자 허공에 밝은 불꽃이 피어올랐다. 하얀 우산이 펼쳐지
듯 밝은 불꽃은 꽤 오랫동안 허공에서 타오르고 있었다.

아직 해가 다 넘어간 것은 아니지만 이 정도라면 어디서든 볼
수 있을 정도였다. 물론 그 불빛은 양치수의 눈에도 똑똑히 보
였다.

불꽃과 함께 그의 입가에 작은 미소도 같이 지어졌다. 저 불꽃의 의미를 그는 알고 있었다. 그건 대기하고 있던 백여 명의 천약련 무인을 불러 모으는 신호였던 것이다.

"저건……."

"아무래도 그냥 두고 보긴 힘든 상황이 될 것 같군. 자네 괜찮겠나?"

당양우는 진우헌에게 나직이 물었다. 그는 당문의 사람이라 지금 나서도 상관이 없었지만 진우헌은 아니다.

진우헌은 서림진가를 이끄는 사람이다. 당양우는 고작 당문 십걸뿐이지만 진우헌은 두 아들과 함께 진가에서 동원할 수 있는 무인들 모두를 데려온 상황이었다.

지금 저 불꽃을 생각할 때 아마도 대기하고 있던 백여 명의 천약련 무인을 불러 모으는 것일 터였다. 그렇다면 본격적으로 천약련과 싸워야 할 판이다.

만일 일이 잘못되어 천약련과 싸운 것이 문제가 된다면 당양우야 그냥 목숨으로 사죄하면 그뿐이다. 그는 아직 당문을 책임지는 입장이 아니니 말이다.

그러나 진우헌은 다르다. 그는 엄연히 진가의 가주, 그의 행동은 곧 진가의 행동이나 다름없었던 것이다.

"그 무슨 말인가? 자네답지 않은 말은 그만두도록 하게. 설마 이 진우헌이 그깟 다른 사람들의 눈이 무서워 행해야 할 일을 하지 않을 것 같은가?"

역시 진우헌이었다. 그의 목소리에 당양우는 피식 웃을 수밖

에 없었다. 뻔히 나올 대답을 유도한 꼴밖에 되지 않았던 것이
다.

"미안하군. 괜한 소리를 했어."

"알면 나중에 술이나 한번 제대로 사게. 이 모든 일이 다 끝나
면 말이야."

"물론일세. 기대해도 좋아."

두 사람은 웃으며 말을 건넸다. 역시 친구란 건 이런 모습일
터였다. 지켜보는 사람들까지도 기분 좋게 만드는 그 무엇이 느
껴지는 광경이었다.

"자네들이 부럽군. 멋진 친구들이야."

"어르신……."

"안녕하셨습니까?"

하린벽이었다. 조용히 다가와 웃으며 두 사람을 바라보고 있
었는데 문득 진우헌의 눈이 그의 옆구리로 향했다.

"괜찮으십니까? 아직 움직이지 않는 것이 좋을 듯합니다
만."

누가 봐도 하린벽이 부상당했다는 것은 알 수 있었다. 꽤 두
터운 목면천으로 허리와 등을 모두 감싸고 있었던 것이다.

하린벽 정도의 고수가 이렇게 하고 있을 정도라면 꽤 위중하
다는 뜻이었다. 아마도 빙궁과 원살토 간의 싸움 도중에 입었을
것이라 추측할 뿐이었다.

"괜찮네. 이 정도 상처야 강호인이라면 누구나 다 입고 사는
것이지. 그보다 앞으로가 더 걱정이군. 저 신호는 아마도 천약
련의 무사들을 부르는 것일 테지."

"네, 그럴 것입니다. 그러나 두려울 것은 없다고 봅니다. 천약
련의 무인들이라 해도 옳지 않은 일을 행한다면 우리는 싸울 것
입니다."

"그렇습니다. 저와 십걸에게 선택이란 없습니다. 더 이상 진
육협이 다치는 일은 없어야겠지요."

하린벽은 천천히 고개를 끄덕였다. 물론 빙궁에서도 그냥 있
지는 않을 것이다. 데려온 빙혼대를 전부 돌리는 한이 있더라도
반드시 지원하게 될 것이다.

아니, 그전에 자신이 먼저 갈 것이다. 이따위 허리의 상처쯤
은 이제껏 싸워왔던 강호 생활이 비한다면 그리 대단한 것도 아
니었다.

"그런데 왠지 좀 이상하군요. 어째서 저들은 이렇게 여기서
스스럼없이 자신들의 정체를 드러내고 있는 것인지 전 이해하
기 힘듭니다. 이곳은 저들에게 유리한 지형이 아니지 않습니
까?"

문득 진우헌이 입을 연 순간 당양우와 하린벽은 동시에 살짝
고개를 끄덕였다. 사실 그건 여기 있는 사람들 모두 내내 계속
생각하고 있던 것이기도 했다.

이곳은 진육협이 데려온 자들과 같이 묵고 있는 곳, 천막을
쳐 거의 병영처럼 만들어 놓은 곳이다. 말하자면 장애물이 거의
없는 개활지나 다름없었던 것이다.

백여 명의 수하를 모두 데려왔으면 모를까 저렇게 몇 명 되지
않는 사람들이 오는 것인데 이곳에서 맞이할 필요가 없는 것이
다.

조금 더 좁고 운신이 좋지 않은 곳에서 싸우는 것이 더 나았다. 애당초 처음부터 불리함을 자처한 것이다.

"그것도 그렇지만 난 아직도 왜 우리가 나서서는 안 된다 하는지 모르겠네. 한 대협이 의도하는 것이 무엇인지조차 모르겠단 말일세."

당양우가 말을 잇자 진우헌은 크게 고개를 끄덕였다. 조금 가지고 있던 유리함마저 진육협은 내던져 버렸다. 뭔가 좀 서로 앞뒤가 맞지 않았던 것이다.

서로 누가 황당하게 싸우는지 경쟁이라도 하는 것처럼 보일 정도였다. 아무래도 진육협과 저들은 서로 획책하는 것이 분명하게 있는 듯했다.

대관절 그것이 뭔지는 모르지만 아마도 곧 알게 될 것이다. 저 신호가 터진 이상 곧 천약련의 무인들이 나타날 테니 말이다.

그리고 그때가 되면 수하들과 함께 이 두 사람은 저 속에 참여하게 될 것이다. 이들이 참여한 이상 의도대로 움직여 줄 생각은 전혀 없으니 말이다.

"아하, 그렇군. 한 가지는 알겠구나."

바로 그때 하린벽의 목소리가 들려오자 진우헌과 당양우는 하린벽의 얼굴로 시선을 돌렸다.

"어떻게 저들이 저 아이들을 상대하려 하는지 이제 알 것 같아. 정말 교활한 놈들이구나. 한때나마 같은 일을 했다는 것이 부끄러울 정도야."

하린벽의 얼굴에 노기가 가득 차기 시작했다. 가뜩이나 냉막

한 인상이거늘 완전히 한기가 한꺼풀 씌여 있는 듯한 느낌이 들
정도였다.

그의 눈은 저 멀리 보이는 천약련의 고수들에게 향해 있었다.
특히나 그가 보는 것은 천약련의 음향인이었다.

여유 가득한 미소를 지으며 뒤쪽에서 상황만 바라보고 있었
다. 하는 짓을 보니 아직도 제대로 나설 생각은 없어 보였다.

"목적은 수결이었어. 오직 그 하나만을 위해 여기서 눈에 띄
는 행동들을 한 것이야. 이런 빌어먹을 놈이 있나."

"네?"

황당하기까지 한 소리에 당양우는 두 눈을 동그랗게 떴다. 일
순 그게 무슨 말인지 잘 몰랐던 것이다.

당연한 노릇이다. 이들은 수결이라는 것을 모른다. 당연히 수
결이 가지고 있는 부작용도 말이다.

수결은 완전한 무공이 아니다. 항자웅도 처음에 너무도 힘들
어할 만큼 위험한 무공이었다. 특히나 진육협 중 낙이언은 그
위험한 것이 싫어 거의 사용하지 않는 무공이었다.

그런 수결을 극한으로 끌어 올리게 만드는 것이다. 그리고 이
를 위해 차근히 싸워온 것이고 말이다. 아마도 백 명의 천약련
무인들이 오게 되면 그 절정을 이루게 될 것이다.

저들은 그 순간을 기다린 것이다. 그렇게 되면 진육협은 자연
스럽게 제거될 수 있었다. 손 하나 대지 않고서도 말이다.

"아무래도 안 될 것 같군. 여기서 손 놓고 있을 때가 아닌 것
같으이. 화아야, 나와 함께 가자꾸나."

"아… 네!"

그는 뒤쪽을 향해 소리쳤고 그러자 한 여인이 쪼르르 달려왔
다. 그녀의 딸인 하이화였다.

"더 이상 네놈들의 뜻대로 돌아가게 놔두진 않겠다. 어서 가
자꾸나."

큰 걸음을 성큼성큼 옮기며 그가 앞으로 나섰다. 핏빛 안개
자욱한 전장 속을 걷는 두 노소의 모습은 왠지 모를 이질감이
피어 오르고 있는 듯했다.

1

"진정하고 수결을 거둬라 손소! 이러다가 진짜 큰일 나겠어!"

낙이언의 절박한 목소리가 허공에 울렸다. 그는 손소의 옆구리에 목면천을 칭칭 감고 있었다.

유일하게 이곳에서 수결을 끌어 올리지 않은 사람이었다. 심리적으로 수결을 혐오하기까지 하기에 수결을 끌어 올리지 않았는데 다른 사람들은 달랐다.

이미 극한의 수결을 끌어 올린 채 달려드는 자들을 상대하고 있었던 것이다. 한데 남은 자들의 움직임이 조금 이상했다.

이들, 이제 완전한 수세로 돌아서서 전혀 앞으로 나오지 않고 있다. 무모하다고 생각할 정도로 싸움을 걸어왔던 이전에 비하면 완전히 달라진 변화였던 것이다.

"알고 있다, 이언. 그러나 이 상황에서는 할 수 없어. 빠르게 승부를 보는 수밖에는 말이야. 시간을 끌면 끌수록 힘들어지는 것은 우리들이다.”

손소의 목소리에 낙이언은 이를 악물었다. 사실 수결이 가지고 있는 가장 큰 약점은 이 부작용이 아니다. 바로 수결을 올리고 지탱할 수 있는 시간이었다.

수결은 인간의 신체 능력을 극한으로 끌어 올리는 무공이다. 근육 하나하나에 가해지는 힘은 상상을 초월할 정도로 많다.

인간인 이상 그런 갑작스런 힘을 버텨내는 것은 불가능에 가까웠다. 따라서 내력뿐만이 아니라 근육의 힘, 하나하나까지 모두 신경 써야 하는 것이 수결이었다.

수결을 쓰고 나서 많이 힘들어 하는 것은 그 때문이었다. 아마도 그렇지 않은 사람은 오직 한 명, 항자웅뿐일 터였다.

“우리가 수결을 쓰지 않았다면 모를까 쓴 이상 가장 빠른 승부를 내야 한다. 그렇지 않으면 어찌 될지 너도 잘 알 것이라 본다.”

“……”

뭐라고 반박하고 싶지만 그리할 수가 없다. 손소의 말은 하나도 틀린 것이 없었기 때문이다.

“그대로 모두들 들어. 이런 상황이라면 최악의 상황도 고려해야 할 것 같다.”

앞으로 나가려던 진육협이 움찔거리며 신형을 멈추었다. 손소가 말하려는 것이 무엇인지 알고 있기 때문이었다.

최악의 상황은 죽음을 말하는 것이 아니다. 죽음은 그냥 당하면 된다. 일단 죽게 되면 아무런 일도 일어나지 않는다.

그러나 이성을 잃고 수결에 의해 정신이 넘어간다면 이야기가 다르다. 상대를 가리지 않고 무조건 고수에게 달려드는 짐승이 되니 이런 문제가 또 어디 있겠는가?

"그러니 내가 앞에 선다. 내가 길을 열고 그 이후에 송일과 현지초가 나서 벌려라. 그럼 그 이후에 다시 내가 들어간다. 왕공자와 이언은 이곳에서 한구사를 지켜라."

"무슨 소리야! 그 몸으로 어떻게 앞에 선다고 그래? 차라리 내가 앞에 서는 게……."

"무리다, 지초. 아무리 부상을 입었다고는 하나 내가 이곳에서 가장 강하다. 그리고 수결 속에서 제일 오래 버틸 수 있다. 그렇게 생각하지 않나?

"……."

현지초는 이를 악물었다. 이 상황에서도 얄미울 정도로 이성적인 계산이다. 예전부터 이 손소란 녀석은 이렇게 이야기해 왔었다.

모든 계획은 한구사가 세운다. 아주 큰 그림만 그가 그려놓으면 그 다음의 실행은 손소가 한다.

실행을 하면 많은 일들이 변하게 된다. 한데 그런 상황에서 손소는 참 대단한 판단을 한다. 냉철하게 큰 그림을 유지하는 방법을 잘 찾아냈던 것이다.

지금도 마찬가지다. 사실상 이것이 지금 할 수 있는 거의 전부나 다름없었다. 도저히 더 좋은 다른 방법을 생각해 내지 못하게 만드는 것이다.

"그러니 그대로 움직인다. 부탁한다, 한구사. 네 동전이 신호다."

"……"

한구사는 말없이 수중의 동전을 꺼내 손에 쥐었다. 더 좋은 방법을 생각하지 못하는 이 상황이 못내 야속할 따름이었다.

기왕지사 하기로 했다면 반드시 성공해야 하는 일이다. 지금 손소의 몸에서 터져 나오는 느낌을 보자니 조금이라도 시간을 지체하면 바로 수결에 당할 듯한 느낌이 들었다.

"호흡… 많아야 세 번에서 다섯 번이다. 그 안에 끝내는 것이 가장 이상적이야."

결국 한다는 말이 이따위다. 더 좋은 이야기는 해주지 못할 망정 한계나 긋고 있다. 이가 갈릴 정도로 본인이 한심하게 느껴지는 순간이었다.

"다섯 번이나 주다니 정말 많이 주는구나. 하나 세 번도 많아. 아니, 차고 넘쳐!"

찌이잉…….

손소의 양손에 들린 검에서 맑은 검명이 튀어 나온다. 그 정도의 소리만 들어도 이미 나갈 준비가 다 되었음을 의미했다.

한구사는 미간에 잔뜩 힘을 준채 크게 수결을 끌어 올렸다. 그러고는 이전보다 한 뼘이나 길어진 양팔을 크게 휘둘렀다.

"오냐! 시작해 보자고!"

피이이이잉…….

수십여 개의 붉은 동전이 허공으로 치켜 올라오는 순간 손소의 신형이 움직였다. 목숨을 건 그의 일격이 시작되는 순간인 것이다.

　"결국 이렇게 되는군. 그렇다면 이 승부는 나의 승리가 되겠지."

　화천사 은향인은 나직한 웃음을 흘렸다. 그의 눈앞엔 수십여 개의 붉은 잔영이 휘돌며 움직이고 있었지만 그는 미동도 없었다.

　애당초 승부 따위는 안중에도 없었다. 이 승부를 내는 와중에 아군이 몇 명 죽는 것은 솔직히 말해 어쩔 수 없는 일이라 생각했다. 그래서 일점취군 양백이 죽었을 때도 그저 혀를 한 번 차는 것으로 아쉬움을 달랬다.

　무공의 차이가 있었다. 아무리 정종무공이 좋다고 해도 수결의 폭발적인 힘을 이길 수는 없는 것이다.

　진육협을 봐온 시간이 얼만큼인데 그들의 힘을 모르겠는가? 힘으로 그들을 누르려는 것은 거의 불가능이나 다름없다. 특히나 진육협 중 세 명 이상 모였을 경우는 생각조차 할 수 없었다.

　하지만 그래도 그들에겐 약점이 있었다. 그 약점이란 어처구니없게도 그들의 장점인 수결이다. 수결은 시전자를 스스로 해치도록 만드는 무공이었던 것이다.

　제대로 된 수결을 끌어 올린다면 아마도 조금의 승산이 있을 것으로 보았다. 특히 그렇게 해서 한 놈이라도 제정신이 아니게 되면 그때야말로 쾌재를 부를 때였다. 아군인지 적인지 모를 놈이 적 진영에 생기게 되는 것이니 당연했다.

　그런데 지금 그렇게 돌아가고 있다. 그것도 가장 까다롭다고 생각했던 손소가 걸리려 하고 있으니 기분 좋을 수밖에 없었다.

아주 작은 일이라도 예상이 맞아 떨어지는 것은 그 어떤 쾌감에 비할 수 없는 것이다.

남은 것은 조금 더 저들을 자극해서 더욱더 날뛰게 하는 것뿐이다. 그리고 다행히 그건 은향인이 잘하는 것 중의 하나다. 그는 오른손에 든 검에 내력을 주입했다.

고오오오오…….

한순간 은향인의 오른손이 허공에 커다란 원을 그렸다. 그동안 아무에게도 보여주지 않은 것을 보여줄 차례인 것이다.

시이잇…….

크게 원을 다 그린 후 그는 한 걸음 뒤로 움직였다. 그러고는 검을 쥐지 않은 왼손을 앞으로 내밀었다. 그러자 그의 손가락 끝에 뭔가 작은 반탄력이 느껴졌다.

내력이 서린 검으로 기의 막을 형성한 것이다. 일순 은향인은 엄지와 검지를 만나게 하며 살짝 퉁겼다.

따악… 화르르르륵!

놀랄 만한 일이 눈앞에 일어났다. 은향인의 앞, 일 장여의 공간에 불길이 피어올랐던 것이다.

한데 그 불길은 종이를 태우고 집안을 태우는 그런 불길이 아니었다. 불길이기는 하나 보이는 것은 불기의 일렁임뿐이었다. 보이지 않는 불길이 마치 방패처럼 그 앞을 둘러싸고 있었던 것이다.

티리리링…….

십여 개의 붉은 동전이 모조리 튕겨 나간다. 한구사의 공격은 너무도 쉽게 막혀 버렸다.

"절대로 꺼지지 않는 하늘의 불[天火], 그게 무슨 의미인지 한 번 맛보시게나."

휘이이잇… 파아아앙!

왼손을 크게 내밀며 뭔가를 밀어내듯 그는 장력을 뿜어내었다. 허공으로 크게 포물선을 그리며 날아가는 그것은 제일 앞에 있는 손소에게 향한 것이 아니었다.

저 뒤쪽에 모여 있는 사람들을 향해 날린 것이다. 특히나 그중 가장 약한 한 사람을 노린 일격이다.

수결을 싫어하는 사내, 낙이언을 향한 일격이었다.

콰아아앙!

"……!"

손소는 어금니를 꽉 깨물었다. 은향인이 뭔가를 날릴 것으로 생각은 하고 있었다. 그런데 그 대상은 자신일 것으로 생각했었다.

수결로 인해 이미 감각은 영민해질 대로 영민해져 어디로 날아가는지 너무도 확실하게 느껴졌다. 그건 낙이언을 향해 날아가는 것이었다.

순간적으로 손소는 발걸음을 멈칫했다. 날아가는 기운으로 봤을 때 이건 낙이언이 막아낼 수 있을 정도가 아니었다.

"뭐하는거냐, 손소! 정말 나 죽는 꼴 보고 싶어 그러는 게야!"

순간 낙이언의 서슬 퍼런 고함 소리가 들려오자 손소는 아랫입술을 꽉 깨물었다. 너무나 꽉 깨물어 그의 입술에서는 피가 흘러내리고 있었다.

가까스로 고개를 내려 전방을 바라본다. 그의 앞에는 두 명이 달려오고 있었는데 원래 지금쯤 저들을 향해 세찬 공격을 퍼붓고 있어야 할 손소였다.

하나 지금은 반대로 공격을 당하게 생겼다. 손소가 멈칫거린 그 작은 시간을 이용하여 거꾸로 공격을 해온 것이다.

구환도를 가진 사람과 곤륜의 영지상인이었다. 순간 그의 눈앞에 수많은 구환도의 환영이 피어올랐다.

쩔렁, 쩔렁… 쩔그렁…….

구환도의 금속 고리에서 울리는 음성에 귀가 따가울 지경이었지만 더 문제는 그 움직임이었다. 환영인지 실제인지 구분할 수 없을 정도로 대단했던 것이다.

슬쩍 한 걸음 뒤로 물러서며 손소는 크게 숨을 내쉬었다. 그러고는 폐부 가득 새 공기를 들이마신다.

"후우우웁!"

아울러 몸 안에 흐르는 수결을 한층 더 크게 올리자 기이한 변화가 찾아왔다. 언제나처럼 눈에 보이는 모든 사물들이 느리게 느껴진다.

목표한 것을 제외하고는 형체를 구분하기 힘들 정도로 일그러져 보이지만 확실히 그는 보였다. 일순 손소는 왼쪽 엄지발가락에 힘을 주었다.

꽈아아악…….

얇은 가죽신의 사이에 두고 대지를 꼬집듯 발이 들어간다. 잠시 그렇게 웅크리던 손소는 이윽고 그대로 몸을 쭉 펴며 앞으로 달려나갔다.

파아아앙…….

삽시간에 영지상인의 얼굴이 눈앞에 다가온다. 영지상인은
너무도 놀랐는지 두 눈을 크게 뜨고 있었다. 왜 아니겠는가? 아
마도 그의 입장에선 멀리서 달려오는 것이 아니라 눈앞에 뚝 떨
어진 것처럼 느껴질 터였다.

그대로 양손을 움직여 쌍검을 휘두르기 시작한다. 한데 영지
상인도 뭔가 이상함을 느꼈는지 불진을 휘둘렀다. 삽시간에 불
진과 손소의 쌍검이 얽혔다.

카가가가각…….

쌍검이 얽히고 신형이 움직이기 힘들자 옆에서 구환도가 날
아왔다. 손소는 그 상황을 보면서 다시 한 번 허리를 숙였다. 몸
을 낮게 만들며 언제든 움직일 수 있도록 만든 것이다.

쉬이이잇… 딸랑…….

방울이 울리듯 한 개의 울림이 들린 후 구환도는 손소의 목을
노리고 있었다. 거의 닿기 직전, 손소의 양손목이 비틀린다.

쫘아아앗!

"크으윽!"

불진이 삼분지 일쯤 뜯겨 나가며 영지상인이 뒤로 물러섰고
이어 손소는 고개를 뒤로 젖혔다. 면도라도 하듯 구환도의 날이
손소의 턱 어림을 스치고 지나갔다.

피이이잇…….

간발의 차로 피한 후 손소는 다시 몸을 앞으로 숙였다. 구환
도가 다시 움직이는 것이 느껴졌지만 상관없었다. 그는 더 이상
손소에게 신경 쓸 수 없을 터였다.

"어이, 무식한 놈! 넌 나를 봐야지!"

콰아아앙…….

거대한 폭음과 함께 구환도를 들고 있던 사내가 뒤로 튕겨 나갔다. 송일이 나타나 자신의 곤봉으로 후려쳐 상대를 튕겨나게 만들어 버린 것이었다.

덕분에 손소는 앞으로 나아갈 수 있었다. 무당의 현무검사 양치수와 철로 된 수갑을 찬 사내가 다시 달려들었다. 순간 주변에 검은 운무가 짙게 휘돌기 시작했다.

사사사사삿…….

양치수의 무공이다. 언제 어디서 날아오지 모르는 검날의 두려움, 양치수가 가장 두려운 점은 그것이었다.

아무리 빨라도 범위를 점거하기 때문에 피하기 어려운 것도 그 이유 중의 하나였다. 손소는 다시 한 번 크게 심호흡을 가다듬었다.

"후우읍!"

미간에 힘을 주니 다시 한 번 눈앞이 또렷해진다. 순간 느껴지는 섬뜩한 느낌에 손소는 양손을 휘둘렀다.

쩌어어엉…….

어둠 속에서 검날 하나가 튀어나왔다. 이내 튕겨졌지만 몸에 닿기 직전에 튕겨낸 셈이었다. 아마도 생채기 하나쯤 더 생겼을 터였다.

양발을 좌우로 흔들며 손소는 앞으로 달려나갔다. 순식간에 흑색의 운무를 반으로 가르며 그는 허공으로 몸을 도약했다.

파아아앙…….

“건방진! 난 보이지도 않는다는 것이냐!”

처음이었다. 수갑을 찬 사내의 목소리를 들은 것은 말이다. 생각보다 조금 젊은 듯한 느낌의 목소리였다.

“당연한 일 아니냐, 이 빌어먹을 새끼야! 그것보다는 이것부터 봐야지!”

부우우웅… 쩌어어엉!

“크으윽…….”

답답한 신음성과 함께 사내는 뒤로 비칠거리며 물러났다. 손소를 따라 허공으로 도약하려는 순간 정수리에서 엄청난 살기가 느껴졌던 것이다.

누군가 거대한 검으로 내려쳤기 때문이었는데 바로 현지초의 작품이었다.

“손소를 막고 싶어? 그럼 그전에 이것부터나 막아봐!”

현란한 현지초의 검법에 사내는 뒤로 연신 물러나고 있었다. 그녀의 무공은 강맹하기로 유명한 난피풍검법이 기반이다. 일단 한번 공격이 시작되면 막을 도리가 없는 것이 그녀의 특성이었다.

퍼어어엉…….

“크으윽…….”

거대한 폭음과 함께 답답한 비명이 들린 것은 그때였다. 순간 손소는 달려나가려는 걸음을 잠시 멈출 뻔했다. 이 비명은 저 뒤쪽에서 나는 소리였다.

낙이언이 있는 곳에서 나는 것이다. 보고 싶지만 지금은 그럴 때가 아니었다. 지금은 오직 이 한 사람만을 생각해야 했다.

화천사 은향인이다. 오만한 눈으로 자신을 깔보고 있는 사내, 그 사내의 콧대를 납작하게 해놓기 위해 이곳에 온 것이나 다름 없었다.

뒤쪽이 어찌되었는지 일단 궁금해도 참아야 했다. 우선은 이 사내를 눕히는 게 먼저다.

"하아아아아……. 하압!"

한구사가 말했었다. 호흡으로 따지면 약 세 번 정도라고, 그 정도의 시간밖엔 남아 있는 것이 없다고 말이다. 그건 참 정확한 예측이었다.

"크윽……."

세 번째 호흡을 밀어넣자마자 머리가 깨질 듯이 아파온다. 이미 수결은 최대치로 끌어 올린 것이었고 더 이상 견디기는 힘들었다.

그러나 견뎌내야 했다. 그렇지 않으면 그의 친구들이 다친다. 죽더라도 이 사내의 목숨만큼은 같이 가져가야 하는 것이다.

"크아아아!"

따라라라라라라랑!

강렬한 폭음이 허공을 뒤흔들었다. 손소의 양손에 들린 검날에 정말 엄청난 기운이 담긴 내력들이 쏟아져 나왔던 것이다.

그중 하나라도 제대로 맞으면 은향인은 끝이었다. 그러나 애석하게도 은향인은 모조리 피했다. 뒤쪽으로 말이다.

카가가각각…….

애꿎게 그가 있던 자리만 손소의 내력으로 뒤집혀졌다. 손소는 두 눈을 치켜뜨며 앞으로 달려가려 했다. 한데…….

"흡……!"

쿡…….

그의 무릎이 꺾였다. 치달아 올라오던 내력들이 급속하게 빠져나가고 있었는데 수결의 한계가 들이닥친 것이었다.

"빌어먹을……!"

온몸에 저릿한 고통이 밀려들고 있었다. 단 한순간도 움직일 수 없을 정도로 강렬한 고통이 온몸을 관통하자 그는 온몸을 떨었다.

"이런 이런, 겨우 이 정도였던가? 그래도 우수한 학생이었던 것으로 기억되는데 내 기억이 좀 왜곡된 것인가?"

은향인의 비릿한 웃음이 보인다. 손소는 어금니를 꽉 깨물며 버텨냈다. 조금만 힘을 빼면 바로 쓰러져 버릴 것 같았다.

"진육협 중에 최고라는 자네가 이 정도라니 참으로 웃기는 일이구나. 그렇다면 이제 내가 나서는 일만 남은 것인가? 아참, 내가 나서면 어떻게 되는지 알겠지. 다 이렇게 된다는 뜻이야."

손가락으로 목을 긋는 시늉을 하며 그가 다가오자 손소는 양손에 힘을 주었다. 아무래도 역시 최악의 상황이 올 것만 같았다.

그 하나 죽는 것은 두렵지 않다. 까짓것 그냥 죽고 말면 그만이지만 이건 다르다. 누굴 길동무로 삼게 될지 몰랐던 것이다.

하지만 그냥 있게 된다 해도 달라질 것은 없다. 그가 쓰러진 이상 진육협은 위험하다. 도박은 실패한 것이다.

그는 온정신을 집중해 수결을 끌어 올렸다. 두려워할 것도 없이 가진 힘 모두를 수결로 집중해 전환하기 시작했다.

“으아아아아!”

“손소! 그만둬라! 안 돼!”

뒤쪽에서 누군가 외쳤다. 누구인지 잘 모르지만 미안하다고 밖에 할 말이 없다. 여기서 그냥 둘 수는 없는 것이다.

우득… 우드드득…….

손소의 몸이 변한다. 이젠 그냥 팔 하나 늘어나는 정도가 아니라 얼굴까지 변하기 시작했다. 귀도 더 쫑긋해지고 어깨도 커진다.

정말 괴물이 따로 없었다. 머리가 아득해지는 것이 이대로 끝이라는 생각밖엔 들지 않았다. 아마 이젠 이 기억들조차 제대로 할 수 없을 터였다.

문득 그의 눈에 은향인의 얼굴이 보였다. 사이한 웃음을 지은 채 너무도 만족스런 웃음을 짓고 있었다. 무슨 알이 있어도 목숨을 거두어야 할 놈이었다.

검을 쥔 양손에 형언할 수 없는 거대한 힘이 팽창하듯 밀려들자 점점 그의 정신은 아득해져만 갔다. 그렇게 그의 정신이 수결에 완전히 먹혀들려 할 때였다.

시이이이이잇…….

“……!”

한순간 손소의 머릿속이 확 투명해지기 시작했다. 뭔가 잘 모르긴 해도 섬뜩한 뭔가가 온몸을 훑어 내리는 듯한 느낌이었다.

아니, 그것이 무엇인지 알 것 같기도 했다. 그건 뼛속까지 시릴 섬뜩한 한기, 틀림없는 그것이었다.

두둑… 두두둑…….

몸 안에 일어났던 변화들이 다 사라져 간다. 커졌던 몸들로
인해 늘어난 근육들에서 상당한 고통이 느껴지자 손소는 그대
로 몸을 쓰러뜨렸다.

"크윽……."

"괜찮다. 이 녀석아. 엄살 부릴 것 없어."

"…하… 교관님……."

하린벽이다. 그리고 그 옆엔 또랑한 눈망울의 한 여인이 서
있었다. 그의 딸 하이화였다.

그제야 그는 뭔가 알 것 같았다. 그건 빙정이었다. 최후의 순
간 모든 것을 다 훑어 내 원점으로 돌린 건 이 여인의 덕이었던
것이다.

"예전부터 그렇게 쓸데없는 책임감만 지고 다니더라니, 나이
먹고서도 이게 무슨 망신이냐?"

"그러게 말입… 니다. 영… 부끄럽네요."

떨리는 입술을 열며 그는 겨우겨우 말을 이었다. 이미 한참
전에 쓰러져 정신을 잃을 상황이지만 강한 정신력으로 버티는
중이었다.

"이것 참, 사제 간에 아주 즐거운 대화를 하고 있군그래. 중간
에 끼어들기 미안한데?"

문득 들려오는 은향인의 목소리에 모두의 눈이 그곳으로 향
한다. 은향인은 이미 오장 밖에서 멀찍이 물러난 채 다른 자들
과 함께 살풋이 웃고 있었다.

"이 상황에 손소까지 저리 되어 버리다니 너희들의 불운에
그저 박수를 칠 따름이다. 참 여기까지 내 맘대로 되다니 아주

미칠 듯이 즐겁구나. 그럼 이제 마무리를 할 때인가?"

사사샷… 사사사사……

그의 목소리가 끝나자마자 뒤쪽에서 하얀색 무복을 입은 자들이 등장했다. 드디어 그가 부른 백여 명의 천약련 고수가 나타난 것이다.

"거칠 것은 아무것도 없으니 이젠 마무리를 짓지. 잠시나마 즐거웠다. 먼저들 지옥에 가 계시길……"

웃으며 은향인은 신형을 돌렸다. 더 이상 이곳에 볼일은 없었다. 뭐 진가와 당문십걸, 그리고 빙궁의 아이들이 좀 있지만 그들의 무공은 도저히 이 천약련 무인들과 상대가 안 된다.

일류를 훌쩍 넘긴 자들이 대부분이다. 게다가 이들은 모두 십무원에서 키워낸 자들, 합격에도 능하다. 병법도 능한 것이다.

군으로 비유하면 창병들이 다 고수라는 것과 같았다. 수많은 고수들이 그 실력을 연계하면서 거대한 힘을 내게 되는 것이다.

그러니 질 리가 없었다. 질 리가 없는 싸움, 굳이 결과를 볼 필요도 없다고 느낀 것인데 그때였다.

"그참 이해가 안 되는 상황이네. 이 내 몸이 그리 얇은가? 그동안 강호를 다니며 좀 살이 빠졌나? 거칠 것이 없다고? 내가 안 보였어?"

"……"

은향인의 몸이 굳어졌다. 여유있게 돌아서려는 동작 그대로 굳어진 채 귓가에 들려오는 소리를 의심했다.

"그럴 리가 있겠냐? 네 녀석의 몸뚱이 뒤에 숨는 것이 얼마나 편한데. 바람불 땐 너만 한 게 없지 내 보증한다. 살 빠진 건 아냐.”

“음, 고맙긴 한데 왠지 좀 기분이 묘한 발언이십니다만…….”

“칭찬이야. 그리 생각해.”

“뭐 칭찬이 반쯤은 강요인가요?”

낭랑한 여인의 목소리 하나와 같이 들려오자 은향인은 홱하니 고개를 돌렸다. 그리곤 두 눈을 동그랗게 떴다.

항자웅이다. 그뿐만이 아니라 옆에는 진덕승과 거패도후 팽연지도 같이 있었다. 아직 이곳에 있어서는 안 될 사람들이 온 것이다.

“너 이 돼지! 뭐하다 지금 와! 또 놀다 왔지 실컷!”

“아봐, 이 미친 비구니 또 거품 문다. 나 나름대로 인기인이라는 거 몰라?”

항자웅과 현지초의 송곳 같은 언사가 흘러넘치자 네 명의 아미여인은 사색이 되었다. 그러나 그녀들은 이 두 사람의 얼굴이 너무도 평온한 것은 미처 보지 못했다.

이들에게는 친근함의 표현인 것이다. 항자웅은 눈을 들어 한 명 한 명 마주쳤다. 송일, 한구사 그리고 손소, 모두 항자웅을 향해 피식 웃고 있었다.

“뭐야 이십 년 만에 만났는데 왜들 얼굴이 그래. 넌 먼저 가서 좀 놀고 있으랬더니 왜 누워 있어.”

“니가 노느라 안 오고 있는데 할 수 있나? 우린 팔팔한 이십 대가 아니야. 꽤 힘들었다.”

“아아…….”

짐작하는 바였다. 항자웅은 손소의 앞으로 가서 슬쩍 그의 상

세를 훑어보았다. 눈으로 잠깐 봐도 꽤나 위중한 것임을 알 수
있었다.

무리하게 수결을 올린 흔적이다. 한순간 항자웅의 눈썹이 살
짝 위로 올라갈 때였다.

"아저씨!"

"읍……! 뭐… 어라, 넌 여기 왜 있어?"

하이화가 달려와 항자웅의 옆구리에 매달린 것이다. 그녀는
아버지가 옆에 있지만 아랑곳하지 않고 항자웅에게 달려왔다.

하린벽도 이젠 거의 포기한 듯 작은 한숨만 쉴 뿐이었다. 항
자웅은 눈을 들어 옆에 있는 하린벽과 왕린에게 눈인사를 건네
었다.

"아저씨가 안 오니까. 그리고 내가 필요하대. 그래서 왔지."

"아네. 그건 좋은데 이 팔은 좀 놓으면 안 될까? 이건 손잡이
가 아니거든."

축 늘어진 양쪽 허리살을 꽉 잡으며 하이화는 씨익 웃고 있었
다. 항자웅은 한숨을 푹 쉬며 될 대로 되라는 듯한 표정을 지을
때였다.

"얼래, 이건 무슨 경우래. 너 이런 취향이었냐?"

"뭐야, 넌 또 왜?"

옆에 현지초가 달려와 의뭉스러운 눈길로 바라보자 항자웅은
툭하니 내뱉었다. 현지초는 눈을 돌려 하이화의 몸, 딱 세 군데
를 바라보았다.

그녀의 키, 가슴, 그리고 엉덩이 부근이다. 자신의 몸과 한참
비교해 보던 그녀는 이윽고 결론을 내린 듯 항자웅에게 심각한

얼굴로 물었다.

"자식, 너 나 좋아했었냐? 진작 말하고 잠자리 한번 슥 들어
와 보지 그랬어. 못 이기는 척 같이 있어줬을 텐데."

"니네 집으로 돌아가! 이 미친 비구니! 그게 지금 애들 앞에서
할 말이냐!"

항자웅은 벌게진 얼굴로 소리쳤고 현지초는 이해한다는 듯한
얼굴을 만들었다. 그러자 누워 있던 손소가 말한다.

"야… 나 아픈 사람이다……. 그만 웃겨……."

아프지만 않았어도 배를 잡고 웃으려 했던 손소다. 뭐 그가
아니라도 이미 다른 진육협의 사람은 다 허리를 꺾고 웃고 있었
지만 말이다.

"너 나중에 다시 이야기하자, 망할 비구니. 일단 급한 거부터
끄고……."

"니가 원한다면 비구니 안 할 수도 있어. 까짓 가채 쓰고 다니
지 뭐."

"야, 너 저쪽 봐 이쪽으로 눈길도 던지지 마."

손을 휘저으며 항자웅이 말하고 나서야 그녀는 한 걸음 뒤로
물러섰다. 하지만 왠지 모를 자신감이 깃든 표정은 여전히 유지
하고 있었다.

항자웅은 작은 한숨을 쉬며 손소를 향해 허리를 숙였다. 그러
고는 나직한 목소리로 중얼거렸다.

"그건 그렇고… 어떤 놈이야?"

"아아, 저놈이야."

손소의 손가락이 움직인다. 쫙 편 집게손가락이 가리키는 곳

은 화천사 은향인이 있는 곳이었다.

"좋아, 알았어. 여기서 일단 보고만 있으라고. 이봐, 꼬마 아가씨."

"응? 왜 아저씨?"

"일단 놔봐. 나 일해야 돼. 갔다 와서 다시 하자."

"응"

항자웅의 뱃살을 놔주는 하이화의 얼굴엔 진한 아쉬움이 밀려들고 있는 듯했다. 항자웅은 고개를 좌우로 흔들며 앞으로 나아갔다.

눈을 들어 화천사 은향인을 본다. 씨익 웃으며 그는 말했다.

"내 친구만 저리 안 만들었어도 나한테 존댓말 들었을 거야. 그래도 한때 스승들이라고 불리던 사람들이잖아."

"호오, 자네가 그런 성격이었나? 이것 참 안하무인에 방약무인한 사람이 항자웅 아니었던가?"

씨도 안 먹히는 소리는 하지 말라는 듯 은향인은 가시 돋힌 말을 내뱉었다. 항자웅은 크게 고개를 끄덕이며 말을 이었다.

"잘 아니 마음의 고통이 참 덜하네. 알면서 지금 내 앞에서 손가락 까닥거리는 거냐? 응?"

"뭐라?"

반하대에 은향인의 눈이 매섭게 빛난다. 한참 어린 사람에게 듣는 하대니 기분 좋을 수가 없었다.

"기분 나쁜 표정 짓지 마, 그러라고 하는 말이니까. 게다가 어차피 이젠 좋은 표정 지어야지. 살날이 얼마 안 남았잖아."

"……."

"니넨 다 뒈졌어."
항자웅의 발걸음이 앞으로 움직이기 시작했다.

2

"쿨럭, 컥……."
입에서 검은 피가 흘러나온다. 검붉은 피만 흘러나온다면 뭐 좀 진정되길 기다리면 되겠지라고 생각하겠지만 안타깝게도 피만 흐르는 것이 아니다.
피와 함께 잘린 내장 조각도 같이 흘러나왔다. 이 정도면 정말 중상이라 말할 수밖에 없었다.
"저런, 많이 안 좋아 보이는군. 그러지 말고 좀 쉬는 게 어떨까? 아직도 마음에 담아둘 것이 더 남았던가?"
"후우……."
얄미울 정도로 침착한 음성이다. 제신승 방양대사의 음성인데 듣기만 한다면 정말 극락정토로 이끄는 가르침같이 느껴질 정도였다.
좀 쉬라는 것은 이제 죽으라는 말과 같은 것이다. 우안은 잘 움직이지도 않은 입술을 억지로 비틀어 올렸다. 조금이라도 웃는 표정을 만들고 싶었다.
"한두 개… 가 아니지요. 난 도저히 놓을 수가 없군요. 물론 그렇다고 이 세상에 계속 살아갈 수는 없겠지요."
"그렇지. 그럴 수는 없어. 이미 네 오장육부는 바스라진 것이나 다름없어. 다른 생각은 하지 말라구."

제신승 방양대사, 엄청난 인간이었다. 솔직히 이 사람이 이 정도의 고수라는 것을 짐작하지도 못했었다.

항상 웃으며 실없이 다니는 사람이다. 뭘 해도 허허라는 말로 통일하고 싸움은커녕 웬만하면 다 양보하던 사람이 그다.

그러나 지금 보여주는 그의 모습은 전혀 달라서 믿을 수가 없었다. 너무도 잔혹하고 강한 사람이었던 것이다.

"그러니 내가 놓도록 해주려는 것이 아닌가? 그 정도의 자비는 베풀 수 있네 그러니 받아들이시게나."

말과 함께 방양대사는 손가락을 들어 우안의 이마 위에 올려놓았다. 순간 그의 손가락에 강렬한 기운들이 맺히기 시작했는데 지력으로 머리에 구멍을 내려하는 것이었다.

"자… 잠깐! 자비를 베푸려면 좀 더 베푸시죠. 기왕 이렇게 된 거. 이야기나 좀 하면 안 되겠습니까?"

"이야기? 진심인가?"

벽에 반쯤 기댄 채 우안은 소리쳤고 방양대사는 고개를 갸웃거렸다. 대체 무슨 이야기를 원하는지 통 알 수 없었던 것이다.

"네, 이야기지요. 빌어먹을 인생이지만 해보고 싶은 거 많았거든요. 나 좀 억울해요 이렇게 죽기……."

"흐음……."

잠시 생각하던 방양대사는 그 자리에 앉아 가부좌를 틀었다. 그러고는 물어보라는 듯 온화한 미소를 지으며 우안을 바라보았다.

"우리들, 그냥 소모품이었던 겁니까? 정말 그것뿐이에요?"

여러 가지 할 말이 많았지만 가장 묻고 싶은 것이 이것이었다. 조금은 떨리는 음성으로 그가 말하자 방양대사는 양손을 들어 올려 합장을 만들었다.

"그참, 어려운 질문이군. 소모품이라……."

갈등이 이는지 그는 잠시 뜸을 들였다. 하지만 이내 결심을 굳힌 듯 입을 열었다.

"결론적으로 말한다면 그리되겠다. 맞다. 소모품, 쓸모없어진 소모품은 버려져야 하는 법, 그래서 제가 온 것이야."

"……."

너무도 명쾌한 결론에 우안은 할 말을 잊었다. 오랜 세월 그토록 힘들게 모셔왔다고 생각했건만 정작 주인이란 사람은 사람 취급도 안 해온 그런 경우와 같았다.

"그… 런가요. 그참 이해가 안 가는군요. 이 정도 무공이 있는데도 우리가 필요해요? 그냥 련주님 혼자서 움직여도 될 정도인데 왜 귀찮게 우리들을 내세운 거죠?"

"아, 그거야 내가 직접 나설 수는 없는 노릇 아니겠나? 난 천약련의 련주이고 할 일도 많아. 내 뜻에 동조하는 사람들을 찾는 것만으로도 벅차다구."

문득 우안의 눈이 한쪽 구석으로 향했는데 그곳엔 가슴이 뚫린 동자패권 우호가 시체가 누워 있었다.

그의 말대로라면 우호는 포섭하지 못한 것이다. 결국 그래서 제거된 것이겠지만.

"저 친구는 솔직히 좀 더 공을 들이고 싶었는데……. 그래서 내가 좀 더 화난 것도 있지. 시간이 좀 더 있었으면 이런저런 것을 시도해 볼 수 있었거늘. 어쩌자고 망할 무림첩을 돌린 것이야?”

오히려 묻는 방양대사를 향해 우안은 힘겹게 웃었다. 그 부분에 있어서는 해줄 대답이 그리 많지 않았다.

“그건 제가 아니라 대형에게 물어보셔야 할 것 같군요. 어느 날 갑자기 대형이 그러셨습니다. 오늘부터 우린 만사회라고 말이죠. 왜 그러셨는지는 모릅니다.”

“흐음, 그렇군, 그럼 그 문제는 내가 그쪽에 가서 물어봐야 할 문제로구나.”

큰 거 하나 알았다는 듯 방양은 즐거운 미소를 지었다. 언제나처럼 인자한 웃음이었지만 우안에게는 지옥의 사신이 짓는 웃음이나 다름없었다.

“만일 우리들이 련주님의 의도대로 잘 따랐다면, 우리가 강호에 우뚝 설 날이 있었을까요? 지금처럼 뒤에서 보이지 않는 존재가 아니라 엄연히 이름을 가지고 움직이는 존재로 말이에요.”

그저 우연히 한번 해본 말이었다. 할 말도 별로 없는데 뭔가 자꾸 물어보라고 하니 말이다. 조금이라도 살기 위해 한 말이었다.

물론 나올 대답은 아주 뻔하다. ‘그럼 당연한 것이지. 난 그렇게 나쁜 사람은 아니란다’ 혹은 ‘난 누군가가 나를 위해 준다면 가만히 있을 사람이 아니야’ 란 대답들이 나올 것이었다.

“아니, 그런 일은 없었을 거야. 너희들은 이렇게 키워졌다가 내 손에 죽었을 운명이지. 만사회란 이름이 아니더라도 뭔가를 만들었을 거야. 그리곤 내 손에 죽어야 내가 너희들을 키운 보람이 있지 않겠나?"

"……."

전혀 뜻밖의 말에 우안은 입이 탁 막힌 기분이었다. 설마하니 이렇게 적나라하게 니들 쓰고 그냥 버리는 거다라는 말을 이야기 해줄 줄은 몰랐던 것이다.

"같은 이야기다. 너희들은 소모품이라 분명히 말했지 않느냐. 그럼 그 역할을 충실히 해야겠지. 자꾸 소모품들이 여기저기서 툭툭 불거지는 거 아니야."

쐐기를 박듯 그는 다시 말을 했고 우안은 어금니를 꽉 깨물었다. 순간 그의 가슴속에 뭔가 울컥하는 것이 치밀어 오르는 것을 느꼈다.

도대체 얼마나 오랜 시간을 그를 위해 일해왔는데 이런 이야기를 한단 말인가? 우안은 고개를 흔들었다.

"당신……."

우안의 입술이 열렸다. 왠지 처연한 그의 표정은 너무도 힘들어 보였다.

"정말 개자식이었구나."

진심으로 하는 말이었다. 이 자리에서 죽어도 괜찮다고 생각할 정도로 열이 뻗친 것이다.

"헛헛, 칭찬 고맙다."

방양대사의 눈 속에 작은 살기가 일렁이기 시작했다. 아울러 그의 손가락이 우안의 미간을 향해 움직이고 있었다.

*　　　*　　　*

쿵…….

묵직한 월산도가 대지 위에 찍힌다. 두터운 도신인지라 도파에서 손을 뗐는데도 땅에 푹하니 박혀 있었다.

그 뒤에서 항자웅은 고개를 들었다. 이미 그의 주변엔 천약련의 무인들이 도열해 있었는데 반원형의 진형을 만들며 항자웅을 압박해오고 있었다.

"천하의 항자웅이 날 죽인다니 참으로 겁이나 말이나 제대로 할 수 있을지 모르겠구나. 그러니 이렇게밖엔 할 수 없네. 불공평하다 생각지는 말아주게나."

"훗……. 불공평?"

거의 십여 장이 넘게 떨어진 채 은향사는 소리치고 있었다. 어느 틈에 저기까지 갔는지 몰라도 그리 새삼스럽지도 않았다. 은향사 같은 족속들이라면 충분히 저따위로 굴고도 남는 자들인 것이다.

"언제 네놈들이 정당한 승부를 한 적이나 있어? 항상 숫자로 눌러놓지 않으면 나오지도 않는 놈들이 무슨 불공평이란 말을 논하지?"

항자웅의 말에 은향사는 웃었다. 얼굴 가득 떠오르는 것은 본격적인 비웃음이었다. 애당초 이런 말 따위에 흔들릴 그가 아니었던 것이다.

"날 뭐라고 생각하는 건지 모르겠군. 나는 천약련의 사람일세, 그것도 그리 작은 위치에 있는 사람도 아니지. 지금 이렇게 사람들을 동원하는 것도 내 힘의 일부분이라 생각하지 않나?"

그는 당당했다. 양손을 쭉 벌리며 늘어선 천약련의 무사들을 자랑스럽게 생각한다는 듯 말했다. 아마 그에겐 그 모든 사람들이 자신의 무기로 생각되는 듯했다.

"웃기고 있네. 주둥이만 놀리면 다 되는 게 힘이라고? 네가 무슨 황제라도 되는 줄 아나?"

하지만 항자웅의 목소리에 그의 표정은 단번에 굳어졌다. 항자웅은 그를 똑바로 바라보며 말을 이었다.

"사람을 바로 쓰고 그 사람을 활용하는 거라면 당연히 그리 생각하지. 그런데 말은 바로하자. 천약련에서 활동하면서 네가 쓴 사람이란 건 고작 어디 가서 죽어라 하는 명령뿐이겠지. 그 래놓고 지금 그들이 자신의 힘이란 말이 나와?"

"……."

"진짜 사람들이 힘이라는 말이 무언지 알고 싶다면 돌아가신 진소군 어르신을 생각해 봐. 그분이 언제 누군가에게 죽음을 강요한 적이 있냐?"

항자웅의 목소리에 은향사의 얼굴이 굳어졌다. 왠지 정말 듣기 싫은 소리를 듣는 듯한 얼굴이었다.

"그리고 스스로 실력 안 된다면 그냥 그렇게 솔직하게 인정해, 뭘 이런 것도 능력이라고 주절거려. 무림인이란 놈이 자존심도 없냐?"

아주 긁어도 박박 긁어놓는 항자웅의 목소리에 은향사의 검 날이 부르르 떨린다. 웬만하면 격동하지 않는 그였지만 항자웅의 말 한마디 한마디는 모두 칼처럼 꽂히는 듯했다.

하지만 그 격동은 그리 오래가지 않았다. 오래된 생강이 맵다는 말처럼 그는 아주 빠르게 신색을 회복하며 여유로운 미소를 지었다.

"훗, 그래 다들 그렇게 이야기하지, 하나 그건 결국 실패자의 변명에 지나지 않아. 이미 죽어 쓰러질 놈들이나 하는 이야기란 말이다."

항자웅은 웃었다. 은향사의 그것처럼 여유로운 것은 아니었고 한쪽 입술이 적나라하게 올라간 웃음이다. 가소롭다는 뜻의 웃음이었던 것이다.

"결국 이기는 놈이 장땡이란 이야기구만, 그래서 마교주 묵암도 그런 식으로 해치운 건가? 그것도 사천무성과 겨루고 난 후에?"

"마졸을 상대하는데 무슨 정의를 논할까? 그 정도의 상식도 없는 건가?"

항자웅은 오른손을 툭툭 털기 시작했다. 역시나 말이 통하는 상대가 아닌 것이다.

"그렇다면 여기 있는 우리들도 마졸이냐? 그래서 이렇게 나오시는 건가? 이것 참, 우린 십무원에서 교육받은 사람들 아니었나?"

"천약련의 뜻과 반한다면 마졸과 다를 것이 없겠지. 비록 천약련에 적을 두었다고는 하나 이젠 아니라고 생각해도 될 것 같다는 판단을 내렸다."

비릿한 웃음을 지으며 은향사는 손을 흔들었고 흰색 무복을 입은 천약련의 무인들은 각기 병기를 들며 항자웅을 향해 다가왔다.

항자웅은 손을 뻗었다. 월산도의 도파를 잡으며 그는 작은 심호흡을 한번 했다. 어느 틈에 바로 수결이 끌어 올려지고 있었다.

"아무래도 우리가 서로 만난 지 오래돼서 뭔가 좀 잊은 거 같은데……."

채애앵…….

월산도를 뽑아 올리며 항자웅은 슬쩍 주변을 둘러보았다. 과연 은향사가 자랑할 만한 무위를 가지고 있었다. 개개인 하나하나가 모두 일류고수 이상의 무인들이었던 것이다.

과연 이대로 양측이 붙었다면 아군 측의 피해가 더 클 것 같을 정도의 실력이긴 하나 그건 항자웅이 여기 없었을 때 이야기다.

파아아아앙…….

항자웅을 중심으로 거대한 회오리가 허공에 휘몰아치기 시작했다. 과거 항자웅이 보여주었던 그 섬뜩한 기운 또한 같이 말이다.

스스스스슥…….

월산도에 봉인되었던 엄청난 살기들이 다시금 허공에 피어오르는 순간 천약련의 무인들은 모두 뒷걸음질치기 시작했다. 이건 사람이 견뎌낼 수 있는 살기가 아니었던 것이다.

"난 귀월이다. 그게 무엇을 뜻하는지 몰라서 내 앞에 서 있는 것이냐!"

쫘아아앗… 콰아앙……!

일장반의 거리를 좁히며 항자웅이 움직였다. 마치 순간이동

이라도 하는 듯 눈 깜빡할 새 천약련의 무인들 안에 들어가 있
었다.

월산도가 내려쳐지고 누군가의 신형이 반으로 갈라진 후에야
사람들은 무슨 일이 일어났는지 알게 되었다. 여기 있는 사람
누구도 그 움직임을 본 사람은 없었다.

"네가 죽인다고 순순히 목을 내어줄 만큼 내가 약해 보이더
라 이거지?"

언제나 장난스럽던 항자웅의 모습은 이제 어디에도 없었다.
피와 살기, 그리고 사이함이 공존하던 과거 그의 모습이 선명하
게 되살아났던 것이다.

"으음……."

작은 신음성과 함께 진월은 입을 꽉 다물었다. 여태껏 같이
왔던 일행들, 서림진가의 아버지와 형들, 그리고 진육협과 빙궁
의 사람들까지 함께 뒤쪽에서 항자웅을 보는 중이었다.

오랜만에 만나는 사람들이라 반가움이 앞서긴 했지만 상황이
상황인지라 눈웃음으로 대신했다. 다만 하이화만 가까이 다가
와 활짝 웃어주었는데 그녀야 뭐 세상 사람들의 눈 따위 신경
쓰지 않으니 이해할 수 있었다.

하지만 지금은 그 반가움도 모두 머릿속에서 싸그리 지워진
상태였다. 이유는 단 하나 저 앞에서 혼자 싸우고 있는 항자웅
의 모습 때문이었다.

항자웅은 그야말로 양떼들 속에 들어간 한 마리 호랑이였다.
주변의 무인들을 향해 손을 휘두를 때마다 한두 명씩 죽어간다.

마치 피에 굶주린 한 마리 야수를 보는 듯한 모습이었던 것이다.

좀 짜증나긴 해도 항자웅은 잔인하지는 않았다. 장난기 많고 그 때문에 피곤한 것도 사실이지만 그래도 두렵지는 않다. 사람 앞에 놓고 그 힘든 것을 알아주는 편이지 무시하는 편이 아니었던 것이다.

그런데 지금 보이는 항자웅의 모습은 완전히 반대다. 그 누구라도 걸리면 죽인다는 듯이 보인다. 무조건적인 폭력, 딱 그 정도였다.

꾸우욱…….

"……."

문득 소매에 뭔가 당기는 느낌이 들어 고개를 돌려보니 하이화가 있었다. 그녀는 진월의 소매를 잡으며 얼굴 가득 불만인 표정을 짓고 있었다.

그 모습이 싫은 것은 진월뿐만이 아니었던 것이다. 하이화 역시 그런 항자웅의 모습이 싫은 것이 분명했다. 무공에 대해 잘 모르는 그녀였지만 본능으로 느끼는 듯했다.

"아무래도 이 광경, 보기 흉한가 보군. 그렇게 생각하나 진 공자?"

갑자기 옆에서 들려오는 나긋한 소리에 진월은 고개를 돌렸다. 그곳엔 온몸에 목면천을 칭칭 감고 있던 손소가 진덕승의 부축을 받으며 서 있었다.

"자네는 감정을 속이는 게 쉽지 않은 사람이지. 얼굴에 써 있어. 저런 항자웅은 보기 싫다라고……. 맞나?"

“…….”

뭐라고 이야기할지 몰라 그는 입을 다물었다. 틀린 말은 아니긴 한데 그렇다고 꼭 맞다고도 할 수 없는 그런 문제였다.

싫은 건 맞다. 그러나 그런 항자웅의 모습이 싫다고 해서 항자웅 그 자체가 싫은 것은 아니다. 분명 저건 항자웅이 가지고 있는 일시적인 모습일 뿐이니까 말이다.

“무리도 아니겠지. 나도 처음 봤을 땐 모골이 송연할 정도였으니까. 게다가 지금은 그때보다 더 강해지지 않았나?”

“하지만 그렇다고 싫은 감정이 든다면 그것도 이상한 거지. 진소군 어르신의 아이 하나를 맡고 있다 해서 기대 좀 했더니 이런 모습들은 보기 싫다는 거야? 아직 너 애들인 거니?”

진덕승과 현지초의 목소리도 들려온다.

“아니, 꼭 그런 것은 아닌데 그게 저…….”

갑자기 들려오는 현지초의 말에 진월은 일순 답을 찾지 못했다. 정말 뭐라고 이야기를 해야 할지 서두를 찾지 못했던 것이다.

싫고 좋고의 문제가 아니었다. 이미 십여 명의 천약련 무인을 쓰러뜨린 항자웅이었고 지금도 한 사람을 도륙하고 있다. 잔인함이라는 말은 지금 항자웅의 모습을 표현하기에 오히려 모자람이 있어 보였다.

정말 강하고 두려운 모습, 한데 이런 모습을 그간 진월이 보지 못했던 것이 아니다. 이미 여러 차례 저러한 모습을 봐왔던 것이다.

서림진가에서도 봤었고 빙궁에서도 봤었다. 그때도 항자웅은 섬뜩한 느낌을 지니고 살인을 했었다. 무서운 것으로 따지자면 그때가 더 무서웠을지도 몰랐다.

그런데 이건 좀 달랐다. 딱히 뭐라고 이야기하기 힘든 무언가가 같이 들어 있는 듯하다고 해야 하나? 뭔가 손가락으로 탁하고 짚어내고 싶은데 그게 뭔지 표현이 잘 안 되는 순간이었다.

"나는 진 공자의 생각이 제대로 된 것이라 본다만……. 저런 모습, 다들 좋을 리가 없잖아."

낙이언의 목소리다. 조금은 침울한 그의 목소리엔 힘이 하나도 없었다.

"아아, 더 큰 희생을 막기 위해서니까, 저렇게라도 해봐야 더 이상 덤비지를 못하지. 괜히 귀월로 불렸던 것이 아니니까."

고개를 끄덕이며 송일이 말하자 그제야 진월은 머릿속에 헤집고 다니던 생각 하나를 끄집어 낼 수 있었다. 왜 이렇게 기분이 좋지 않은지 이제 이해가 가는 듯했던 것이다.

"그래, 결국은 우리가 제대로 못하니 이렇게 되는 거지, 과거 이십 년 전의 그때처럼 저 녀석은 다시 우릴 위해 짐을 지려 하고 있는 것 아니겠나."

한구사의 목소리에 진월은 머리카락이 위로 쫙 올라서는 것을 느꼈다. 이젠 확실히 정리할 수 있었다. 항자웅은 지금 싫은 일을 억지로 하고 있는 것이다.

동료를 살려야 하고 이 강호의 문제도 해결해야 한다. 천약련의 무인들을 상대하면서도 저 위에서 깔보는 듯 내려다보는 화천사 은향인의 일행도 손봐야 한다.

"그럴 리가 없잖아요."

문득 진월의 입술 사이로 작은 목소리가 흘러나왔고 그러자 모두의 눈길이 그에게 모인다. 진월은 하이화에게 꽉 잡혀진 소매를 부드럽게 빼내며 다시 말했다.

"이십 년 전에 저랬다고 지금도 그럴 필요는 없는 거잖아요."

"……"

손소의 눈이 꿈틀거린다. 진월은 수중의 월도를 꺼내 들며 앞으로 걸음을 옮기기 시작했다.

"월아! 뭐하는 짓이야! 어서 이쪽으로 오지 못할까!"

사색이 된 얼굴로 진가 측에서 누군가 외쳤다. 아마도 그의 형인 듯한데 진월은 못들은 척 무시하고 앞으로 걸어 나갔다.

"참 짜증나는 사람이에요, 저 아저씨. 뭐 하나 좀 가르쳐 준다 싶음 바로 장난치고, 그러다 보면 어느새 진짜로 뭐 하나 가르쳐 놨고……."

혼잣말이다. 그런데 그 혼잣말이 참으로 크다. 내력을 실어 외친 목소리기에 이 주변에서 듣지 못할 사람은 없었다.

항자웅도 마찬가지다. 순간 그는 손을 멈추며 고개를 돌렸다. 진월은 차분한 걸음으로 항자웅에게 다가가는 중이었다.

"거짓말도 밥 먹듯이 하고 그러면서 자기한텐 참 관대하고……. 하는 짓 보면 진짜 나보다 어린 게 아닐까 하는 생각이 들 정도예요. 그게 내가 아는 항자웅이란 아저씨에요."

어느새 그는 항자웅의 앞 반 장 앞에까지 다가섰고 고개를 들어 항자웅의 얼굴을 향해 눈길을 던졌다. 진한 살기가 깔려 있는 항자웅의 얼굴은 지옥의 사신과도 같이 보였다.

"그런데 그 사람은 사람 목숨 가지고 장난치지는 않아요. 뭐

하러 그러겠어요? 이미 이십 년 전의 수준을 넘어선 게 언제인데……."

"너 이 녀석……."

항자웅의 입술이 열린다. 살기와 요기가 뒤덮인 그의 기운은 가까이 있는 사람들에게 거대한 위압감을 준다. 가만히 있어도 몸이 떨릴 정도로 말이다.

지금도 마찬가지다. 진월은 태연한 척하지만 이미 그의 양팔은 작게 떨리고 있었던 것이다.

"너, 지금 내가 뭐하는 것으로 보여? 사람 목숨 가지고 장난하는 것 같아 보이냐?"

"아니에요? 장난 맞잖아요."

돌연한 상황에 천약련의 무인들도 움직일 생각을 하지 못하는 듯했다. 덕분에 항자웅은 진월에게 집중할 수 있었는데 그의 귓가에 진월의 목소리가 이어 들려왔다.

"얼마 안 되는 기간, 같이 다니면서 느낀 게 있어요. 나도 참 감정 숨기는 거 안되지만 아저씨도 안 된다는 거죠."

"……."

"하기 싫은 일이면 그만둬요. 이자들이 아니라 저 위에 있는 자들이 상대잖아요."

말과 함께 진월은 손가락을 들어 어딘가를 가리켰다. 화천사 은향인의 일행이 있는 곳이었다.

"우리 집에서 있었던 일도 그렇고 빙궁에서 있었던 일도 그렇고. 이런 모습은 아저씨답지 않아요. 그러니 내가 제안 하나 할게요."

만일 이런 모습이라면 그때 서림진가와 빙궁에 왔던 적이라는 자들은 모조리 항자웅의 손에 도륙되어야 했다. 단 한 명도 남김없이 말이다.

그러나 그게 아니다. 항자웅은 힘으로 누르는 사람이 아니었다. 힘이 필요하니 힘으로 누를 뿐이었지, 그 외엔 오히려 힘을 드러내는 것을 싫어하는 사람이다.

그저 상황이 그리되기에 할 수 없었다라는 변명은 항자웅을 위한 것이 아니었다. 그는 이렇게 하지 않고서도 충분히 이 상황을 헤치고 나갈 수 있는 사람이었다.

"난 저 인간들을 상대로 한판 하고 싶지만 힘이 없어요. 저들은 나보다 고수이고 그건 인정해요."

"……."

"그러니 가요. 여긴 어떻게든 해볼 수 있을 거예요. 나, 아저씨 따라 다니며 좀 늘었다고 자부해요."

찌이이잉…….

말과 함께 진월은 월도에 내력을 밀어넣었다. 그러자 너무도 맑은 도명(刀鳴)이 허공에 울려 퍼졌다.

"그니까 아저씨가 이제……."

"시끄러 인마, 알았으니 그 주둥이 좀 닫아봐."

짜증이 진득하게 묻어나는 항자웅의 목소리에 진월은 입을 다물었다. 대신 그의 입가엔 진한 웃음이 떠올라 있었다.

항자웅의 음성 때문이다. 그 목소리의 느낌은 언제나 느꼈던 항자웅의 것과 같았다. 비록 진한 살기는 아직도 그대로였지만 말이다.

"나 참, 민망해서 말도 안 나오네."

쿠우웅…….

벽산도를 땅에 찍으며 항자웅은 웃었다. 설마하니 이 녀석에게 이런 이야기를 듣게 될 줄은 꿈에도 생각하지 못했던 것이다.

틀린 말이 아니다. 진월의 말처럼 항자웅은 이들을 신경 쓰지도 않고 저 위로 달려 올라갈 수 있다. 그리한다 해도 이들은 항자웅의 옷깃 하나 건드리지 못한다.

그만큼 이들과 그와는 대단한 차이가 있었다. 하지만 그리하지 않고 오히려 장난치듯 죽였는데 그건 저 재수없는 은향인에게 보여주고 싶어서였다.

이십 년 전의 그때와 다르지 않음을 말이다. 그때만큼 항자웅이란 자는 두렵고 용맹하다라는 것을 두 눈에 똑똑히 각인시켜 주고 싶었다. 오로지 그 이유 때문이었다.

그러나 그가 틀렸다. 이십 년 전과 지금은 같을 수가 없었다. 그때 귀월이라 불렸던 항자웅은 더 이상 이곳에 없다는 것을 몸을 움직이면 움직일수록 더 크게 깨닫게 되었다.

진월의 말이 틀리지 않다. 이건 과시도 아니고 그냥 기분 나쁜 짓이다. 죽이는 사람이나 죽는 사람, 그리고 보는 사람 모두를 다 기분 나쁘게 만드는 그런 방법인 것이다.

이십 년 전에는 그럴 수밖에 없었다. 그땐 할 수 있는 일이 이것 밖에 없었으니 말이다. 하지만 지금은 아니다.

"후우우우우……."

긴 한숨과 함께 항자웅은 모든 살기를 거두어 들였다. 이젠 이런 모습이 필요하지 않다. 저 위에 있는 놈들을 상대하는 데 필요한 것은 그 이후에 깨달은 수결들인 것이다.

"어디 여기 와서 이 정도로 말할 정도면 뭐 시켜도 괜찮겠지. 여긴 꼬마 네가 맡아. 어디 그 자부심이 얼마다 대단한 지 한 번 보겠어."

"에이, 말이 그렇다는 거지, 뭘 또 정색하고 그럽니까? 그냥 잘 도망 다닌다는 뜻입니다. 뭐, 그게 다예요."

"호오, 그래? 이 상황에서 신나게 도망 다니면 퍽이나 기분 좋겠다. 지금 여기서 네 생각만 한다는 거냐?"

"또 무슨 이야기입니까, 그건?"

돌아왔다. 이젠 확실히 이전 그대로의 항자웅이었다. 장난기 가득한 미소를 머금던 바로 그 사람인 것이다.

"그딴 모습 보였다간 저기 아미의 소이 낭자가 좋아할 것 같아? 사내라면 멋진 모습을 먼저 보여야 할 것 같은데?"

"무… 무슨 말을 하는 겁니까! 아 진짜 장난 좀 그만 쳐요!"

"장난? 이게 왜 장난이야. 그리고 장난이라면서 왜 니 얼굴은 붉게 달구어지는데?"

"거 진짜……."

더 대꾸하고 싶었지만 이쯤에서 그만둬야 한다는 것을 너무도 잘 아는 그였기에 입을 다물었다. 그러자 항자웅은 씨익 웃으며 진월에게서 두어 걸음 떨어졌다.

화천사 은향인을 향해 달려나갈 준비를 하는 것이다. 문득 그의 귓가에 진월의 목소리가 들려왔다.

"뭐, 말은 그렇게 하긴 했는데, 오래는 안 될 것 같네요. 빨리

와요. 안 그럼 나 죽어요.”

“풉…….”

항자웅은 웃었다. 문득 그의 눈이 진월과 그 너머로 향했다. 그의 친구들인 진육협이 그를 보며 서 있었다.

“오래 안 걸릴 거야. 그리고 생각보다 잘 버티면 일부러 늦게 올 거기도 하고.”

“아, 네네. 어련하시렵니까.”

진월은 고개를 흔들며 오른손의 월도를 치켜들었다. 온몸 가득 내력을 끌어 올린 채 진월은 집중하기 시작했다. 항자웅에게는 상대도 안 되는 수준의 무인들이지만 진월에게는 살짝 버거운 상대들이다.

시작하자마자 최선을 다해야 할 터였다. 가만히 내력을 끌어 올리는 그의 귓가에 항자웅의 작은 목소리가 들려왔다.

“이각, 그 정도만 버텨, 그럼 될 거야.”

“훗…….”

장담하는데 일각 안으로 올 것이다. 그는 그런 사람인 것이다.

“이것 참…….”

진덕승의 얼굴에 난감한 표정이 떠올랐다. 그뿐만이 아니다, 진육협의 얼굴 모두 같은 표정이었다.

그들이 할 말이었다. 진육협이 항자웅에게 해야 할 말을 오히려 진월이 한 셈이었다. 조금은 민망한 느낌인 것이다.

한구사는 품속에 손을 넣었다. 주머니 속의 동전을 손에 쥔 채 뭔가를 해보려 하는 듯했는데 아마도 진월을 지원하려 하는 것 같았다.

하지만 그마저도 여의치 않았다. 갑자기 옆에서 다가온 진우헌 때문이었다.

"그럼 이제 우리가 나갈 시간이군요. 그리 이야기했었지요?"

"그렇지. 천약련의 무인들이 오면 우리가 나선다. 그 말이었지."

살짝 웃던 당양우는 한쪽 눈을 찡긋거렸다. 이젠 그만 쉬라는 뜻이었는데 이미 그와 십걸들은 진월을 향해 움직이고 있었다.

진가의 무인들과 거기에 빙궁의 빙무혼까지 같이 움직이고 있었다. 이젠 그 어디에서도 진육협이 있어야 할 곳은 없었던 것이다.

"이것 참……."

돌아가는 상황에 현지초는 뒷머리에 손을 올렸다. 두어 번 긁적거리던 그녀는 이내 쓴웃음을 지으며 입을 열었다.

"우리 퇴물된 거냐? 아나, 진짜……."

고개를 흔드는 여섯 명의 사람들이었다.

1

기분이 좋질 않았다. 왠지 뭔가 어디 한 군데가 막힌 듯한 느낌, 딱히 뭐라고 할 수는 없지만 분명 그런 느낌이 느껴진다.

몸이 이상한 것은 아니었다. 몸이야 언제나처럼 그대로 편한데 문제는 이 마음이었다.

요동치는 것이 영 마음에 들지 않았던 것이다. 안립은 앉아 있던 태사의에서 일어나 창가로 향했다.

이곳은 그가 있던 제일 윗층이 아니다. 오히려 일 층에 가까운 곳인데 들어서는 문 하나와 아래로 내려가는 문 하나가 있는 곳이었다.

창문 밖에 석양이 짙게 깔리는 것이 보인다. 오늘 하루도 서서히 저물어가는 것인데 왠지 모르게 마음도 같이 무거워졌다.

석양이라는 것이 원래 그런 법이다. 가만히 보고 있으면 마음을 쭈욱 가라앉힌다. 기분이 좋은 것인지 나쁜 것인지는 판단하기 힘들다.

좋을 때도 있고 나쁠 때도 있지만 확실한 것은 조금의 시간이 지나봐야 안다. 기분이라는 것은 결국 주변 상황 때문에 결정이 되는 법이니…….

"마음이 진정이 되질 않는가?"

뒤쪽에서 늙수그레한 음성 하나가 들린다. 돌아보나마나 당혁기일 터였다.

"네, 이상하게 두근거리는 날이로군요. 왜 이런 지 잘 모를 정도입니다."

탁우검을 한번 쓰다듬으며 그가 답했다. 그렇게라도 하지 않으면 왠지 너무도 불안해질 것 같았다.

안립은 신형을 돌렸다. 역시 그곳엔 당혁기가 서 있었는데 그의 품속엔 화미란이 추욱 처진 채 안겨 있었다.

"일단은 좀 수혈을 짚어놨네. 마음이 점점 불안해지는 것 같아. 수결의 힘을 이겨내기 힘든 것이겠지."

"그럴 것입니다. 수결은 그리 만만한 것이 아니니까요. 어쨌든 잘 부탁드립니다."

"나야말로…….""

서로 간에 작은 눈인사가 오간다. 남의 집을 점거해 사용하는 사람치고 참 예의 바른 듯한 느낌이 드는 가운데 당혁기의 무거운 음성이 허공에 울렸다.

"좋지 않은 보고가 있더군. 아무래도 천약련주 방양이 당문으로 들어온 모양일세."

“알고 있습니다. 보고는 들었지요. 당문의 비선을 알려주셨
으니 모를 리가 있나요.”

사실 진짜 좋지 않은 보고는 그게 아니었다. 그보다 더한 것
이 있었지만 당혁기는 입을 열지 않았다. 비선을 통해 그가 알
고 있는 것이라면 안립 또한 알고 있을 것이 분명하니 말이다.

“게다가 항자웅도 진육협과 합류했다 하더군요. 머지않아 그
도 이곳으로 올 테지요. 결과적으로 누가 빨리 올지가 관건이
되겠지만 말입니다.”

“…….”

관건이 아니라 당연히 방양이 먼저일 터였다. 그는 이미 당문
의 안에 들어와 있었고 항자웅은 아직 저 밖에 있었다.

“천약련의 본대 역시 곧 들이닥칠 것 같네요. 꼭 누가 짠 듯이
이렇게 되다니, 내 팔자는 역시 그리 좋지 않은 모양입니다.”

“좋은 것인지 나쁜 것인지는 그때 가봐야 알겠지. 세상일을
누가 안다고 함부로 이야기하겠나?”

차분한 당혁기의 목소리가 흐르자 그는 살풋이 웃었다. 살아
도 배 이상을 산 사람의 이야기니 믿어야 하겠지만 왠지 모르게
좋지 않은 쪽으로 결론이 날 것 같은 불길한 느낌이 들고 있었
던 것이다.

물론 그에 대한 대비는 해야 했다. 그래 봤자 그 혼자 죽으면
그만인 것인데 나머지는 이미 끝났다. 화미란의 목숨만 살아준
다면 더 바랄 것은 없었다.

막상 그렇게 생각하니 또 별로 두려운 것도 없어졌다. 한결
가벼운 마음을 저 깊은 속에서부터 한창 끌어내려 할 때였다.

끼이이이…….

두터운 나무문이 열리더니 한 사람이 들어선다. 한손에 검을 잡은 채 우뚝 선 그는 검악 가후인이었다.

"회주님……."

무거운 음성이 그의 입술 사이로 흘러나왔고 순간 안립은 아랫입술을 한번 깨물었다. 굳이 묻지 않아도 상황이 어찌 되었는지 알 것 같았다.

"설마 천약련주가 직접 올 줄은… 몰랐습니다. 저보다 한참 위더군요."

"……."

안립의 눈이 가후인의 발로 향했다. 그가 딛고 서 있는 땅에 붉은 피가 점점 넓게 퍼지고 있었다.

한두 군데 상처를 입은 것이 아닌 듯했다. 겉으로 보기에 외상은 없었지만 아마도 등 쪽이 아닌가 했다.

"미안하네, 나도 이렇게 빨리 그쪽에서 나올 줄은 몰랐어. 알았다면 자네가 아니라 내가 갔을 것이야."

"무슨 말씀을……. 죽는 게 두려워 이런 말을 하는 것이 아닙니다."

문득 가후인의 얼굴에 작은 미소가 어린다. 하나 그 미소는 너무도 처연해 보이는 미소였다. 모든 것을 다 포기한 사내의 미소였던 것이다.

"더 이상 회주님을 모실 수 없는 것을 용서하시길, 오직 그 말을 하고 싶었을 뿐입니다."

"무슨 말인가? 내가 어찌 자네를 탓할 수가 있어?"

안립은 진심을 담았다. 솔직히 그는 그저 고마울 따름이었다. 사사악주 중 단 한 번도 배신하지 않고 자신만을 따라주었던 자는 오직 이 가후인뿐이었다.

권악은 무공에 미쳐 있었고 뇌악과 도악은 언제든 배신을 할 자들이었다. 가후인 만이 그의 곁을 지키며 충실한 수족 역할을 해 왔던 것이다.

그런 사람이 지금 세상을 떠나려 하니 기분이 좋을 리가 없었다. 아무래도 저 석양을 보면서 느낀 것은 이 때문이 아닌가 하는 생각이 들었다.

"우안…… 둘째 분께서 남기신 말씀이 있습니다. 그것도 전하려… 이렇게 구차하게 왔군요."

"안이……."

또 가슴이 답답해져 온다. 우안, 그 녀석은 아마 지금쯤 이 세상 사람이 아닐 터였다. 방양의 힘은 이 둘을 합쳐도 쉽지 않을 정도로 강하니 말이다.

"미란 아가씨와 함께… 당문에서 도망치라 하셨습니다. 그리고 두 번 다시… 이 강호로 돌아오지 말라고……."

"……."

안립은 말없이 탁우검을 쥔 손에 힘을 주었다. 그는 이 상황을 너무도 잘 알고 있었던 것이 분명 했다. 아무리 버둥거려도 살 수 없는 이 상황을 말이다.

똑똑한 아이다. 조금 비뚤어지긴 했어도 상황판단은 누구보다 빠른 녀석이니 틀린 말은 아닐 것이다. 그 말은 곧 안립보다도 그가 더 고수란 뜻이었다.

"저 역시, 같은 말을… 드리고 싶습니다. 회주님, 그러니… 어서 밖으로……. 쿨럭!"

후두두둑…….

검은 피가 가후인의 입에서 폭포수처럼 쏟아져 내렸다. 그와 함께 가후인의 몸에서 생기가 급작스럽게 빠져나가기 시작했다.

"부디… 보중을……. 하아아아……."

쿠우우웅…….

통나무가 쓰러지듯 가후인의 몸이 쓰러졌다. 안립은 어금니를 꽉 쥐며 두 눈을 감았다. 하나하나 그의 곁에 있었던 사람들이 모두 사라지고 있었다.

언젠가 이리 될 줄 알고 있었지만 막상 이렇게 닥치니 참 견디기 힘든 상황이었다. 한데 바로 그때 안립의 귓가에 낯선 목소리 하나가 들려왔다.

"어딜 갔나 했더니 고작 여기까지 온 건가? 호오, 여기들 다 계셨구려."

가후인이 쓰러지자 그 뒤에 한 사람의 신형이 서 있었다. 파랗게 깎은 머리에 여섯 개의 계인이 선명한 승려였다.

천약련주 제신승 방양대사였다. 어느새 이곳까지 내려와 있었던 것이다.

"드디어 찾게 되는군요, 오랜만입니다 당혁기 어르신, 역시 건강하셨군요."

"오랜만이오, 방양대사, 그대 또한 건강하구려. 아니, 너무 건강해서 탈인가나?"

서로간의 눈빛에서 불꽃이 일기 시작했다. 직접적으로 무공을 펼치는 것은 아니었지만 이건 그 이상의 의미가 있는 눈싸움이었다.

"건강한 것이 뭐 탈날 일이 있겠습니까? 그나저나 어디로 가십니까?"

"허허 이 아래 우리 당문의 기관이 깔려 있는 곳이 있지. 이 아이와 함께 그 아래로 내려갈 생각일세."

"젊은 친구를 좋아하셨습니까? 진작 알았으면 내 준비해 드렸을 것이거늘."

"예끼, 이 사람, 다 죽을 사람에게 농이라니 무슨 장난인가? 그저 학문적인 호기심이라 불러주시게."

참으로 편안한 대화이긴 하나 그 안에 담긴 내용들은 그리 편안하지 않았다. 도망칠 테니 따라올 테면 따라오란 소리였다.

"가는 것이야 언제든 할 수 있는 일이실 텐데 뭐가 그리 급하십니까? 그러지 말고 서로 이야기나 좀 나눕시다. 너무도 오랜만에 만난 사이가 아닙니까?"

"오호, 자네와 내가 서로 할 말이 있었던가? 이거 무척이나 궁금해지는구나."

끼이이이이……

마치 의자에 줄이라도 달린 듯 방양의 앞으로 밀려들어 왔는데 방양은 너무도 자연스럽게 그 의자에 앉았다. 정말 대단한 허공섭물이 아닐 수 없었다.

의자처럼 무거운 것을 끌어당길 수 있을 정도라면 그 내력은 상상을 초월하는 것일 터였다. 대체 어느 정도의 힘을 가지고 있는지 단적으로 알 수 있는 순간이었다.

"두 분도 앉으시지요. 아참, 의자를 드려야 하나?"

쉬이이잇… 부우웅…….

한쪽에 놓여 있던 두 개의 태사의가 안립과 당혁기를 향해 날아갔다. 그리 빠른 속도는 아니지만 그 의자에 담긴 힘은 무시할 수 없는 것이었다.

순간 안립은 탁우검을 들어 허공에서 내리그었다. 날아들던 태사의 하나가 완전히 반으로 갈라진다.

좌아아앗… 터텅…….

발 앞에 쓰러진 의자의 반쪽, 쓰러진 그 의자 위에 안립은 엉덩이를 붙였다. 탁우검을 앞에 놓고 그 검파에 턱을 괸 채 그는 말했다.

"난 낮은 것을 좋아해서 말이죠."

"흐음, 취향이야 다들 다른 법이지."

웃으며 이야기하지만 방양대사의 눈에 기광이 스쳐 지나갔다. 의자에 힘을 실어 보낸 것이긴 하나 함부로 자를 만큼 작은 힘이 아니다.

보통 사람이었다면 휘두르는 검이 부러질 정도로 보냈던 것이다. 그런데 안립은 너무 쉽게 반으로 갈라 버렸다. 검술의 경지가 생각 이상이었다.

"호의라 하니 그럼 받아 들여야겠지. 고맙네."

쉬이잇… 탁…….

"……."

하지만 더 놀랄 일은 당혁기의 반응이었다. 당혁기를 향해 날린 의자는 그의 신형에서 약 반 장 앞에서 멈추었다. 그러고는 뒤로 얌전히 돌아가 살짝 내려졌던 것이다.

본신의 내력이 방양보다 못할 게 없다는 뜻이었다. 그건 당혁기의 실력은 아직 꽤 쓸 만하다는 이야기이기도 했다.

"역시 아직 정정하시군요. 이 방양, 강호의 후배된 입장에서 하늘에 감사할 따름입니다. 아미타불……."

"불호는 됐고 본론으로 넘어가는 것이 어떨까 하네. 뭘 이야기하면 좋겠나?"

할 말 있으면 해보라는 뜻이었다. 그러자 방양은 합장을 하며 공손히 물어왔다.

"그렇다면 소승이 먼저 시작하지요. 당 선배님께서는 소승의 생각을 아셨습니까? 이 사람이 하려는 일들이 어떤 것인지 이미 짐작하신 것이겠지요?"

"헛헛, 본론을 이야기하고자 했더니 돌아서 가자는 말을 하는구나. 물론일세. 자네가 하고 싶은 일, 지금 당장 추구했던 일이 무엇인지 잘 알고 있네."

당혁기 또한 부드러운 음성으로 말을 이었다. 그와 방양은 약 오 장여의 거리였고 그 중간에 안림이 살짝 비켜서서 앉아 있는 형국이었다.

"사천무성의 몰락, 그게 아니겠는가?"

당혁기의 목소리에 방양은 미소를 머금었다. 한데 그 미소는 승려들이 짓는 부드럽고 자애로운 미소가 아니었다.

"잘 맞추셨습니다. 역시 연륜이 있으신 분들은 다르군요."

소림의 승려에게서 나와야 할 미소가 아닌 진하디진한 살소였다. 당혁기의 앞에서 드디어 진심이 나오기 시작한 것이다.

*   *   *

모두 합쳐 다섯이다. 구환도를 쓰는 자와 철수갑을 끼고 있는 자, 그리고 양치수와 영주상인, 그리고 은향인이다.

그들이 뿜어내는 기운은 너무도 강렬해서 모를 리가 없었다. 항자웅은 거의 한계에 이르기까지 수결을 끌어 올렸다. 물경 십여 장 근처의 모든 기운들이 한꺼번에 감각에 걸린다.

거리는 약 오 장여, 멀리 떨어져 있다고 생각하는지 아직 이들은 움직이려 하지 않고 있었다. 항자웅이 어떻게 나올지 일단 두고 보려 하는 것 같았다.

문득 뒤쪽이 살짝 시끄러운 것 같아 시선을 돌렸다. 진월이 있던 곳인데 그곳엔 진월뿐만이 아니라 다른 사람들도 꽤 있었다.

서림진가와 당문십결, 그리고 빙궁의 빙무혼들이었다. 그 숫자들도 무시 못해서 저 정도라면 일단 한숨을 좀 놔도 될 것 같았다.

그럼 이제 그가 신경 써야 할 것은 오직 하나 이자들뿐이라는 결론이다. 항자웅은 거리를 가늠하며 어떻게 해야 할지 생각하려 했는데 그때였다.

"역시 세월은 어찌할 수 없는 것이군. 천하의 귀월이 고작 어린 꼬마의 칭얼거림에 결정을 바꾼 것인가?"

은향인의 목소리다. 다시 눈을 돌려 바라보니 그는 경멸어린 시선을 가득 담고 있었다.

"진육협 전체를 통틀어도 귀월에게 이길 수 없다고 한 것이 엊그제 같거늘 이십 년이라니…… 이젠 네놈도 그 끝자락이 보이는구나."

더 이상 두려울 것이 없다는 투에 항자웅은 피식 웃었다. 대체 무슨 생각을 하는 것인지 이해할 수 없었다.

"웃음이 나오나? 뭐 하긴 웃을 수 있을 때 웃는 것이 좋겠지. 죽어 쓰러지면 더 이상 웃을 일도 없을 테니 말이다. 이번 일을 기획하면서 가장 신경 쓰이는 것이 네놈이었거늘 설마 이렇게 변할 줄이야……."

은향인은 말과 함께 허리춤에서 검날을 빼어 들었다. 아무래도 그는 항자웅이 만만하게 보인다는 말을 하는 듯했다.

대체 무슨 근거로 저런 말을 하는지 알 수 없었다. 하나 진짜 승부를 걸려는 것은 알 수 있을 것 같았다.

"하나만 묻자. 넌 그동안 나에 대해 정보를 얻지도 못했나? 내가 뭘 하며 어떤 일을 했는지도?"

뭔가 살짝 이상한 느낌에 항자웅은 말했다. 아마 그는 자신만의 고유한 정보망이 있을 것이고 그 정보망을 통해 항자웅에 대해 들었을 터였다.

지금 말하는 것을 들어보면 마치 자신이 한물간 것처럼 이야기하고 있었다. 그건 곧 좀 다른 정보를 접했다는 뜻이기도 한 것이다.

"안 들을 리가 있겠나? 서림진가에서부터 빙궁에 이르기까지 다 들었다. 네 녀석의 운이야 이십 년 전부터 좋았으니 할 말이 없지. 다만 이십 년 전엔 어느 정도 실력이 뒷받침된 운이라는 것이겠지."

항자웅은 고개를 끄덕였다. 더 생각할 것도 없었다. 이 정도면 그가 어떤 생각을 가지고 있는지 확실하게 알 수 있는 것이다.

점점 퇴보하고 있을 것이라는 생각을 가지고 있었던 것이다. 누가 분석을 해 그에게 정보를 넘겼는지 모르지만 참 무능한 놈이 아닐 수 없었다.

"조금 전에 네 실력을 본 것으로 확실해졌다. 강호를 등진 사람과 그렇지 않은 사람에 대한 차이라고나 할까?"

은향인의 말을 들으며 항자웅은 참으로 다행이라 생각했다. 상대방에서 이렇게 생각해 준다면야 그로서는 최선의 상황이었다.

상대를 얕보는 것만큼 기분 좋은 일은 없다. 없는 실수도 나오게 되니 그가 이길 확률은 점점 더 커질 수밖에 없었다.

이미 끌어 올린 수결로 인해 주변 상황들이 모두 느껴진다. 마치 구름과도 같은 이들의 기운들, 그 사이의 공간들이 확연하게 보였다.

더 망설일 것도 없이 항자웅은 크게 발걸음을 내밀었다. 기와 기사이의 무(無)의 공간, 그 공간에 발걸음을 내민 순간 몸 주변이 미끄러지듯 흘러간다.

스스스슥……

그 누구도 본 적이 없는 보법일 터였다. 기와 기의 사이를 미끄러지듯이 나가는 항자웅의 신형은 마치 한 개의 띠가 되어 허공에 흘려지는 듯한 착각이 들 정도였다.

다가서는 항자웅도 이들의 모습이 제대로 안 보일 정도니 더 말해 무엇할까? 문득 항자웅은 이 다섯 명의 눈이 동시에 커지는 것을 보았다.

특히나 은향인의 눈이 커다랗게 되는 것이 보인다. 그러나 아직 이런 정도로 놀라서는 안 된다. 항자웅은 오른손을 들어 월산도를 움직였다.

쉬이이잇.

철이 굽혀지는 것을 본적이 있는가? 차력을 하는 사람들이 구부리는 것은 있다. 그러나 그들은 진짜 철을 힘으로 구부려 버리는 것이다.

항자웅이 보여주는 것은 다르다. 기의 흐름 속에서 내민 월산도는 구부러지는 것이 아니라 그만큼 빠른 움직임을 보이는 것이다. 당하는 사람의 입장에서는 그저 휘어지는 칼로밖에 보이지 않을 만큼…….

푸우욱…….

"……."

섬뜩한 소리와 함께 복면속의 눈이 껌뻑인다. 제일 앞에 있던 철수갑을 낀 사람인데 어느 틈에 그의 가슴, 명치부근에 항자웅의 월산도가 깊숙이 박혀 있었던 것이다.

등 뒤로 비죽이 삐져 나올 만큼 깊숙이 박혔다. 폭이 한자에 이르는 거대한 칼이었으니 결과는 뻔했다.

"컥… 쿨럭……."

잔기침이 올라온다. 아울러 몸을 부르르 떠는 듯하더니 바로 두 무릎을 꿇었다.

털썩…….

항자웅은 도파에 힘을 주었다. 월산도가 비틀어지며 괴이한 소리가 같이 발생한다.

우득… 우드득…….

큰 칼이기에 빼내는 것도 쉽지 않다. 가슴뼈를 모조리 부러뜨리며 빼내야만 하는 것이다.

"아무래도 뭔가 좀 잘못 알고 있는 것 같은데……."

휘이잉… 후드득…….

월산도를 휘두르자 칼에 묻은 피들이 점점이 떨어진다. 항자웅은 남은 자들을 보며 다시 입을 열었다.

"그만 긴장들 하는 게 어때? 아까부터 이미 수결은 올려져 있었거든."

항자웅의 신형이 흐릿하게 변해간다. 또 한 번 기들 사이로 움직이려 하고 있는 것이다.

2

손소는 고개를 흔들었다. 그의 시선은 지금 항자웅에게 향하고 있었는데 사실 그건 모두의 시선이 마찬가지였다.

다들 항자웅을 바라보면서 복잡한 감정을 느끼고 있는 듯했다. 문득 그들의 귓가에 낙이언의 목소리가 울렸다.

"마룡추자 여근암과 한 판 하고 나서 좀 변한 것은 느꼈었다. 좀 더 강해졌다는 느낌은 있었다만. 저 정도인줄은 몰랐어."

이중에 가장 최근에 항자웅의 변화를 본 사람이다. 그도 이 정도의 이야기를 하는데 다른 사람들은 무슨 할 말이 있겠는가?

"여차하면 이 동전이라도 던져 볼까 하는데 이젠 할 말도 없다. 우리가 그토록 쓸모없는 사람들이 되다니."

한구사의 목소리에 진덕승은 고개를 끄덕였다. 물론 쓸모없다는 이야기가 아니다. 상대적 박탈감을 이야기하는 것이다.

항자웅의 능력은 이제 감으로 느껴보기도 힘들 정도로 커졌다. 이전이라면 어느 정도 능력이니 어떻게 도와야겠다는 생각이 들었건만 이젠 그런 생각조차 들지를 않았던 것이다.

"망할…… 이렇게 되니 저 빌어먹을 은향인이 불쌍하게 보이기도 하네. 사람 마음이란 거 참 갈대 같아."

"동감한다, 지초. 난 이제 낙향해서 계속 집이나 짓고 살련다."

송일까지 이렇게 이야기하자 듣는 사람들 모두 쓴웃음을 지을 수밖에 없었다. 물론 이 자리엔 진육협만 있는 것이 아니다.

"친구들이니 그럴 수도 있겠구나. 그러나 박탈감으로 따지자면 내가 더 큰 것 같은데? 그리 생각하지 않더냐?"

팽연지의 목소리였다. 팽가 사람들은 저쪽 진가와 당문십걸이 있는 쪽으로 가서 싸우고 있었는데 팽연지만 가지 않고 남아 있었다.

사천무성의 일인이었던 여인이다. 세상에서 가장 강한 사람들 중 한 명이었던 사람의 입에서 이런 이야기가 나오다니 조금은 의외였다.

"청출어람이라는 좋은 말이 있지 않습니까? 제자와 스승의 사이는 좀 다른 것 아니겠습니까?"

"그놈 참, 송사하는 놈이라고 말은 그럴듯하게 하네. 그래도 기분 나쁜 것은 바뀌지 않아."

"물론입니다. 제자이기 전에 저 녀석이나 저나 강호인입니다. 언젠가는 꼭 겨루어볼 겁니다."

낙이언은 고개를 좌우로 흔들었다. 한음도 하린벽까지 이리 말하니 뭐라 할 말도 없었다.

하긴 하린벽이라면 충분히 그러고도 남을 사람이다. 무공에 대한 열망은 아마도 사천무성 중의 제일일 터였다. 어떤 무공이든 배우고 익혀 결국 자신의 것으로 만드는 사람이니 말이다.

항자웅에게도 도법의 기본을 가르친 것이 바로 그다. 워낙 많은 도법을 알고 있다 보니 그 기본들을 충실하게 꿰고 있다. 아마 기본을 잡는 스승으로서는 이 강호에서 최고라 해도 틀림이 없었다.

"그나저나 참 궁금하네. 저 망할 놈들이 왜 이렇게까지 해야 했는지 말이야. 오만한 자부심으로 똘똘 뭉친 놈들인 줄 알았지만 뒤에서 조용히 사람이나 조종하는 것을 낙으로 생각하던 놈들이었거늘……."

"그건 아마 때가 됐다고 생각해서일 겁니다. 물론 그전까지 뒷공작은 아주 줄기차게 해왔었죠. 이제 거둘 수 있다고 확신을 가진 것이겠지요."

"응?"

한구사의 목소리였다. 팽연지는 그 말이 무슨 뜻인지 일순 이해할 수 없었는데 그러자 한구사는 부연 설명을 시작했다.

"천약련이란 곳은 겉보기와는 다릅니다. 표면상으로는 정파의 정의를 수호하는 모임이지요. 그러나 실상 안을 들어다보면 기득권을 가진 사람들의 모임일 뿐입니다."

적나라한 평가였다. 머리 쓰는 것에서는 진육협 중 가장 뛰어난 한구사니 아마도 틀린 평가는 아닐 터였다.

"구파일방으로 불리는 사람들, 그들의 이익을 위해 움직이는 것이 천약련이지요. 그들에게 있어 천약련은 영원한 권력을 위해 반드시 필요한 것입니다."

"내가 천약련에 있지만 반대하기 힘들군. 솔직히 인정하지 않을 수 없는 평가다."

"고맙다, 덕승. 적어도 너완 이런 관점으로 싸우기 싫었다."

"아아, 마찬가지다."

두 사람은 서로를 향해 눈을 찡긋거렸다. 둘 다 처세술의 달인들이자 머리가 좋은 놈들이다. 이 둘이 같은 생각이라면 더할 말은 없는 것이다.

"그러니 천약련은 영원해야 하겠지요, 그런데 그러기 위해선 그보다 더 큰 힘을 가진 것이 없어야 합니다. 한데 이들은 그들에 관한 조사는 이미 충실하게 마친 후였지요. 누구일지 아시겠습니까?"

"설마 우리 사천무성을 이야기하는 것이냐?"

"설마가 아닙니다. 진짜예요. 이자들은 사천무성을 노리고 있습니다. 서림진가, 빙궁, 하북팽가 그리고 당문을 부수어서 천약련의 아성을 더욱더 단단하게 만들 셈이지요."

“…….”

팽연지의 눈이 날카롭게 빛나기 시작했다. 사실이라면 정말 용서할 수 없는 일이었는데 왠지 그 말이 너무도 설득력있게 다가왔다.

저 눈앞에 있는 화천사 은향인이라면 그러고도 남을 위인이다. 구파일방에 대한 특권의식을 가지고 있는 사람이기도 하거니와 목적을 위해 수단과 방법을 가리지 않는 자다.

“이 모든 것은 항자웅이 먼저 의심한 것이기는 합니다. 하나 꽤 오래전부터 이상한 일은 있어왔습니다. 우선 제일 웃기는 것이 원살토지요. 천살토와 지살토가 하나로 되었다는 말, 그 자체가 경극이나 다름없습니다.”

누군가 조종하지 않으면 일어날 수 없는 일이었던 것이다. 천살토와 지살토는 그 시작부터가 다르다. 누군가 나선다 하더라도 쉽게 섞일 자들이 아닌 것이다.

그만큼 강력한 힘을 지닌 자들이 있다는 뜻이었다. 그리고 그것이 누구인지 굳이 말하지 않아도 잘 알 수 있었다.

“안립, 우안, 그리고 화미란, 저도 한 번도 본 적이 없는 자들이지만 그들이 이 모든 것을 가능하게 했다 하더군요. 그들은 다름 아닌 우리들과 같은 십무원 출신의 무인들입니다. 그들의 신원에 관한 것은 덕승이 확인했지요.”

“맞습니다. 도후를 만나기 전까지 저와 자웅이 들렸던 곳이 바로 십무원이었습니다. 그곳이 다시 돌려진 흔적이 있더군요.”

“으음…….”

여기까지 이야기가 나온다면 부정할 수 없는 사실이란 말이었다. 천약련은 그 자신들의 힘을 더욱더 공고하기 위해 가상의 적들을 만들어낸 것이다.

그리고 그 적들로 하여금 사천무성을 치게 만들었다. 그리고 지금까지 이렇게 오게 된 것이다.

"사천무성 네 분이 천약련에 지원을 요청해도 아마 그들은 들어주지 않았을 겁니다. 들어준다 한들 이미 돌이킬 수 없는 피해를 입은 후가 되겠지요."

무서운 일이었다. 권력에 대한 집착이 어느 정도까지 갈 수 있는가 하는 생각을 하게 만드는 사실이었던 것이다.

아무리 사천무성이 강하다 한들 구파일방의 힘을 당할 수는 없었다. 전면전이든 뭐든 간에 결국엔 그들이 이긴다. 이 강호에 깔아놓은 힘과 인맥을 생각해 보면 너무도 쉬운 일이었다.

그냥 자신들과 동급으로 불리는 것이 싫었을 뿐이다. 그래서 이런 일을 획책한 것이라는 생각이 들자 그녀는 가슴이 답답해져 왔다.

언젠가 그렇게 될 지도 모른다는 생각을 한 적이 있었다. 하지만 실제로 그런 일은 일어나지 않을 것이라 믿었다. 한데 이렇게 되어 버리다니…….

"나중에 살펴보니 꽤나 준비를 많이 했더군요. 어쩌면 이 모든 일은 구파일방의 암묵적인 동의를 얻지 못하면 이룰 수 없는 일인지도 모릅니다. 저기 저 천약련의 무인들, 그들의 무공을 보면 알 수 있지요."

한구사의 말에 모두의 고개가 끄덕여진다. 백여 명의 무인,

그들은 딱히 어느 문파 출신이라는 느낌이 들지 않는다. 여러 가지 무공을 사용하는데 한 가지 문파의 것이 아니었다.

문파에서 뽑혀 온 것이 아니라 이곳에 와서 키워진 자들이었던 것이다. 천약련 그 자체의 힘이라 해도 과언이 아니었다.

"아마 저들의 유일한 실수는 바로 항자웅이란 친구를 건드린 일일 겁니다. 그로인해 이런 상황까지 몰렸죠. 사실 이 모든 것을 다 생각하고 정보를 보내온 건 저 항자웅이었으니까요."

손소는 고개를 끄덕였다. 서림진가에서부터 항자웅은 눈치채고 있었다. 이 화살은 사천무성에게 향하는 것이라고 말이다. 짐작이 아니라 확신하고 그리 대책을 세웠다.

그 때문에 여기 모두 모이게 된 것이다. 아울러 이들의 생각을 저지하려면 지금뿐이었다. 더 이상 손을 늦춘다면 그땐 너무 늦어버릴 것이었다.

"그리고 저 어처구니없는 무공을 가져 버린 것도 악재일 거예요. 정말 저건……. 뭘 어떻게 해야 막을 수 있을지조차 모르겠네요."

한구사는 그 말을 마지막으로 말을 맺었다. 더 이상 할 이야기도 없고 할 것도 없었다. 이젠 그 다음을 향해 미리 준비해야 할 때였다.

"과연 얼마나 우리들의 뜻이 통할까나……. 그게 문제겠지……."

아무도 듣지 못할 정도의 작은 중얼거림만 흐를 뿐이었다.

은향인은 뒤로 물러섰다. 이건 정말 믿을 수가 없는 일이었다. 어째서 항자웅이 이렇게 변했는지 도통 알 수가 없었던 것이다.

이건 그가 들은 바가 아니었다. 그는 이전부터 항자웅에 대해 알아보고 또 알아봤다. 이십 년 전 모든 것을 다 버리고 집으로 낙향했을 때도 가끔 사람들을 보내 그 진심을 파악하려 애썼다.

그때마다 느낀 것은 더 이상 항자웅은 위협이 되지 못한다는 것이다. 몸은 비대해졌고 무공은 사용 흔적조차 보이질 않는다. 그러니 신경을 꺼도 상관없다고 판단했다.

서림진가에 나타났을 때도 그렇다. 진소군의 죽음으로 인해, 그의 희생으로 인해 진가가 겨우 살아났다 판단을 했다. 게다가 진소군이 죽은 진가는 전혀 신경 쓸 곳이 아니었다.

빙궁의 일도 그렇다. 빙궁에서 원살토주가 죽었다는 말을 들었을 때도 그것이 항자웅이 그런 것이라곤 생각하지 않았다. 운 좋게 하린벽이 한 일이라 느꼈었던 것이다.

그런데 그게 아니다. 이 정도의 무공이라면 그가 다 일을 해결했다 해도 믿을 수 있었다. 정보가 완전히 잘못되었던 것이다.

지금 보여주고 있는 항자웅의 모습은 완전히 그의 생각을 벗어나는 움직임이다. 정말 세상에 이런 무공이 존재할 수나 있는 것인지 우선 그게 궁금할 정도다.

보이질 않았다. 허공 속에 몸을 숨기는데 마술 같은 것이 아니다. 진짜 항자웅의 모습은 보이지 않았다.

간신히 느낄 수는 있었지만 그래도 문제는 해결되지 않았다.

느껴지는 속도가 가히 형언 불가란 말을 쓸 정도였다. 도무지 인간의 움직임이 아니었다.

분명 항자웅은 수결을 사용했다. 수결은 어떻게든지 쉽게 눈에 띄는 무공이다. 그 사이한 요기는 절대 잊을 수가 없다.

지금은 그런 느낌조차 없다. 뭔가 완전히 다른 무공을 가지고 눈앞에 나타난 것인지라 은향인은 모골이 송연해졌다. 한순간 가슴이 덜컥 내려앉을 정도로 두려움이 치밀어 올랐던 것이다.

이건 수결이 아니라 또 다른 무공이다. 전혀 알지 못하는 미지의 무기를 눈앞에 만나게 된 상황이었던 것이다.

카아아앙… 쿠우우욱…….

"흡……."

구환도를 가지고 있는 사내가 허리를 꺾었다. 배 어림에 월산도가 꽂힌 채 부르르 떨고 있었다. 어디서 날아오는지도 몰라 어떻게 막을 도리조차 없었다.

시이이잇… 시링…….

항자웅의 월산도는 그대로 위로 올라와 몸을 가르며 올라왔다. 가슴을 스치듯 올라오더니 복면을 쓴 머리 아래 목으로 가 살포시 얹힌다.

그러고는 튕겨나간다. 월산도가 뒤로 빠져나가는 순간 사내의 목도 허공으로 크게 튕겨 올라갔다.

"빌어먹을 괴물 같은 놈! 이거나 받앗~"

콰아아아아…….

영주상인의 불진이 허공에 춤을 추었다. 그와 함께 현무검사 양치수의 흑무가 자욱하게 항자웅을 둘러싼 순간 은향인은 정신을 바짝 차렸다. 어쩌면 잘될 지도 모르는 일이었다.

불진은 거의 이 장여의 쭉쭉 늘어나 온 사방을 휘감고 있었다. 이 정도라면 항자웅의 신형은 빠져나갈 곳이 없어 보였다.

영주상인과 양치수가 항자웅의 신형을 구속한다면 승산이 있는 것이다. 그가 가진 모든 힘을 사용하면 해볼 만했다.

콰아아아아…….

은향인은 오른손에 힘을 주었다. 그의 검날에 보이지 않는 염화가 피어올랐고 그것으로 준비는 끝이었다.

피리리리링… 피링… 화아아아아악…….

불진과 흑무는 더욱더 크고 짙어졌다. 은향인은 그 자리에서 허리를 숙이며 오른손을 들어 올렸다. 언제든 발출할 수 있도록 준비하는 것이다.

그리고 바로 그때 은향인이 생각하는 순간이 나타났다. 항자웅의 신형이 허공에 갑자기 나타났던 것이다.

"차앗!"

쉬이이잇……! 쩌어어엉……! 우두둑…….

젖먹던 힘까지 모두 동원한 일격이다. 허공으로 몸을 띄운 상태에서 그대로 내리 찍었다. 검날이 아니라 검끝으로 말이다.

베는 힘은 면이 넓기 때문에 힘이 분산된다. 그러나 찌르는 것은 아니다. 단 한 점이기 때문에 일단 한 번 찍히게 되면 치명상을 입을 수밖에 없었다.

더욱이 그의 검은 염화가 깃든 검이다. 염화란 생각의 불, 즉 검기의 또 다른 형태였다.

무엇이든 베는 것이 아니라 무엇이든 태운다. 진짜 타는 듯한 모습을 보이는 것은 아니지만 일단 격중되면 그 불이 꺼질 때까지 죽기보다 더한 고통에 휩싸이게 되는 것이다.

화산에서도 이런 무공을 가진 사람은 단 한 명도 없었다. 염화를 쓸 줄 아는 것은 같은 천약련에 있는 동자패권 우호와 그 딱 둘뿐이다.

정종무공 같지 않다는 비평도 있었지만 상관없었다. 인정받아 강한 것이 아니라 강한 것이 인정받는 세상이니 말이다.

항자웅의 몸에 그의 검날이 꽂혔다. 늘어난 불진과 압박해 오는 흑무가 만들어낸 포위망을 피하지 못한 것이다.

이 금속성의 소리는 호신강기를 뚫어낸 소리라 생각했다. 실제로 고수들의 몸에 칼을 넣을 땐 금속이 아니라 바위를 뚫는 듯한 기분이 든다. 호신강기는 그토록 단단하니까 말이다.

그리고 이어 들린 소리와 감각, 틀림없이 뼈를 부수며 살을 가르는 느낌이었다. 수없이 많이 느낀 이 감각을 잊을 리가 없는 것이다.

"과연 화천사! 대단하오이다."

"멋지오, 화천사!"

양치수와 영주상인은 만면에 웃음을 띄우며 병기를 거두었다. 그들 또한 항자웅을 이길 자신은 없었다. 어떻게든 몰아보자라는 것이 암묵적인 계획이었다.

그런데 그것이 이토록 좋은 효과를 지닐 줄은 꿈에도 생각해

보지 못했던 것이었다. 그들은 항자웅의 몸에 칼날이 박혔을 것으로 생각하며 흑무와 불진을 거두었다. 한데…….

"……!"

세 사람의 눈이 동시에 커졌다. 은향인의 검은 정말 제대로 항자웅의 몸을 찔렀었다. 그러나 항자웅을 꿰뚫은 것이 아니었다.

은향인의 검 끝에 뭔가 둥근 물체가 달려 있었는데 그건 사람의 목이었다. 구환도를 가지고 있던 복면인의 목이 검 끝에 꿰뚫려 매달려 있던 것이다.

항자웅은 그 뒤에 있었다. 월산도의 넓은 도면을 돌려 은향인의 검을 막은 후 그 앞에 사람의 머리를 끼워 넣은 것이다.

"본인들이 스스로 가르쳐 놓고도 까먹었나? 상대가 반드시 죽었는지 확인한 후에 병기를 거두라면서?"

"……"

모골이 송연한 광경에 세 사람은 아무런 말도 하지 못했다. 아니, 그냥 있어서는 안 되는 상황이었다.

빨리 다음 공격을 펼쳐 뭔가를 해야만 했다. 그러나 먼저 손을 쓴 것은 그들이 아니라 항자웅이었다.

투우우우웅…….

"흡!"

은향인의 얼굴이 일그러졌다. 그의 두 어깨에 밀려드는 이 압력 때문이었는데 그야말로 엄청난 힘이었다.

그에게만 이런 현상이 있는 것이 아니다. 양치수와 영주상인도 허리를 곧추세우며 바로 대항하고 있는 것을 보니 다 같은 압력이 걸려 있는 듯했다.

"이… 이게 대체……."

놀라운 일이었다. 움직이기는커녕 허리를 제대로 펴기도 힘들었다. 검을 쥔 오른손도 위로 들 수 없을 만큼 막강한 진력이었던 것이다.

문득 그의 눈이 주변을 향한다. 그러고 보니 항자웅의 뒤쪽으로 뭔가 허공에 떠오르고 있었다. 저 멀리 꽤 먼 곳에서였는데 좌우로 길게 연결되어 있었다.

점점 하늘로 떠올라 지면에서 약 이 장여 높이로 올라섰을 때 은향인은 알 수 있었다. 그것이 무엇인지를 말이다.

"귀… 귀월!"

거대한 둥근 고리다. 물경 십여 장이 넘는 크기의 둥근 고리, 틀림없는 귀월이었다.

스읏…….

항자웅은 오른손을 들어 올렸다. 그의 손에 들린 월산도 역시 같이 허공으로 들리는 듯하더니 이내 천천히 내려오기 시작했다.

"크윽……."

"큭… 아아악!"

양치수와 영주상인의 입에서 비명성이 흘러나왔다. 월산도가 내려오면 내려올수록 몸에 가중되는 힘은 점점 배가되고 있었던 것이다.

이대로 가면 눌려 죽을 것만 같을 정도로 강렬한 압력이었다. 은향인은 겨우 버티긴 했지만 그것이 전부였다. 버티는 것 이외에 그 어떤 행동도 할 수 없었다.

우득… 우드득…….

"컥… 쿨럭……."

"으극……."

결국 두 사람은 바닥에 무릎을 꿇었다. 정말 밑도 끝도 없는 거대한 내력에 은향인은 미칠 것 같았다. 월산도가 서서히 내려오는 그 시간이 정말 영원일 것만 같은 그런 순간이었다.

쿠웅…….

뚜둑… 뚝…….

이윽고 월산도는 땅에 완전히 닿았고 양치수와 영주상인은 허리를 푹 숙인 채 기괴한 모습을 하고 있었다. 이미 그들은 어깨부터 시작해 온몸의 뼈들이 다 부러진 상태로 죽어 있었다.

은향인은 그나마 멀쩡한 편이었다. 하지만 그 또한 함부로 움직이기 힘들 정도의 부상을 입은 후였다.

"이… 이놈 항자웅! 네놈을 죽이고야 말겠다!"

치밀어 오르는 노화에 그는 으르렁거렸다. 하지만 항자웅은 태연자약했다.

"너 혼자서는 무리다. 그리 생각하지 않나?"

항자웅의 목소리에 은향인은 이를 부드득 갈았다. 당장에 부정하며 덤벼들고 싶었지만 틀린 말이 아니었다.

혼자로는 무리였던 것이다. 최소한 저 아래 있는 무사들이라도 데려와 같이 싸워야 했다.

"신색을 보아하니 역시나 그리 생각하는군. 사람은 습관의 동물, 쉽게 바뀌지가 않지. 약하다고 생각하면 바로 꼬리는 내리는 습관이 있는데 어찌 덤벼들까?"

"……."

항자웅의 말 한마디 한마디가 날카로운 송곳이 되어 가슴을 후벼파는 듯했다. 실제로 그는 지금 어떻게 하면 이 자리를 피할 수 있을까를 생각하고 있었던 것이다.

"내 말이 틀리다고 생각하면 지금이라도 덤벼보시지. 이미 중결은 거두었다. 움직이고 싶으면 얼마든지 움직일 수 있을 것이다."

몸을 내리누르는 압력은 완전히 사라진 후였다. 항자웅의 말처럼 승부를 내자면 그렇게 할 수 있었다. 온몸의 내력을 다 끌어 올려 한판 해볼 수 있었던 것이다.

그러나 움직일 수 있다고 해서 이길 수 있는 것은 아니다. 눌렸던 후유증으로 인해 그는 지금 상당한 고통을 몸 이곳저곳에 느끼고 있었다.

움직이긴 해도 마음에 들게 움직일 수가 없었던 것이다. 결론부터 이야기하자면 지금 승부는 무리였다.

"훗……."

작은 웃음과 함께 그는 왼손을 입가로 가져갔다. 그러고는 아랫입술을 살짝 쥐고는 휘파람을 크게 불었다.

삐이이이잇…….

내력을 실은 소리가 허공 가득 울려 퍼졌다. 날카롭지만 그 긴 소리는 천약련의 무사들에게 보내는 것이었다.

그들은 모두 전장에서 뒤로 물러나고 있었다. 스스로 수중의 무인들에게 싸움을 중지하라고 신호를 보낸 것이다.

"네 말이 맞다, 항자웅. 지금은 널 이길 수 없지. 내가 졌다."

말과 함께 그는 오른손을 흔들었다. 순간 내력이 크게 그의 검속으로 들어갔고 그러자 검날이 두 동강이 났다.

따아앙… 투툭…….

부러진 검을 땅에 던지며 은향인은 웃었다. 깨끗하게 투항하려는 것인데 역시 그다운 결정이었다.

"과연, 이런 방법이 있었군. 스스로 백기를 든 것인가?"

전혀 몰랐다는 듯 항자웅이 말했다. 물론 놀리려 하는 이야기다. 보통 사람들이라면 얼굴이 벌겋게 달아오를 이야기였지만 그에겐 아니었다.

"네놈이 알 듯 난 지는 싸움은 하지 않는다. 그건 지금도 그렇고 앞으로도 그렇지. 지금 나의 판단은 어떻게든 살아남는 것이 우선이라 생각한다."

"역시 정확해. 아주 당신다워. 너무 당신다워서 역겨울 지경이야."

항자웅은 웃었다. 물론 확실한 비웃음이다.

"얼마든지 마음대로 놀려보도록, 난 이미 투항한 사람이야. 설마 이런 사람을 죽이지는 않겠지?"

"그럼 죽일 수는 없지. 어떻게 죽이겠어?"

항자웅의 대답에 은향인은 웃었다. 그러면 되는 것이다. 살아 있으면, 어떻게든 살아만 있으면 방법은 있을 터였다. 다시 강호에 나설 수 있었고 이 치욕을 갚을 수도 있었다.

그러나 죽어버리면 그뿐이었다. 그건 아무런 도움이 되지 못한다. 뭐하러 멍청한 결정을 내리겠는가?

"그런데 멀쩡히 살려준다고는 말한 적이 없는 걸로 아는데?"

"…너 이자식……! 흡!"

퍼어억… 우드득…….

항자웅의 주먹이 은향인의 옆구리에 꽂혔다. 은향인의 몸이 허공으로 들썩거릴 정도로 엄청난 위력이었다.

마치 쇳덩이가 옆구리로 밀려 들어온 것 같은 그런 느낌이었다. 너무도 대단한 그 위력에 은향인은 제대로 숨도 쉴 수 없었다.

옆구리에서 나는 소리로 봤을 때 뼈도 부러진 것이 분명했다. 정말 죽을 것만 같은 고통이었다.

"벌써부터 이럼 곤란해. 이대로 끝내지는 않아."

쉬잇… 콰아앙……! 두둑…….

"하악……!"

그대로 주먹을 돌려 어깨를 툭 치자 어깨뼈가 완전히 부러져 나갔다. 순간 왼손에 힘이 전혀 들어가지 않자 왼손이 축 처진다.

"아직이야. 이대로는 너한테 당한 사람들이 편히 눈을 감을 수가 없을 거야."

엄지손가락을 삐죽이 들어 그대로 목 어림을 내리눌렀다. 항자웅의 손가락은 철로 만든 송곳이 되어 은향인의 쇄골 안쪽을 찔렀다.

우드득…….

"크아아악!"

이번 고통은 정말 아팠다. 먼저 했던 것들과는 아주 다른 고통이었는데 거의 온몸이 마비되는 듯한 느낌이 들 정도였다.

쇄골을 부러뜨려 버린 것이다. 쇄골은 부러지면 아예 누워서 움직일 수도 없을 정도로 민감한 곳이다. 또한 다시 붙는다 해도 정상적인 생활이 쉽지 않다.

"이… 이 개자식! 네놈을 언젠가 씹어 먹어 버리겠다. 어떻게든 살아… 크아아악!"

우드득…….

오른발을 들어 쓰러진 은향인의 왼발 허벅지를 내려밟았다. 허벅지뼈가 그대로 부서지자 은향인은 고통에 온몸을 꿈틀거렸다.

"한 번만 더 싸가지없는 소리 지껄여 봐. 그땐 진짜 죽여 버린다."

항자웅의 목소리에 은향인은 아랫입술을 꽉 깨물며 입을 다물었다. 항자웅은 진짜 그렇게 할 사람이었다.

"뭐하러 그런 단서를 달아? 죽이려면 그냥 죽여. 이런 놈 살려서 뭐해?"

현지초의 목소리가 들려왔다. 천약련의 무사들이 뒤로 물러난 순간 이미 싸움은 끝이 난 것이다. 뒤쪽에 있던 진육협이 모두 항자웅의 뒤로 와 있었다.

그들뿐만이 아니라 거의 대부분의 무인들이 다 이곳으로 와 있다. 천약련의 무인들만이 어찌할 줄을 몰라 멀찍이 떨어진 곳에서 눈치만 보고 있었다.

"죽여도 천약련에서 죽여야 되니까. 이 천약련에서 유일하게 제대로 움직일 사람에게 힘을 실어줘야 하는 것 아니겠어?"

"그건 또 무슨 이야기야?"

한구사의 목소리에 현지초가 되물었다. 그러자 한구사는 옆에 있는 진덕승을 가리켰다.

"천약련을 움직이는 놈들이 나쁜 거지, 그 안에 있는 사람들이 다 나쁜 것은 아니지. 게다가 그 안에서는 이들에 동조하지 않는 사람들도 있을 거야. 그런 사람들을 모두 한통속으로 몰아넣을 수는 없다고."

"그래서 이놈을 희생양으로 삼는다? 그러려면 이자가 아니라 이 위의 사람이 낫지 않아?"

천약련주를 말하는 것이다. 모든 정황을 다 따져 봤을 때 천약련주도 이 일에 관련되어 있을 확률이 높았다. 그렇지 않고서는 이렇게 아무도 모르게 일이 진행될 수가 없었다.

아니, 바로 옆에 있는 외무원주 진덕승조차 모를 정도로 일을 진행하는데 련주를 포함되어 있지 않다면 거의 불가능한 일이었다.

한구사는 나름 고개를 끄덕였다. 물론 그건 맞는 이야기다. 하지만 한 가지 더 고려해야 할 것이 있었다.

"그건 힘들 거다, 지초."

"왜 그놈은 뭐 염라대왕이라도 된대?"

항자웅이 대신 대답하고 있었다. 항자웅은 살짝 웃으며 그에게 답했다.

"그는 사로잡을 수 없어. 승부를 건다면 반드시 죽일 수밖에 없다."

담담한 그의 목소리에 현지초의 미간이 찡그려졌다. 아주 현실적인 이유였던 것이다.

"크크크……. 미친놈들, 아주 세상 모든 것이 네놈들의 손에 다 들어온 것처럼 구는구나."

현지초의 눈이 사나워졌다. 말을 한 사람은 바닥에 쓰러져 있는 은향인이었다.

"내가 왜 이렇게 무리해서 이곳에 와 있는 줄 아는 게야? 응? 네놈들의 시선을 끌고 이런 모욕을 당하면서까지……."

"네놈이 여기서 시선을 끌고 있을 때 당문을 날리려고 하는 거겠지. 그게 무슨 큰 비밀이라도 되는 거 같나?"

"……."

손소의 목소리에 은향인은 입을 다물었다. 딱 그것이 그의 임무였던 것이다.

"어차피 네놈들은 현재 사천무성의 힘을 약화시키는 것이 가장 큰 목적이니 당연한 거겠지. 그래, 그래서 지금쯤 당문이 초토화되었을것이라 생각하고 있는 건가?"

손소의 목소리는 계속되었고 은향인은 그게 무슨 소리냐는 듯한 눈빛을 만들었다.

"정말 당신은 아무것도 모르는군."

항자웅은 한심하다는 듯한 눈길로 은향인을 바라보았다. 한

참을 바라보던 그의 눈은 이번엔 옆으로 돌려 흐릿하게 보이는
전각을 향했다.

당문이었다. 독과 암기의 대명사인 당문의 거각들이 흐릿하
게나마 보이고 있었던 것이다.

"만우일추 당혁기 어르신이 그리도 만만한 사람 같아 보이
나?"

그 고루거각을 지켜온 사람이다. 그것도 거의 평생 동안을 말
이다.

1

"헛헛, 축하하네. 자네의 뜻이 그렇다면 성공했다 봐야겠구만. 우리 당문을 포함해서 사천무성의 가문은 모두 끝이 나지 않았나?"

처연한 웃음이 당혁기의 입에서 흘러나온다. 모든 것을 다 잃어버린 한 거인의 웃음이기에 더욱더 초라해 보이는 것 같기도 했다.

당혁기의 말대로였다. 당가는 지금 이렇게 다른 사람들에게 집안을 점거당한 후 제 역할을 못하고 있었고 서림진가는 회생이 힘들 정도로 타격을 입었다.

특히 진소군의 죽음은 그 무엇과도 바꿀 수 없는 큰 사건이었다. 이어 빙궁도 상당히 큰 힘을 잃었고 특히 하린벽은 부상으로 당분간 제대로 무공을 펼치기 힘들 터였다.

그나마 무사한 것은 팽가일 뿐이다. 하나 팽가는 좀 사정이 다른 것이 팽연지와 그 후손들간의 무공 차이가 상당히 크다. 시간이 흐르면 그들의 무위는 떨어지게 되어 있었다.

"아니오. 그렇지 않습니다. 솔직히 그리 생각하기도 했었지만 곰곰이 생각해 보니 다른 결론이 나오더군요. 실상 사천무성의 힘은 약화된 것이 거의 없습니다."

당문이 이렇게 텅텅 비어 있다지만 당문의 힘은 당문 자체가 아니라 그 구성원들이다. 당가의 고수들이 다 어디로 갔는지 알 수 없을 정도로 이미 진짜 힘은 어디론가 빼놓은 후였다.

진가도 그렇다. 진소군이 죽은 것은 분명 큰 이득이다. 하지만 그 이후 진가의 힘을 다 소진시키는 것은 실패했다. 특히 항자웅이 데리고 있든 진월은 점점 강해져 진소군의 후계가 될 가능성도 있었다.

빙궁 또한 문제다. 빙궁의 힘을 깎아 놓기는 했지만 정작 빙궁의 맥을 끊는 데는 실패했다. 시간이 지나면 하린벽도 회복을 할 것이고 빙궁의 힘 또한 다시 늘어날 것이다.

팽가는 아직 시작도 안한 상태니 이런 상황이라면 뭐 유리하다 할 것이 없었던 것이다.

"생각해 보면 이 모든 것이 다 어르신 때문이 아닌가 합니다. 잘 되가는 듯하다가도 뭔가 제 마음대로 되질 않더군요."

"헛허, 그건 너무 억측이로구만. 이 늙은이가 무슨 힘이 있어 그리하겠는가?"

말도 안 된다는 듯 그는 고개를 흔들었지만 그건 그저 동작일 뿐이었다. 그의 눈빛은 그 말이 맞다고 하고 있었다.

"아뇨 억측은 아닐 겁니다. 그건 여기 있는 이 녀석이 증인이죠. 내 생각이 맞는다면 만사회를 만든 것은 어르신의 생각이 아닙니까?"

방양대사는 이번엔 중앙으로 눈을 돌렸다. 조용히 가운데 앉아 있던 안립을 향해서였다.

"부인하진 않겠습니다. 그 정도의 힘은 있다고 봤지요. 물론 그런 판단을 내리기 까지 많은 도움을 주셨습니다."

"그래, 그럴 것이야."

고개를 흔들며 방양대사는 웃었다. 솔직히 말해 정말 절묘한 한수가 아닐 수 없었다.

천약련과 마교, 그리고 만사회……. 균형을 잡기엔 최적의 상황이었다. 정과 마, 그리고 사의 대결은 언제나 화제를 일으키니 말이다.

그리고 그냥 화제만 일으키는 것이 아니라 진짜 단체를 만들었다. 비록 많은 인원수는 없지만 그 존재 자체만으로도 이미 화제가 되고도 남음이 있었다.

"그냥 두었다면 정말 골칫거리가 될 상황이었지. 그래서 내가 이렇게 빨리 오게 될 수밖에 없었고. 결과적으로 내 진짜 모습을 사람들에게 보여줄 수밖에 없었어. 아주 적절한 상황 판단이었습니다. 아미타불……."

진짜 무서운 것은 만들어진 것이 아니라 그 다음이었다. 적은 인원으로 뭔가 만들어봤자 그리 큰 효과를 발휘할 리가 없었다.

하나 시간이 조금만 지나 스스로 사파라 생각하는 자들이 붙기 시작하면 이야기는 달라진다. 물론 여기에 기름을 붓는 일도 일어난다. 이들의 편에 당문이 있다는 사실이 돌게 되는 것이다.

강호에서 당문의 인지도는 높을 수밖에 없었고 이는 수많은 문파들의 경계를 받는 직접적인 계기가 되었다. 시간이 지나면 지날수록 주목은 더욱더 받게 될 것이고 그럼 여기 안립의 존재는 노출 될 수밖에 없었다.

안립은 노출되어선 안 되는 사람이다. 안립과 우안, 그리고 화미란은 세상에 있어선 안 된다. 만일 살아 있다면 그의 그림자로 언제나 남아 있어야 할 사람들이었던 것이다.

"서로간의 입장 차이에서 시작된 것이 아니겠나? 그러니 나 역시 할 일을 한 것뿐이지. 특별히 그게 잘못된 것은 아니라는 생각이 드는구만."

"물론입니다. 그 때문에 어르신을 책망하진 않습니다. 어차피 언젠가는 저도 제 할 말을 하고 살아야 한다고 생각했으니까요. 오히려 더 고맙습니다. 생각보다 빨리 기회를 줘서."

방양의 얼굴엔 여전히 인자한 웃음이 떠오르고 있었다. 그러나 그 웃음 속에 점점 작은 살기들이 스며들고 있었다.

"한 가지 더 제가 좀 의문스러운 것이 있는데 그것도 좀 설명해 주시겠습니까?"

"무엇인가? 내 알려줄 것이 있다면 그리해 주지."

늙은 생강이 맵다는 말이 생각나는 순간이었다. 방양이 이십년 가까이 걸려 이룩한 것을 이 사람은 단 몇 달 만에 다 깨버리고 있으니 말이다.

우안과 안립, 그리고 화미란, 방양이 이들에게 들인 노력은 상상을 초월한다. 특히나 진육협의 일을 거울 삼아 그는 한 가지 더 아이들에게 조건을 걸었다.

무조건 복종을 할 아이들을 찾아낼 것, 그래서 찾아낸 아이들을 조련했고 그중 살아남은 것이 이 세 명이다.

불과 얼마 전까지만 해도 이들은 절대 복종을 외치며 그의 말을 따랐건만 이젠 그 누구도 그의 말을 따르지 않는다. 우안과 안립은 이제 완전히 대립각을 세우고 있었는데 화미란도 이야기 해봤자일 터였다.

"어떻게 이들을 같은 편으로 만들 수 있었습니까? 이들은 그 누구보다 제게 충성하는 것을 최고의 덕목으로 삼았던 아이들입니다. 누가 와서 무슨 이야기를 하든 흔들리지 않을 아이들이었지요."

"아, 그것 말인가?"

충분히 가르쳐 줄 수 있다는 반응이었다. 그는 잠시 안립의 신색을 한번 살피곤 말을 이었다.

"당연하지 않나? 누군가 자신을 죽이려 하고 난 그 죽음을 피하기 위해 노력해 주었네 그것만으로도 이미 관계는 개선될 것이라 생각하지 않나?"

"……"

일순 방양은 이해할 수 없다는 듯한 얼굴을 만들었다. 생각외의 반응이 나와서였다.

"이 녀석들의 수결을 해결해 주셨단 말입니까? 어르신께서요."

"아니, 그런 것은 아니야. 결국 난 해결할 수 없었으니까…….

한데 자넨 정말 사람에 대해 모르는군."

당혁기의 말에 방향은 미간을 찡그렸다. 뜬금없이 사람을 모른다라는 이야기는 대체 또 뭔지 헷갈렸던 것이다.

"내가 하나 묻지. 자네에게 있어 이 아이들의 존재는 무엇인가? 서로가 목숨을 거는 관계가 아니더라도 그를 지켜줄 수는 있지 않나?"

"그렇습니다. 지켜달라 하면 그럴 수 있겠지요."

"그럼 질문을 바꾸지. 이 아이들이 자네보다 앞에 서는 것은 어떤가? 밝은 빛 속에서도 당당히 살 수 있도록 해줄 수 있겠는가?"

"아뇨 그건 할 수 없는 일입니다. 이 아이들은 저의 뒤에 있어야 합니다."

고민하고 뭐 어쩌고 할 것도 없다는 듯 방양은 입을 열었다. 그러자 당혁기는 그럴 줄 알았다는 듯 고개를 끄덕였다.

"하면 자네의 앞에서 당당하게 서는 사람들은 누구인가? 예를 들면 어떤 사람들을 지칭하는 것이지."

"천약련의 사람들입니다. 정을 수호하는 사람들이죠. 구파일방의 사람들이고 소림의 제 후배들이 되겠지요."

역시 일말의 망설임도 없는 대답이었다. 당혁기는 살풋이 웃으며 말을 이었다.

"그래 그렇지 그래서 이렇게 된 것일세. 살아야 할 자와 죽어야 할 자를 나누어 놓고 대하는데 어째서 자네를 따르겠는가?"

정말 간단한 것이었다. 이미 태생부터 사람을 갈라놓고 그대로만 쓰려고 한다. 그러니 말을 듣지 않게 되는 것이 당연한 것이 아닌가?

"누구는 이만큼, 또 누구는 이만큼……. 자네는 신이 아닐세. 한데 신처럼 행동하니 따를 수가 없지. 난 그런 태도를 버렸을 뿐이네."

"……."

"어떻게든 저들의 운명을 달리 펼칠 수 있도록 노력했다는 말일세."

"그렇군요. 알겠습니다."

방양은 고개를 끄덕였다. 이제 무슨 말인지 조금 알 것 같았다. 생각해 보니 별것도 없었다.

그저 말 좀 잘 들어주고 토닥인 것뿐이라는 말이었다. 그리고 그 말에 이놈들은 넘어간 것이었고……. 그렇게 생각하는 것이 가장 이해가 잘 가는 표현이었다.

"결국은 네 녀석들도 다른 사람들과 똑같은 것이구나. 그따위 허언에 속아 넘어가다니."

"큭……. 허언? 속아 넘어가? 당신 정말 그리 생각하나?"

갑자기 들려오는 반 하대에 방양의 눈이 날카로워진다. 탁우검을 잡고 방양을 바라보는 안립이었다.

"허언은 당신이 했지. 천약련을 위해 온힘을 다 쏟으라고 말이야. 우리가 어디 파락호 중에 좀 쓸 만한 놈들로 뽑혀 온 것이었나?"

안립의 목소리에 작은 감정이 실려 있었다. 그건 아주 작지만 명백한 분노였다.

"안립은 개방, 화미란은 아미의 사람이었다. 그리고 난 소림의 사람이었지. 우리도 그 말을 믿고 지원해서 십무원에 들어갔었다. 그리고 이렇게 되었지. 새삼스럽게 죽어간 다른 지원자들 이야기는 빼도록 하겠어.”

수결을 익히다 죽은 사람들, 한둘이 아니었다. 진육협을 만드는 과정에서도 그랬지만 수도 없는 어린 친구들이 죽어갔다. 모두들 다 천약련을 위해, 정의를 위한다는 생각에 명예롭게 죽어갔다.

“그런 우리가 강호에 나설 수도 없다는데 어찌 화가 나지 않을 수가 있지? 난 결국 이 강호에서 사악한 놈으로 죽어 기억될 것인데 왜 가만히 있어야 하는 건가?”

안립의 말뜻은 분명했다. 그는 사사악주가 아니다. 오히려 천약련에서 키워진 정파의 무인이며 그 누구보다도 악을 미워한다.

그런데 그는 그가 하고 싶은 것을 할 수가 없다. 결국 할 수 있는 것은 오직 한 가지 이 방양의 그림자밖에 할 일이 없는 것이다.

“허허허, 안립아. 넌 천약련을 이끄는 힘이 밝은 것만으로 가능하리라 생각하는 것이냐?”

방양은 있을 수 없는 일이라는 듯한 표정을 지었다. 그는 최대한 부드러운 목소리로 다시 입을 열었다.

“일을 하다 보면 어두운 면도 있는 법이다. 그럴 때를 위해 너희들은 키워진 것이다. 바로 그렇기에…….”

“천약련을 위한다면 그리할 수 있겠지. 그러나 가슴에 손을 얹고 한 번 생각해 봐. 우리가 하는 일이 과연 천약련을 위한 것인지."

순간 방양의 얼굴에 미소가 사라졌다. 방금 전까지 짓고 있었던 미소는 마치 처음부터 없었던 것처럼 보일 정도였다.

"무슨 뜻이지?"

목소리마저 차가운 게 한기를 뒤집어 쓴 것 같이 느껴질 정도였다. 평소의 방양이라면 상상하기 힘든 느낌이었다.

"모든 것은 다 당신을 위한 것일 뿐, 천약련을 위한 것은 어디에도 없어. 설마 정말 그렇게 믿는 거야 당신?"

방양만큼이나 차가운 목소리가 안립의 입에서도 흘러나오자 방양의 표정이 다시 변한다. 얼굴 가득 미소가 지어진 것이다.

"헛헛, 넌 정말 나쁜 아이로구나. 갱생의 여지가 없어."

본격적인 살기를 피워 올리는 방양이었다.

＊　　＊　　＊

푸드드득…….

힘찬 금응의 날갯짓이 허공을 가른다. 황금색의 날개가 서너 번 움직이자 어느새 금응은 한 개의 점이 되었다.

확실히 전서구와는 비교도 될 수 없는 속도였다. 방금 전에 한구사의 어깨 위에 날아들었던 듯했는데 아차 하는 순간 이미 점이 된 것이다.

"그놈 참 볼 때마다 대견하네……. 그건 그렇고 뭐 새로운 게 있어? 아니면 방양이 개과천선해서 새사람이 됐다는 뭐 이런 훈훈한 소식 같은 거……."

“그런 건 없고 대신 천약련의 본진이 거의 다 도착했다 하는
군. 이대로 가면 한 시진 내로 올 거 같아.”

한구사의 목소리에 현지초의 미간이 잔뜩 찌푸려진다. 어째
날아오는 소식마다 모두 피곤한 것뿐이었다.

“죽어도 집에 가서 쉬자는 말은 안 나오겠네. 이봐, 구사. 앞
으로 어떻게 해야 해? 이젠 그 본진까지도 같이 싸워야 하나?”

말을 하는 현지초의 얼굴은 상당히 일그러져 있었다. 이유는
싸워야 할 사람들이 천약련의 무인들이기 때문인데 이번에 오
는 본진은 이들과는 좀 다른 사람들이었다.

대부분 구파일방의 사람들인 것이다. 천약련에서 동원령을
발호하게 되면 구파일방의 사람들은 이유여하를 막론하고 모두
자신들의 무인들을 보내야 한다. 물론 어느 정도 무공을 하는
사람을 말이다.

숫자도 그리 적지 않다. 열 명씩만 보내도 백 명이다. 그런데
여기에 구파일방만 참여하는 것이 아니다.

그 안에는 수많은 작은 문파와 방파, 그리고 가문들이 있다.
진덕승의 가문인 정호정가 같은 데에서도 사람들을 보낸다. 그
래서 그 숫자는 급격하게 불어난다.

하지만 숫자보다도 중요한 건 그 안에 참여하는 사람들인데
아마도 아는 사람들이 상당할 터였다. 자칫하면 친한 사람들끼
리 서로 싸우는 상황이 연출될 수도 있었던 것이다.

물론 그것이야말로 절대로 있어서는 안 될 일이긴 하나 상황
이 상황인지라 확답을 할 수가 없었다. 현지초의 얼굴이 일그러
질 만한 일인 것이다.

"그거야 본진이 당도해야 아는 것이겠지. 지금이야 일단 진정이 됐지만 앞으로가 문제야."

한구사는 한쪽 입술을 씰룩이며 중얼거렸다. 그 말처럼 지금은 일단 모든 싸움이 진정된 후였다. 천약련에서 온 백여 명의 무인들은 모두 진덕승의 밑으로 들어가는 형식으로 조용히 있었다.

백여 명 중 살아남은 것은 약 육십여 명 정도였다. 항자웅이 죽인 사람들과 그 후 아군과 부딪혔을 때 꽤 피해를 합산하니 사십여 명 정도가 죽은 것으로 파악되었다.

일단 이들에게 명령을 내리던 자들은 모두 죽거나 혹은 구금된 상태인지라 진덕승이 나설 수밖에 없었다. 진덕승은 상황을 설명하고 천약련 외무원주의 영패를 보여주었는데 그리고 나서야 조금 잠잠해졌다.

"큭큭, 본진이 당도하면 네놈들은 모두 내 손에 죽게 될 것이다. 내 확실히 약속하지. 특히 항자웅 네놈은 곱게 죽지 못할 게야."

거의 악담에 가까운 소리가 사람들의 귓가에 들려온다. 한쪽 구석에서 온몸에 하얀 목면천을 칭칭 두른 화천사 은향인이었다.

"거 자꾸 이런 놈 살리지 말고 확 죽여 버리자니까? 아 그냥 죽여 놓고 지가 자진했다고 하자. 뭐하면 구사, 니가 가짜 유서라도 하나 써. 쪽팔려서 세상 살기 싫다고 말이야."

"여태까지 지초 니가 나한테 한 말 중 가장 마음에 드는 말이구나. 유서 쪽은 이언 니가 잘 아니, 너한테 맡기마."

"아아, 나름대로 공신력 있게 써줄 테니 걱정 마. 일단 가서 저 인간 멱이나 따와. 기왕 이렇게 된 거 피로 써보게."

섬뜩한 소리를 눈 하나 깜짝 않고 세 사람이 말하자 은향인의 몸이 움찔거렸다. 다른 사람들도 아니고 진육협이 하는 말이다. 반쯤 정신 나간 걸 잘 아는 은향인으로서는 이들이 말이 빈말이 아님을 잘 알고 있었다.

"그건 됐다. 쓸데없는 일에 체력 낭비하지 말고……. 병력은 얼마나 된대?"

"약 사백 명 정도. 구파일방이 백오십. 나머지가 그냥 참여한 사람들이야."

항자웅의 질문에 한구사가 말했다. 무림인이 사백 명이면 그 숫자는 작은 게 아니다. 진짜 대단한 상황이 벌어질 수도 있었던 것이다.

싸우게 되면 쌍방 모두 커다란 피해를 입을 터였다. 누가 좀 더 이득을 봤는지 아님 손해를 봤는지 따위의 이야기는 전혀 고려 대상이 아니었다.

"인솔자는 누구래?"

"아, 인솔자……. 그게 좀 웃겨 소림의 방장, 지천불 일지대사와 청성의 음이검(音以劍) 황호(黃虎), 아주 대단하지?"

"과거 십무원에 있던 사람들이 다 모이게 되는구나. 나 이것 참……."

이곳에 없는 십무원의 교관 둘이 바로 이들이었다. 이렇게 해서 다 모이게 되는 것이다.

"그래? 그렇다면 오히려 잘된 것일지도 모르겠군. 이야기가 통하는 사람들이니 한 번 잘해 봐."

"안 그래도 당연히 해볼 생각이다. 이런 일로 서로 피를 보게 된다면 평생 두고두고 후회할 것 같아."

진덕승의 말에 항자웅은 고개를 끄덕여 동의를 표했다. 상황이 좀 복잡하긴 하지만 진덕승이라면 충분히 해낼 수 있는 사람이었다.

"미력하나마 나와 여기 하 대협도 같이 이야기해 보도록 하겠다. 우리가 다 같이 진심으로 이야기한다면 어쩌면 좋은 상황이 올 수도 있겠지."

팽연지까지 이렇게 말하니 이쪽에서 쓸 수 있는 패들은 모조리 다 쓰는 셈이었다. 항자웅은 잠시 고개를 숙이며 뭔가를 생각하는 듯했는데 아마 앞으로의 일을 좀 생각하는 것 같았다.

꽤 오랫동안 그는 생각에 생각을 거듭하고 있었다. 그러다 다 정리가 되었는지 그는 고개를 돌려 주변을 보기 시작했다.

친구인 진육협, 팽연지와 팽가의 사람들, 진월과 서림진가의 사람들, 당문십걸이 보였다.

그리고 빙궁의 사람들이 보인다. 빙무혼들이 보였고 하린벽도 보였다. 물론 그 옆에 하이화도 잘 보였다.

왠지 그 모든 사람들을 한 명 한 명 항자웅은 바라보았다. 흡사 다 눈에 담기라도 하는 듯이 말이다. 그리곤 갑자기 눈을 감으며 고개를 들어 올렸다.

약 일각의 시간이 흐른 후 그는 다시 고개를 내렸다. 그와 함께 항자웅의 목소리가 입술 사이로 흘렀다.

"이 정도면 된 것 같군. 모두들 여기에 있어줘. 이제부터는

나 혼자 해야 할 일이야."

"무슨 말을 하는 거야? 지금 제정신이야?"

손소의 목소리가 항자웅에게 들렸다. 여기저기 목면천을 감고 있는 그였지만 기도만큼은 여전히 강했다.

"아니 농담 아니다. 당문은 나 혼자 들어간다. 그래야만 해."

"그렇다면 이유라도 말해봐. 그럼 그때 가서 고려해볼 테니."

손소의 태도는 단호했다. 그는 어떤 일이 있어도 항자웅을 혼자 보내지 않을 것처럼 보였는데 그러자 항자웅은 씨익 웃었다.

"굳이 이유를 대달라면 난 할 말 없어. 그런 이유 따윈… 그냥 그래야만 해."

"그게 뭐야, 이 자식아! 말이 되는 소리를 해야 뭘 대꾸를 할 거 아냐!"

현지초까지 짜증을 확 냈지만 항자웅은 요지부동이었다. 그는 이유를 대라는 그들의 말을 싹 무시한 채 다른 이야기를 했다.

"대신 약속할게. 꼭 살아온다고. 그 정도면 되지 않을까나?"

순간 진육협 모두 꿀 먹은 벙어리처럼 아무런 말을 할 수가 없었다. 항자웅의 약속, 물론 믿음직하다. 그러나 이건 믿음 이전의 문제다.

좋지 않은 느낌이 들고 있었던 것이다. 마치 모든 것을 다 내려놓을 듯한 기세, 당연히 가만둘 리가 없었다.

"좋아, 네가 그렇게 말한다면 할 수 없지. 그럼 다른 걸 하나 물어보지. 그것도 대답해 주지 않는다면 정말 죽어도 혼자 못 가."

“응?”

갑자기 태도가 변한 손소를 보며 사람들은 눈을 동그랗게 떴다. 조금 전까지 절대 안 된다 하더니 왜 지금은 된단 말인가?

“왜지? 왜 지금 넌 강호에 나와 있는 거야? 애당초 넌 강호에 나오지 않아도 됐었어. 원살토를 칠 필요도 없었고 하 낭자를 도와줄 필요도 없었지. 그저 혼자 살면 그만이었으니까.”

“……”

순간 항자웅의 얼굴에 살짝 난감한 표정이 떠올랐다. 어렴풋하게나마 손소가 하려는 말이 무엇인지 알 것 같았기 때문이었다.

“모든 것이 싫어서 떠난 사람이 너다. 그 누구보다 옆에서 널 오래 지켜왔던 나이기에 묻는다. 왜냐, 자웅. 왜 강호로 돌아왔지?”

슥…….

한술 더 떠 손소는 신형을 움직였다. 항자웅의 앞으로 가 당문 쪽으로 가는 길을 막아서고 있었다.

“그래, 그건 나도 들어야겠다. 왜냐?”

슥…….

“그러고 보니 맞네. 이유가 뭐야?”

스슥…….

손소가 이렇게 움직이자 진육협의 모두들 하나둘씩 움직이고 있었다. 어느새 진육협 모두가 항자웅의 앞을 가로막아 버렸다.

“나참, 이 망할 인간들, 나이 먹고도 왜 이리 어린애같이 굴어?”

"나이 먹으면 애된다고 하잖아. 그냥 그렇게 이해해."

현지초가 툭하니 내뱉자 항자웅은 고개를 흔들었다. 정말 말이 안 통하는 놈들이었다.

"처음엔 진짜 원살토 때문이었어. 그리고 저 꼬마 아가씨하고 약속 때문이기도 했다. 다른 건 몰라도 약속 하나는 반드시 지키잖아."

턱짓으로 하이화를 가리키자 그녀는 베시시 웃었다. 항자웅 역시 웃으며 그녀의 웃음에 답했다.

"그런데 그러다 보니 내가 하고 있는 일의 진의를 깨닫게 됐지. 보이지 않는 세력이 진짜 건드리고 싶어 하는 게 뭔지 알게 된거야."

"사천무성… 어르신들을 말하는 거냐?"

항자웅은 고개를 끄덕였다. 틀림없었다. 이 정도라면 증거조차 필요없을 정도로 확실한 목표였다.

문제는 누가 이들을 노리는가 하는 것인데 그것 또한 생각해 본 것이 있었다. 요는 수결이었다.

"사천무성을 노리는 자들은 수결을 하는 자들이지. 수결은 우리들을 제외하고 익힌 적이 없는 무공이고……. 우리들은 모르는 자들이니 수결을 가르친 곳에서 알아봐야겠지. 그러니 당연히 알게 됐어. 천약련이란 걸 말이야."

결론은 생각에 생각을 거듭해 알아냈다는 뜻이었다. 한데 그것이 어째서 항자웅이 나서는 원인이 되는지는 알기 힘들었다.

"천약련이라면, 구파일방의 힘만이 세상이 가진 힘의 전부여야 한다고 믿는 사람들이라면 충분히 사천무성을 노릴 만하다고 생각했다. 그리고 이어서……."

"……."

"그들이 당하고 나면 그 다음은, 진육협이 될 것이라 생각했기 때문이야."

"훗……."

손소는 웃었다. 역시 그의 짐작대로다. 이 녀석은 딱 한 가지 경우 외에는 움직이지 않는다.

동료가 위험하기 전에는 미동도 없는 것이다. 손소는 발걸음을 움직였다. 길 옆으로 항자웅이 갈 길을 만들어 준 것이다.

"이십 년 전엔 그리도 뻗대더니 이번엔 순순히 입을 연 거냐?"

"나이 들었잖아. 얼굴이 좀 두꺼워졌어."

손소의 뒤를 따라 진육협 모두가 옆으로 비켜섰다. 항자웅은 그 사이로 발걸음을 움직이기 시작했다.

"약속 지켜. 안 돌아오면 죽일 거다. 반드시……."

"걱정마라, 이언. 진짜 반드시 돌아올 거다."

항자웅은 낙이언의 어깨를 툭 치며 앞으로 나아갔다. 한 사람 한 사람 모두 눈을 마주친 후 당문을 향해 나아가려 할 때였다.

"어떻게 작별의 입술이라도 한 번 줄까? 그럼 좀 기분이 나아지겠어."

"그냥 꺼져주면 좋겠다. 제발 가라, 니네 집으로."

툭…….

현지초의 어깨를 한 번 치고는 항자웅은 크게 발걸음을 옮겼다. 이젠 정말 가야 할 시간이었다.

모든 것을 마감할 때가 온 것이다. 저 쭉 뻗은 고루거각 속에서 말이다. 세상 사람들이 당문이라 이름 부르는 곳에서…….

2

톡… 토옥……. 톡…….

탁우검의 끝에서 작은 핏방울이 떨어져 내린다. 한데 정작 탁우검 자체에는 그리 많은 피가 묻어 있지 않았다.

검에 묻은 피가 떨어지는 것이 아니다. 검이 아니라 탁우검을 쥔 오른손에서 흘러나오는 피가 탁우검을 따라 떨어져 내리는 것뿐이었다.

"아미타불……. 안립아, 호기는 좋다만 네가 아무리 발버둥을 쳐도 노납을 이길 수는 없다. 그만 비켜 나거라. 난 네가 아니라 당혁기에게 관심이 있다."

"분명히 말했었죠. 난 약속을 했다고……. 당혁기 어른을 만나려거든 나의 시체를 넘어가야 될 것입니다."

"아미타불… 그렇다면 결국 네 소원을 들어줄 수밖에 없겠구나."

방양은 양손을 들어 합장을 했다. 한데 그 손가락의 색깔이 조금 이상했다. 평소처럼 살색이 아니라 붉은색을 띠고 있었던 것이다.

흡사 피칠이라도 한 듯했는데 방양은 살짝 손바닥 사이를 벌리더니 이내 다시 모아 박수를 쳤다.

짜아아악…….

기이한 일이었다. 한번 박수를 친 것뿐인데 그의 손이 반 마디 정도 늘어난 것처럼 보였다.

"불화수(佛華手)라 하는 것이다. 백팔개의 번뇌를 상징하는 부처님의 손이지. 지금의 너와 딱 어울리는 것 같구나."

아니, 늘어난 것은 맞는 것 같은데 그 부위가 흐릿하게 보이는 것이 확실하게 보이질 않았다. 마치 계속 흔들리는 듯한 느낌이라고나 할까?

"네가 배운 수결에 비교해 본다면 아주 보잘것없는 것이지. 속도나 힘, 그 양면에서 모두 떨어지는 무공이란다. 하나 중요한 것은 무엇을 익혔는가가 아니지."

스웃…….

한 걸음 앞으로 나간 순간 그의 신형은 일 장여를 줄이며 나타났다. 순식간에 안립의 앞, 반 장 안으로 들어선 것이다.

안립은 어금니를 꽉 깨물며 온 내력을 끌어 올렸다. 이미 수결은 최대한으로 끌어 올린 후였다.

쉬쉬쉿…….

방양의 양손이 쉼없이 움직이기 시작했다. 백팔 개 정도는 아니지만 적어도 이십여 개의 장력이 허공에 떠오른 것이다.

방양은 하수가 아니다. 보통 사람들이라면 아마 이중 반 이상은 환영이었을 터였다. 그래서 상대가 진위를 판별하기 힘들 때 진짜 초식으로 공격을 한다.

허초로 눈을 현혹하고 실초로 공격을 하는 것이다. 하나 방양의 것은 다르다.

다 진짜다. 다만 날아오는 순서가 있을 뿐이다. 수결을 끌어 올린 그의 감각에 확실하게 느껴지고 있었다.

안립은 오른손을 허공으로 들어 올렸다. 탁우검을 좌우로 흔들며 날아드는 장력들을 모조리 쳐 내기 시작했다.

쩡… 쩌저저저정!

오른손 호구가 징징 울릴 정도로 막대한 힘이다. 뭐가 수결보다 못하다는 것인지 모르지만 안립이 보기엔 그저 두려운 무공일 뿐이었다.

"내가 익힌 것을 어떻게 활용하는 가가 더 문제겠지. 그런 의미에서 시작해 보자꾸나."

어느새 턱밑까지 다가와 중얼거리고 있었다. 이번 공격은 그자체가 눈속임이었다. 진짜는 이렇게 근접거리까지 다가오는 것이 목적이었던 것이다.

쉬잇… 팡… 파파팡.

오른손 하나가 허공으로 올라와 안립의 뺨을 노리자 안립은 움직였다. 삽시간에 그의 신형이 십여 개로 쭉 늘어난다.

커다란 동작이 아니다. 머리의 각도가 전혀 변하지 않은 채 다리만 이동하는 것이다. 한데 아주 효과적으로 방양의 손길을 피하고 있었다.

방양은 두 눈에 이채를 띠며 왼손을 움직였다. 좌우로 한 번 흔드는 듯하다가 바로 오른발을 허공에 올렸다.

부우웅… 피이잇…….

안립의 뺨에 작은 생채기가 생겼다. 제대로 맞은 것도 아니고 스친 것이 이 정도의 위력이다. 순간 안립은 오히려 앞으로 한 걸음 크게 이동했다.

펄럭…….

그의 팔소매가 크게 허공에 나부끼자 방양은 미소를 머금었다. 그리곤 허리를 틀며 섬전같이 오른손을 앞으로 내밀었다.

목표는 안립의 허리였다. 한데 그 주먹 앞에 안립의 팔소매가 날아들었다.

파라라락… 쫘아악…….

소매들이 마치 살아 있는 것처럼 방양대사의 오른손을 휘감자 방양은 오른 어깨를 한번 퉁겨냈다. 그러나 어깨 근육에서부터 강렬한 기운이 일어난다.

팔꿈치를 지나 손목으로……. 그러다 주먹에 이르자 다시 한번 힘이 증폭된다. 방양의 오른손이 쫙 펴진다.

쫘아아아앗!

안립의 팔소매가 걸레쪽이 되어 허공으로 찢겨 나가자 방양은 다시 주먹을 쥐고 앞으로 나가려 했다. 한데 그 앞에 나타난 것은 안립의 옆구리가 아니라 그의 탁우검이었다.

스르릇…….

검과 주먹의 대결이다. 당연히 주먹이 잘리거나 다쳐야 하건만 아니었다. 오히려 검이 미끄러지듯 주먹을 타고 옆으로 돌아가고 있었다.

방양의 눈에 놀란 기색이 역력해졌다. 검은 그대로 미끄러지듯 타고 올라가 방양의 목을 노렸다. 어느새 한 치 정도의 간격이 될 때까지 올라와 있었던 것이다.

"합!"

쑤우우웃…….

순간 방양의 목이 확 늘어나기 시작했다. 목뿐만이 아니라 몸 전체가 늘어난 듯 했는데 마치 인간이 한 마리 뱀으로 변하는 것처럼 보일 정도였다.

안립은 그의 신형을 쫓았다. 양발에 힘을 주며 최대한 빠르게 다가가 탁우검의 끝을 방양의 목에 박으려 했다. 여전히 한 치의 두께를 둔 채 두 사람은 순식간에 삼 장여를 이동했다.

바로 그때 방양의 오른손이 움직였다. 탁우검과 목 사이에 손가락 하나를 끼워 놓고는 살짝 검 끝을 눌렀다.

투우우우웅…….

"……"

안립은 신형을 멈추었다. 방양의 신형은 지금 벌써 삼 장여 밖으로 나간 후였다. 손가락으로 검끝을 누르자 마치 깃털처럼 날아올랐던 것이다.

사람이 펼치는 신법이라고는 믿기 힘든 것이었다. 그는 그대로 삼 장여의 거리를 둔 채 차분히 입을 열었다.

"금강부동신법(金剛不動身法)에 철포삼(鐵包衫)이라……. 참으로 적절한 수법이었다. 그런데 마지막 것은 뭐였지. 어떻게 검날이 그리도 유려하게 내 목으로 올라올 수 있었을까나?"

얼굴 표정은 웃고 있지만 그 눈은 웃기는커녕 상당히 긴장하고 있었다. 탁우검의 움직임은 그로서도 이해할 수 없었던 것이다.

그건 검의 움직임이 아니었다. 장력으로 검을 튕겨내고 바로 다음 공격을 이어 나갈 생각이었다. 그런데 그가 주먹으로 검을 치는 순간 검은 미끄러졌다.

마치 검이 살아 있는 듯한 느낌이 들 정도였다. 게다가 그 다음 부드럽게 미끌어져 나와 목을 노릴 때의 움직임은 정말 모골이 송연할 정도였다.

"이 정도에서 놀란다면 다음에 항자웅을 만나면 기절할 지도 모르겠군요. 그자는 저보다 더하답니다."

"으음……."

안립의 말에 방양은 침음성을 흘렸다. 과연 쉽지 않은 상대임이 틀림없었던 것이다.

슬쩍 고개를 돌려 옆에 나 있는 창문을 본다. 이미 어스름한 어둠이 깔리고 있었는데 조금 더 있으면 캄캄한 밤이 찾아올 것 같았다. 아마 여기 이 공간도 곧 짙은 어둠에 휩싸이게 될 것이다.

당혁기는 이 자리에 없다. 그는 벌써 오래전에 저 뒤쪽에 있는 문으로 사라졌다. 당가의 기관이 잔뜩 설치된 곳으로 말이다.

한시라도 빨리 그자를 찾아 죽여야 하거늘 현실은 이렇듯 눈앞에 있는 안립마저도 제대로 어떻게 할 수 없었다. 영 기분 좋지 않은 상황이었던 것이다.

"확실히 너는 우안 녀석과 비교가 되지 않을 정도로구나. 이렇게 손을 섞다 보니 네가 정말 아깝다는 생각이 들 정도다."

"빈말은 그만하지요. 여지껏 한 말도 모자라서 또 입씨름할 생각입니까?"

단칼에 그의 말을 끊어 버리며 안립은 오른손의 검을 늘어뜨

렀다. 서서히 그의 몸 주변에 흐르는 공기들이 묘한 느낌으로
틀어지는 것이 보였다.

이미 싸울 준비를 마친 것이다. 방양은 크게 고개를 끄덕인
후 다시 양손을 앞으로 내밀었다.

"그래, 그 말이 옳겠지. 이제 와서 무슨 성인군자 놀이를 한다
고……."

우우우웅…….

순간 방양의 양손에서 강렬한 울림이 피어올랐다. 주먹을 중
심으로 반경 일척의 공간이 모두 일그러져 보일 정도로 강렬한
기운이었다.

"이쯤에서 승부를 내는 것이 좋겠구나. 이게 무엇인지는 잘
알고 있을 테니 더 이야기하지 않으마."

그냥 일그러지는 것이 아니었다. 검은 기운이 물씬 풍겨 나오
는 그 느낌은 왠지 모를 섬뜩함까지 같이 느껴지고 있었다.

"잘 알지요. 내가 가장 두려워하는 무공이 아닙니까."

탁우검을 곧추 세우며 안립은 대답했다. 이어 그는 두 눈 가
득 살기를 담으며 안립은 다시 입을 열었다.

"흑나한권(黑羅漢拳)이 아닙니까? 천년 소림의 역사 속에서
탄생한 유일한 암살권이지요."

대답하는 안립의 목소리에 작은 떨림이 느껴진다. 안립같은
고수라면 이런 일은 흔치 않는 일이었다.

그건 순수한 두려움에서 기인한 것이기 때문이었다.

*　　　*　　　*

동자패권 우호였다. 가슴에 커다란 상처를 입은 채 그는 차가운 대지 위에 누워 있었다.

항자웅은 잠시 그 앞이 한쪽 무릎을 꿇으며 앉았다. 그의 상처로 살펴봤을 때 여기 당문의 사람들에게 죽은 것이 아니다.

이건 권력에 의한 것이다. 주먹으로 그대로 가슴뼈를 부수고 들어가 심장을 파열시켰다.

느낌으로 봤을 때 정종의 무공이었다. 여기까지 느낄 수 있다면 추측은 쉬워진다. 흉수는 정파 무림의 사람이다.

아마도 제신승 방양일 경우가 높았다. 그의 무공이라면 아마 이 정도는 충분히 하고 남을 터였다. 직접 상대해 본 적은 없지만 소문은 익히 들어 알고 있었다.

문득 그의 눈이 우호의 시신 옆을 향한다. 그곳엔 또 하나의 시신이 있었는데 뺨의 검상이 인상적인 사내였다.

누구인지 안다. 그는 우안이란 자였다. 안립이 자신의 사제라 불렀던 자인 것이다.

그 또한 죽어 있기는 매한가지다. 그러나 우호에 비해 상당히 많은 부상을 입고 죽었는데 온몸에 있는 뼈의 대부분이 모두 박살 나 있었다.

아마도 죽기 전에 그 고통이 대단했을 터였다. 사람을 자근자근 짓밟아 죽였다는 말은 여기에 사용하면 딱 좋을 정도였다.

항자웅은 자리에서 일어났다. 슬쩍 보니 이젠 적과 아군의 구별도 없는 듯했다. 모든 사람들을 다 죽여 버리고 입을 봉하는 중인 듯했던 것이다.

이제 그가 할 일은 이 당문 안으로 들어가 제신승 방양과 승부를 겨루는 것뿐이었다. 한데 그전에 할 일이 하나 더 있었다.

"놀란 토끼도 아니고 그만 나오시지. 도대체 얼마나 더 관찰하고 나서야 판단할 건가?"

항자웅은 나지막이 입을 열었다. 아무도 없었고 있는 것이라곤 죽은 시체가 전부인 주변이었다.

그런데 그 순간 항자웅의 뒤편에서 인기척이 들려왔다. 항자웅은 신형을 돌렸고 나타난 사람의 모습을 볼 수 있었다.

오 척 단구의 사내다. 아니는 아니었지만 그렇다고 노인으로 보기도 힘든 모습이었다.

"강호에서 가장 강한 사람 앞에 나서는데 조심스럽게 할 수밖에 없지 않겠습니까? 역시 막상 대하고 보니 그 생각이 맞는다고 느껴집니다."

지극히 정중하지만 잘 들어보면 참 사무적이란 느낌을 진하게 받을 수 있었다. 이 사람은 무공이 아니라 입으로 살아온 사람이 분명했다.

항자웅은 미간을 좁혔다. 사실 이곳에 혼자 오게 된 가장 큰 이유가 이것이었다. 바로 이자를 만나기 위해 다른 사람들을 오지 못하게 한 것이다.

"정식으로 인사드리지요. 처음 뵙겠습니다. 전 소진진이라 하는 사람입니다. 사람들은 저를 뇌악이라 부르지요."

“사사악주…….”

의외의 상황에 항자웅은 미간을 찡그렸다. 설마 그를 만나고자 하는 사람이 이 뇌악 소진진이었을 줄은 꿈에도 생각하지 못했었다.

“네, 맞습니다. 제가 사사악주 중의 한 명이지요. 짐작하시겠지만 전 무공보다는 이 머리를 쓰는 놈입니다. 항 대협께서 날 죽이려 한다면 할 수 없이 죽어야 할 판입니다.”

“객쩍은 소리는 그만하고 용건이나 말해보실까? 그 내용 여하에 따라 진짜 네 말처럼 해줄 수도 있다.”

항자웅은 웃으면서 답했다. 그러나 그가 웃고 있다고 즐거운 농담은 절대 아니다. 상황에 따라서는 진짜 죽일 수도 있었다.

화천사 은향인을 제압한 순간 그의 귓가에 전음이 들려왔었다. 혼자 만나고 싶다면서, 그렇게 되면 일행들에게 도움이 될 일이 생길 것이라 말이다.

물론 믿지 않을 수도 있었다. 그러나 항자웅은 들어서 나쁠 것 없다고 생각했었다. 이미 전음을 보낸 사람이 누구인지 짐작했기 때문이었다.

“알겠습니다. 하면 이 사람에게 잠시 시간을 내주는 것으로 생각하고 말씀드리지요. 우선 결론부터 말씀드리겠습니다. 앞으로 대협의 편에 설 것입니다.”

“생각할 거 없이 결론을 이야기해준 건 고마운데 중간에 너무 많이 생략되었군. 적당히 풀어봐.”

“핫핫, 그럼 그럴까요? 하면 일단 이게 우선이지요.”

화르륵…….

품속에 화섭자 하나를 꺼내 옆에 있던 횃불에 불을 붙이자 꽤 환한 불이 피어올랐다. 이젠 꽤 어두워져서 잘 안보이던 참이었다.

"어두운 것을 무서워해서 말입니다. 하여튼 계속 말씀을 드리지요."

"얼마든지."

소진진은 혓바닥을 날름거리며 입술을 한번 훑었다. 그리곤 바로 입을 열기 시작했다.

"개인적으로 전 충성이나 명예, 이런 것과는 담 쌓은 놈입니다. 제가 모시는 사람은 그저 강한 사람일 뿐이지요. 여지껏 그렇게 살아왔고 앞으로도 그렇게 살 것입니다."

"……."

"그간 만사회의 회주님을 모시고 있었습니다. 표면상으로는 말이지요. 실제를 제신승 방양대사를 모셨지요."

"천약련주의 명령을 듣고 있었단 말인가?"

"네, 그렇습니다."

제신승 방양대사, 참 여러 가지를 하는 사람이었다. 설마 사사악주들과도 교류가 있을 줄은 꿈에도 생각하지 못했던 것이다.

"어떤 일을 해줬었나? 뇌악이니 형세 분석을 해준 것은 당연한 일이고 정보들도 모두 그대의 손을 거친 것인가?"

"그렇습니다. 어떤 정보든지 모두 제 손을 거치게 됩니다. 방양대사도 그렇고 때론 감찰원주에게도 해줬지요."

“화천사 은향인 말인가?”

“네.”

싱긋 웃으며 대답하는 그를 보며 항자웅은 뭔가를 알 것 같은 생각이 들었다. 은향인이 한 말들을 곰곰이 생각해 보니 역시 이자뿐이었다.

“너였군. 은향인에게 내 엉터리 정보를 넘겨준 것이. 쓸모없는 놈이라 말해준건가?”

“그걸 리가요. 발전이 별로 없는 자라고 이야기해 준 것뿐입니다. 과거 이십 년 전과 비교해 늘어난 것은 뱃살뿐이다. 그렇게 말했지요.”

“훗⋯⋯.”

항자웅의 눈꼬리가 위쪽으로 올라간다. 그렇다면 거짓 정보를 흘렸다는 이야기인데 그 이유가 궁금해지는 순간이었다.

“이유를 묻는 것은 당연한 일이니 먼저 대답해 드리지요. 간단합니다. 침몰하는 배를 계속 타고 있을 수는 없는 법, 갈아탈 때가 됐다고 판단한 것뿐입니다.”

“결국 그들이 패배할 것이라 본 것인가?”

“그렇게 말하기보다 상대방이 낼 수 있는 최대한의 패를 견주어본 것이지요. 그쪽은 제신승 방양대사 이쪽은 항 대협, 이렇게 보고 판단한 것일뿐입니다.”

정말 냉정한 자였다. 이야기를 들으면서도 항자웅은 몸에 살짝 한기가 드는 것을 느꼈는데 상황에 따라 가족이라도 배신할 자가 이 소진진이란 자였다.

하긴 그렇기에 사사악주 중의 한 명이 되지 않았나 싶다. 문득 그의 귓가에 소진진의 목소리가 다시 들려왔다.

"항 대협의 무공은 수결, 방양대사의 무공은 흑나한권입니다. 한데 방양대사는 거의 완성되어 가는 사람인데 반해 항 대협은 아직도 성장하는 중이지요. 솔직히 제가 방양대사의 명으로 대협을 조사할 당시는 완전히 방양대사가 우위였습니다."

"내가 집에 있을 때인가? 막 강호에 다시 나왔을 때?"

"그렇습니다. 오인우살을 해치웠을 때죠."

그렇다면 얼마 되지 않은 이야기였다. 또한 그 이후로도 계속 주시하고 있었다는 이야기이기도 했다.

"한데 요즘엔 전혀 다른 생각이 듭니다. 이젠 항 대협이 더 위에 설 지도 모른다는 생각이 들었습니다. 그래서 이렇게 나온 것이지요. 오직 그뿐입니다."

"원하는 게 뭐지?"

가장 중요한 것이었다. 지금 자꾸 이리저리 말을 하고 있기는 한데 본심을 전하지 않고 있었다.

그는 분명 항자웅에게 원하는 것이 있었다. 그것을 위해 이렇듯 정체를 드러내며 나와 이야기하고 있었다. 물론 이게 함정일 가능성도 있었다.

그러나 무공의 차이를 감안했을 때 항자웅에게는 별 해가 되지 않을 것이라 여겼다. 독과 암기를 사용한다면 모르겠지만 다행히도 지금까지 그런 느낌은 없었다.

"다른 건 없습니다. 살고 싶지요. 그리고 사사악주라는 이름으로 평생을 살고 싶지도 않습니다.”

“얼굴이라도 바꾸고 싶다는 건가?”

살고 싶다는 이야기는 이해가 가지만 그 외에는 좀 의외였다. 설마 소진진이 이런 생각을 가지고 있었을 줄은 몰랐던 것이다.

“못생긴 얼굴이긴 하지만 그런대로 쓸 만은 합니다. 물론 진심으로 한 이야기가 아닌 거 알고 있습니다. 제 평판을 좀 바꾸고 싶다는 것이지요.”

“그게 내 힘을 가능하다고 생각하나?”

항자웅은 고개를 좌우로 흔들었다. 이건 말이 안 되는 이야기다. 아무리 항자웅이라도 강호의 악인을 하루아침에 친구로 만들 수는 없는 노릇이었다.

“가능하니 이렇게 이야기하는 것이겠지요. 정확히는 항 대협과 항 대협의 친구들이 나서야 가능합니다. 진육협의 힘도 필요합니다.”

“복안이 있단 소리군. 맞나?”

이미 대안을 들고 나온 길이었다. 항자웅이 빠르게 눈치를 채자 소진진은 미간을 찡긋거렸다. 상당히 만족하는 듯한 눈치였다.

“물론입니다. 억지 같은 이야기는 하지 않습니다. 약속만 해주신다면 전 진덕승 대협에게 갈 것입니다. 그래서 진 대협이 천약련의 본대를 만났을 때 그간 집행부들이 어떤 일을 해왔는지 다 이야기하게 될 것입니다. 참, 여기 동자패권 우호의 흉수에 대해서도 이야기해야 겠지요.”

“……”

“그후 일단 전 어떻게든 죄의 댓가는 치르게 될 것입니다.
문제는 그 이후지요. 난 여기서 두 가지를 약속받고 싶습니
다.”
“적은 형량과 천약련에서 한자리……. 맞나?”
“감사합니다. 역시 알아주시는군요.”
짜증나도록 계산적인 놈이었다. 그러고 보니 도악이란 녀석
이 그토록 뇌악을 따른다 했더니 이유가 있었던 것이다.
이 정도라면 충분히 따를 만했다. 잘 판단하고 상대가 거절할
수 없는 제안을 할 정도라면 같이 있어 손해 볼 일은 없는 것이
다.
뇌악이 이렇게 나온다면 지금 여기 있는 사람들은 천약련에
해를 끼친 것이 아니라 오히려 돕는 일을 한 것이란 논리를 만
들 수 있었다. 정말 소중한 증인이 되는 것이다.
여지껏 진육협이 해왔던 일들이 정의가 되는 것이다. 이쪽으
로선 일어선 명분이 생긴다는 뜻이다.
“무림이 있고 사람들이 있는 한 권력이라는 것은 없어지지
않습니다. 지금은 천약련이라는 것이 있지만 미래엔 무슨 모양
으로 바뀔지 모릅니다. 혹은 그 천약련이 그대로 유지되고 사람
들만 바뀔 수도 있지요.”
마치 세상사를 달관이라도 한 듯 그는 말했다. 그가 말하는
것은 아주 상식적인 것들, 반박할 거리도 없는 것이었다.
“이제부터 그 권력의 실세들이 바뀌게 될 것입니다. 그것이
바로 진육협이 되겠지요. 아울러 사천무성의 지원도 받게 되니
구파일방이라도 함부로 하지 못할 것입니다.”

"……."

"새로운 세력에 힘을 보태고 싶은 것뿐입니다. 부디 그렇게 간단히 생각해 주시길……":

짧다면 짧은 소진진의 말이 끝나고 항자웅은 잠시 생각에 잠겼다. 솔직히 지금 기분 같아선 이자의 목을 쳐버리고 당문 안으로 들어가고 싶다. 하나 그건 정답이 아니다.

화가 나는 일이긴 하나 이자의 말은 틀린 것이 하나도 없었다. 앞으로의 권력구조도 그렇게 편성될 것이다. 이번 일로 인해 구파일방은 그 힘이 축소될 수밖에 없었다.

사실 너무 비대했던 상황이라 항자웅으로서 오히려 환영할 바였다. 하지만 항자웅은 그보다 더 원론적이 것이 걱정되었다. 과연 그가 이런 일을 할 자격이 있는가하는 문제였다.

누군가의 위에 서서 또 누군가처럼 군다면 뭐가 달라질 것이 있겠나? 권력이라는 것은 맛들게 마련이니 아예 처음부터 멀리하는 것이 상책이었다.

하지만 그냥 있을 수는 없다. 그냥 두면 또 누군가가 나온다. 그리고 그는 제신승 방양대사 같은 짓을 할지도 모른다.

"이 이야기는 내가 아니라 진덕승이 알아야 할 일인 것 같군."

한참을 생각하다 내린 결론이었다. 소진진은 작은 미소를 머금었고 항자웅은 신형을 움직였다.

"가서 전해. 내가 보냈다고……. 그럼 될 거다."

"감사합니다, 대협."

소진진의 얼굴에 커다란 미소가 활짝 피어올랐다. 결국 그가 원하는 대로 되었다. 가부의 결정은 내려지지 않았지만 이미 허락한 것이나 다름없었던 것이다.

왠지 씁쓸한 미소를 지으며 항자웅은 움직이기 시작했다. 왠지 그 자신도 여타의 사람들처럼 속물이 되어 가는 듯한 느낌이 들어서였다.

1

 "늦었군."

 나직한 목소리다. 힘이라고는 한 올도 없는 느낌, 그런데 그 목소리는 예전에 들어본 적이 있는 것이었다.

 안립이었다, 관제묘에서 만난 사내. 그가 지금 회랑의 가운데 우뚝선 채 항자웅을 바라보고 있었다.

 "처리할 것들이 좀 있어서……."

 반쯤은 농을 던진 후 항자웅은 가까이 다가갔다. 그러자 안립의 모습이 확실하게 보였다.

 문득 항자웅은 옆에 횃불이 있는 것이 보였다. 화섭자로 불만 놓으면 바로 활활 타올라 이곳을 환히 비출 것이었다.

 "부탁일세. 그냥 둬 주겠나? 이런 꼴, 보이고 싶지 않아."

 "……"

항자웅의 뺨에 깊은 골이 파인다. 회랑에 들어서자마자 알 수 있었다. 서 있는 안립의 모습이 심상치가 않다고 말이다.

냄새도 난다. 약간은 시큼한 향기, 사람의 몸에서 나오는 피 내음이다. 딱히 어디라고 이야기하기 힘들 정도로 많은 피를 흘린 것이었다.

"조금이긴 하지만 약이 있다. 이거라도 쓰는 게……."

"보이지 않는다고 느끼지 못하는 건 아니잖아. 너라면 이미 내상태가 어떤지 알 거라 생각한다만……."

항자웅은 입을 다물었다. 기감으로 얼만큼의 상처를 입었는지 잘 알고 있었다. 안립은 이미 죽은 우안처럼 온몸 가득한 타박상을 입고 있었다.

사실상 회복이 불가능할 정도였다. 아직도 살아 있다는 것이 더 놀라울 정도로 말이다. 아마 그 의식도 그리 오래 갈 것 같지는 않았다.

"약보다는 시간을 좀 달라고 하고 싶어. 이렇게 된 거 이야기나 하고 싶군."

마지막이라는 생각에서인지 그는 말을 하고 싶어 했다. 그리고 항자웅은 그런 부탁을 거절하고 갈 정도로 매몰찬 성격은 아니었다.

"어디서부터 잘못된 것인지 모르겠어. 난 그저 내가 필요하다는 이야기를 듣고 왔지. 그리고 이유도 없이 움직였어. 나와 같은 많은 친구들이 있었지만 살아남은 것은 고작 나를 포함해 둘뿐……."

십무원에 대한 이야기였다. 그런데 그 이야기, 묘하게 가슴을 울린다. 특히나 항자웅의 입장에서는 더욱더……

"강호에 나와서 그의 말을 들었다. 그가 하라는 것은 모두 다 했지. 하지 말라는 것도 눈치껏 움직였다. 그것이 이 세상을 좀 더 편안하고 밝게 만드는 것이라 난 믿었다."

기억할 수도 없었다. 대체 얼마나 많은 사람들을 죽였는지 말이다. 그중엔 강호의 해악을 끼치는 무리도 있었지만 그렇지 않는 사람들도 있었다.

심지어 천약련에서 일하는 사람들도 죽인 적이 있었다. 정말 그 어떤 것도 가라지 않고 그는 말을 들었다.

"당혁기 어르신을 만나고 나서야 내가 왜 그렇게 살아왔는지 회의가 들었다. 그분은 우리들의 사정을 너무도 잘 꿰고 계시더군. 또한 우리들이 천형처럼 가지고 있는 것도 해결해 주시려 노력했다."

"수결의 부작용인가?"

"그래, 부작용이야. 그런데 우리들이 익힌 수결은 너희들이 익힌 것과는 또 달라. 어르신이 그러는데 구결이 좀 바뀐 것 같다 하더군."

"……"

항자웅의 입술이 꽉 다물려진다. 충분히 가능한 이야기였다. 수결이라는 것은 조금 아는 사람이 만진다면 기이한 방향으로 움직일 수 있었다.

법이 아니라 현상을 풀어놓은 것이니 말이다. 심지어 같은 구결을 읽어도 느끼는 것이 다른 것이 수결이었다. 바꾸려면 얼마든지 바꿀 수 있었다.

“그간 해왔던 연구와 또 다른 거래, 이 건. 그래서 뭐 어떻게 할 수가 없다는 것 같더군. 그러다 네 이야기가 나왔다, 자웅. 수결을 익히고 있으면서도 효과적으로 사용할 수 있는 사람, 오직 너 하나뿐이라고 말이야.”

사천무성이 가장 깨고 싶어 하는 것이 수결의 부작용이었으니 이해할 수 있는 일이었다. 특히 당혁기는 그 자신의 장점인 독과 의술로 이를 해결하려 했었다.

그러니 이들이 친숙할 수밖에 없는 것이다. 그렇지 않았다면 당혁기란 인물은 이렇게 당문에 외인을 들일 사람이 아니었다. 죽으면 죽었지 꺾일 사람이 아닌 것이다.

“그래서 널 다시 이 강호로 부를 방법을 생각했다. 그러다 보니 가장 좋은 것은 빙궁 쪽이더군. 그쪽 방면에 뛰어난 녀석이 있어서 좀 꾸며보라고 했어. 만나봤는지 모르겠군. 머리만 큰 작은 녀석인데…….”

“뇌악… 소진진!”

“뭐야… 만나봤구나. 맞아, 그놈이 만들었어.”

항자웅은 두 눈을 감았다. 애당초 하이화가 그에게 온 것도 결국 그의 의지라는 뜻이었다. 상황을 그리 만들고 물 흐르듯 만들어 놨던 것이다.

“우안이나 미란은 쓸데없는 짓이라 이야기했다. 그러나 난 내가 한 일 중 가장 잘한 짓이라 말했었지. 결과적으로 내 말이 맞는 것 같아.”

항자웅이 그의 몸을 살필 수 있는 것처럼 그 또한 항자웅의 몸을 살필 수 있었다. 어둠 속에서 그의 머리로 해당되는 부분이 끄덕여지는 것이 보였다.

"너야말로 수결의 천형을 벗어난 최초의 사람이야. 물론 우리가 익힌 것과는 좀 다르지만 널보고 잘 생각해 보면 방법이 있을지도 모르겠구나. 그 짧은 기간 속에서 꽤 많은 변화가 있었어."

솔직히 지난번 관제묘에서 만났을 때는 긴가민가했다. 정말 이 사람이 희망이 될 수 있을지 조금은 의문스러웠던 것이다.

그런데 지금은 확실히 알 수 있었다. 그는 희망이었고 유일한 등불이다. 그와 함께라면 말이다.

"부탁이 있다."

조금은 처연한 목소리가 안립의 입술 사이를 비집고 나온다. 항자웅은 고개를 돌려 어둠 속에 서 있는 그를 바라보았다.

"남은 것은 화미란, 막내뿐이야. 그 녀석만큼은 좀 제대로 살게 해주고 싶다. 그리해 줄수 있겠어?"

어려운 이야기였다. 일단 그녀가 가진 수결의 부작용부터 제대로 치료할 수 있을지도 몰랐다. 살리고 뭐 어쩌고는 그 다음 이야기다.

그러나 여기서 최선을 다한다는 둥 뭐 그딴 이야기는 하고 싶지 않았다. 왠지 항자웅은 남에게 이야기하는 것 같지가 않았다.

그 자신에게 하는 이야기 같았던 것이다. 항자웅과 안립은 정말 많이 닮은 사람들이었다.

다만 자신에겐 기댈 사람들이 있었고 그는 없었다는 것뿐이다. 세상에서 가장 불행한 사람이 바로 이 안립이었다.

"반드시… 그리하겠네."

"핫핫, 고맙군."

항자웅의 말이 기분 좋았는지 그는 크게 웃었다. 하나 그도 알 것이다, 듣기 좋으라고 하는 말이라는 것을…….

하지만 그런 배려가 좋았다. 이제 세상을 하직하는데 최소한 기분은 좋게 갈 수 있지 않겠는가?

"저승이라는 곳이 있다면… 먼저 가서 기다리… 겠… 네……."

쩔그랑…….

그의 오른손에 들려 있던 탁우검이 회랑 바닥에 떨어졌다. 항자웅은 잠시 고개를 숙이며 그의 명복을 빌었다.

일각의 시간이 흐르고 항자웅은 고개를 들었다. 치떠진 그의 눈에서는 강렬한 살기가 폭사되고 있었다.

"꼭 기다리시게. 널 이렇게 만든 놈도 바로 보내줄 테니"

항자웅은 신형을 움직였다. 저 바로 뒤에 있는 문, 빛이 새어 나오고 있는 지하로 통하는 문을 향해서였다.

방양은 피식 웃었다. 강호를 살면서 참 여러 가지경우를 만나 봤지만 이런 것은 또 처음이었다.

언젠가 봤던 광경을 다시 보는 듯한 기분이었다. 무슨 말인고 하니 이 방이 꾸며진 모양을 보고 하는 이야기였다.

"악취미시군요. 설마 이렇게 살고 계신지는 꿈에도 생각하지 못했습니다. 그때 그곳이 그토록 그리우셨나요?"

이 주변, 너무나 낯익다. 그냥 큰 방이 아니라 육각으로 꾸며진 방엔 각기 하나씩 그림들이 그려진 족자가 죽죽 내리워져 있었다.

"내가 취향이 좀 독특하다고 말해주고 싶지만 유감스럽게 그럴 수는 없을 것 같네. 이건 내가 한 것이 아니라 안립이 해놓은 것이거든."

당혁기의 말에 방양은 고개를 좌우로 흔들었다. 안립은 정말 과거에 심하게 집착하고 있었던 듯했다.

설마 십무원의 지하를 완벽하게 재현해 놨을줄은 꿈에도 몰랐다. 사람이 더 이상해지기 전에 죽인 것이 오히려 다행으로 생각되는 순간이었다.

"그런가요? 설혹 그렇다 한들, 그 아이가 잘못된 판단을 하기 시작한 것이 어르신 때문이니 그 죄를 피할 수는 없겠지요."

"호오, 그 애가 죽은 이유가 나에게 있다는 것인가?"

"말하자면 그렇습니다. 그러니 전 가만 있을 수가 없군요."

그저 핑계일 뿐이었다. 어차피 그는 이곳 당문의 풀 포기 하나 남기지 않고 모두 죽일 생각이었다.

"그렇다면 나 역시 가만히 있을 수는 없겠지. 참으로 오랜만에 손을 써보는 구만."

파사사사사사……

순간 당혁기의 품속에서 상당한 숫자의 암기들이 뿜어져 나왔다. 확연히 보이는 것은 아니지만 적어도 백여 개 이상의 암기들로 보였다.

"과연 장관이 따로 없군요. 만우일추라는 이름이 부끄럽지 않을 정도입니다. 그러나 날 이기고 싶다면 이미 시기가 늦었다 말씀드리고 싶군요."

"안립과 합공을 해야 했다고 이야기하는 건가?"

"당연한 일입니다."

차분한 목소리로 방양이 말하자 당혁기는 작은 한숨을 쉬었다. 정말 아쉬움이 진하게 묻어나는 느낌이었다.

"나도 그렇게 이야기했었네. 하지만 그 녀석이 거절하더군."

"네?"

뜻밖의 이야기에 방양은 미간을 찡그렸다. 그러자 당혁기는 말을 이었다.

"가장 야속한 사람이지만 가장 고마운 사람이기도 한다더군. 그런 사람에게 합공을 한다는 것이 마음에 걸린다고 말이야."

"……."

순간 방양의 표정이 굳어졌다. 어금니가 꽉 물리며 깊은 골이 패이고 있었다.

방양과 달리 안립은 조금이라도 방양을 생각하고 있었다. 그것이 원한과 고마움을 동시에 담은 것이라 해도 말이다.

그에 반해 방양은 갈등 따윈 없었다. 말을 듣지 않는다면 그것으로 끝이다. 더 이상 쓸 수 없는 패로 생각했던 것이다.

"차라리 죽은 게 잘된 것이군요. 그 정도의 유약함이라면 앞으로도 쓸 일은 없었겠어요. 좋은 사실을 알려줘 감사합니다,

어르신.”

“훗, 자네도 참 생각보다 여린 사람이구만. 고작 그따위 말들로 스스로를 속이려 하나?”

으득…….

방양의 입에서 작은 소리가 흘러나왔다. 말없이 이를 가는 소리, 그것만으로도 얼마나 심적 갈등을 겪고 있는지 알 수 있었다.

하지만 그 갈등은 아주 잠깐 동안의 일이었다. 방양은 이내 내력을 한껏 끌어 올리며 말했다.

“악마는 악마다워야지요. 어쨌든 전 천약련과 구파일방을 위해 할 일을 한 것뿐입니다. 나에 대한 평가는 후세들이 할 일입니다.”

“그래, 차라리 그렇게 나오는 것이 내 기분에 도움이 되겠군. 아까부터 정말 더러워서 참을 수가 없었거든.”

슥… 스슥……. 스스스슥…….

공중에 떠오른 암기들이 좌우로 빙글빙글 움직이기 시작했다. 한 개도 아니고 거의 백여 개에 달하는 암기들을 오로지 내력만으로 제어하고 있는 그의 기술은 거의 신기에 가까울 정도였다.

“그래요 이게 낫겠지요. 어르신의 죽음이라면 사천무성의 몰락은 반 이상 달성된 거라 생각합니다. 그러니 전 이제 최선을 다하렵니다. 하압~!”

터어어엉…….

오른발을 뒤로 젖혔다가 마치 공을 차듯 쭉 뻗자 그의 신형이 앞으로 나간다. 순식간에 이 장여의 공간이 줄어들었다.

피피피피핑…….

그러자 그를 향해 백여 개의 암기들이 한꺼번에 쏟아진다. 방양은 미친 듯이 양손을 휘두르며 앞으로 달려나갔다.

따다다당…….

맨손과 쇠로 만든 암기의 대결, 그런데 암기들이 튕겨 나간다. 워낙이 강한 내력을 실어 쳐낸 일격이기 때문이었다.

타탓… 탓… 타타탓…….

방양은 거침없이 거리를 좁혔다. 남은 거리는 약 삼 장, 반 장 거리 안으로 들어서면 그의 승리였다.

턱… 터턱…….

여기저기 뜨끔한 느낌이 전해진다. 최대한 쳐 내면서 가기는 하지만 완전히 다 막을 수는 없었다. 상대는 사천무성 중의 한 명인 만우일추 당혁기, 상처 하나 없이 이길 수는 없었던 것이다.

교묘하게 다리를 놀리다 그는 한 번에 양발을 굴렀다. 그러자 일순 당혁기의 눈앞에 십여 개의 방양대사가 나타났다.

눈으로 보면서도 믿을 수 없는 신법이었다. 십여 개의 환영은 각기 다른 동작을 취하며 당혁기를 향해 달려오고 있었다.

당혁기는 양손을 허공으로 들어 올렸다. 그러다 어느 한순간 양 주먹을 꽉 쥐며 소리쳤다.

"쓰러져라!"

파파파파팟… 파파파파팟…….

장관이었다. 허공을 돌던 백여 개의 암기가 소용돌이를 치며 열 개의 환영에 모두 꽂혔다. 도대체 몇 개나 박혔을지 모를 정도로 많은 암기였다.

환영들이 사라져 간다. 하나하나씩 사라지기 시작하더니 어느새 아홉 개의 환영이 사라졌다. 나머지 하나의 진짜를 위해 당혁기는 다시 암기를 꺼내들었다. 그런데…….

핏…….

"……!"

당혁기의 눈이 커졌다. 방양이 사라졌다. 열 개 모두 환영이었던 것이다.

"제 무공이 뭔지 잊으신 겁니까? 흑나한권입니다."

"아아, 그랬었지. 진정한 암살권이었지, 아마……. 헛헛."

권태로운 음성이 당혁기의 입에서 흘러나왔다. 방양의 음성은 그의 등 뒤에서 들려오고 있었다. 어느새 기척도 없이 뒤로 다가왔던 것이다.

정말 그가 무서운 이유는 대단한 내력으로 이루어진 권력이 아니었다. 이 은밀한 신법이었던 것이다.

흑나한, 천년 소림의 역사 중에서도 가장 어두운 면이다. 오로지 죽음을 위해 만들어진 권법이었고 그것을 방양은 익혔다.

"수결이 나타난 후부터 소림에서 어떻게든 되살리고 싶었던 무공입니다. 물론 저 이외에 아직 아무도 익힌 사람이 없지만 말이죠."

"당연한 것 아니겠는가? 그대 역시 수결을 토대로 익힌 것이니 다른 사람이 연성할 수가 없었겠지. 수결을 아는 사람은 이제 거의 세상이 없으니 말이야."

"잊고 싶은 이야기를 하시는군요."

방양은 싱긋 웃었다. 그러고는 오른손을 뒤로 젖히며 내력을 모으기 시작했다. 당혁기의 뒤에서 내력을 모아 한 번에 끝내려 했던 것이다.

"수결이 가지고 있는 힘이 아니라면 그토록 빠를 수가 없지. 생각해 보면 너무도 간단한 일이야. 그래서 자네가 그토록 수결과 관련된 것을 없애려고 했던 것인지도 모르겠군. 그런 건가?"

"당연히 그렇습니다. 난 수결이 우리 구파일방으로 대변되는 정종의 무공보다 강하다고 생각지 않습니다. 나는 힘들지만 누군가는 이를 가능하게 할 겁니다."

"헛헛, 이거야 원, 그러면서 자네는 배웠다는 건가? 아니, 잠깐……. 설마 안립 같은 아이들이 세상에 빛을 안 봐야 하는 이유가 그것이었나? 고작 자네의 그 알량한 고집이었어?"

너털웃음을 지으며 당혁기는 어이없어했다. 이제야 좀 뭔가 알 것 같았다. 이 방양은 정말 아집으로 똘똘 뭉친 사람이었다.

아니, 어쩌면 반쯤은 미친 것인지도 몰랐다. 나의 말만이 옳다고 주장한다면 그것이 어찌 정상적인 사람이겠는가?

"뭐라고 하든 어차피 이젠 상관없는 일입니다. 저도 이만 슬슬 끝을 내야 하겠네요."

"이런 모든 일들이 알려지지 않을 것이라 생각하는 건가? 자네가 무사할 것이라 생각해?"

방양은 소리없이 웃었다. 왠지 너무도 유치한 질문을 받은 듯한 느낌이었기 때문이었다.

"뭡니까, 유치하게. 세상은 힘있는 자의 것입니다. 누가 와서 항의를 하든 상관없습니다. 난 천약련의 련주고 가장 힘있는 사람입니다. 나의 결정이 곧 정파의 결정이지요."

"…후……."

그야말로 광오한 소리였다. 그 어떤 말로도 방양의 생각을 꺾을 수는 없을 것 같았기에 당혁기는 고개를 흔들었다. 더 말해 봤자 입만 아플 뿐이었다.

"그러니 그만 저세상으로 가시지요. 진소군 어르신도 기다리고 계실 겁니다. 두 분만 가시면 적적하실 테니 곧 하린벽과 도후도 보내드리겠습니다."

광오한 그의 목소리에 당혁기의 얼굴이 살짝 굳어졌다. 그러나 지금 이 순간 승리자는 방양이다. 그가 무슨 짓을 하든 할 수 없는 일이었던 것이다.

"즐거웠습니다, 어르신. 이건 진심입니다."

부우우웅…….

목표는 당혁기의 뒷머리다. 한방이면 머리가 부수어지고 그는 죽게 된다. 그것으로 끝인 것이다.

이미 그의 머릿속엔 이 다음의 일들이 떠오르기 시작했다. 변명은 어떻게 하고 또 어떻게 사람들을 다독일 것인가 그리고 또 이 공격을 어떻게 처리할 것인가… 하는.

"……!"

방양의 두 눈이 커졌다. 순간 가슴이 빠개질 것 같은 강렬한 느낌을 받았던 것인데 그건 다름 아닌 살기였다.

당혁기의 앞에서 느껴지는 살기였다. 어떻게 당혁기를 피해 이렇게 강렬한 살기가 느껴지는지 몰랐지만 그때였다.

쉬잇…….

당혁기의 어깨 너머로 뭔가 날아온다. 방양은 양손을 빠르게 휘돌리며 목표를 바꾸었다. 지금 이 순간 당혁기의 머리는 문제가 아니었다.

"차압!"

쩡… 쩌정…….

기합성과 함께 강렬한 기운이 허공에 폭풍처럼 몰아쳤다. 뭔지는 모르지만 그 괴물체를 향해 날린 것인데 이 정도면 만근거석도 부서질 정도의 위력이었다.

막았다고 생각했었다. 아니면 튕겨내기라도 했다고 생각했다. 그런데 그건 그만의 생각이었다.

쉬이이잇!

"흡!"

그의 주먹을 타고 넘어 들어오고 있었다. 황당하기 그지없는 상황에 그는 멍한 표정을 지었다. 그러다 문득 한 가지 기억이 떠올랐다.

안립의 기억이다. 안립도 그때 이런 공격을 했었다. 그러자 반사적으로 그는 몸을 뒤로 튕겨냈다.

파아아앙…….

그의 신형이 섬전같이 뒤로 물러나자 삽시간의 거리가 벌려진다. 근 일장여가 넘게 벌어진 순간 그는 그 정체를 알 수 있었다.

　칼이다. 그것도 무식하게 큰, 칼의 형태도 제대로 안 갖춰진 것이지만 그것이 무엇인지 알 수 있었다.

　"월산도!"

　항자웅이 가지고 다니는 월산도의 도신이 분명했다. 한데 바로 그때 기이한 일이 일어났다.

　키이잉… 핏…….

　"……."

　한순간이지만 가슴이 답답해져 오자 이게 무슨 일인가 싶었다. 문득 방양의 눈에 바로 앞에 있는 풍광들이 좀 이상한 것이 보였다.

　공간이 좌우로 잘려져 있었다. 뭐가 어찌되는 일인지 모르지만 확실히 공간을 좌우로 잘렸다. 아주 약하지만 공기의 충도 보였다.

　순간 방양은 발이 느려졌다. 아차하는 순간 월산도는 다시 밀려들었고 방양은 다시 발에 힘을 주며 도망치려 했는데 그때였다.

　구우우우웅…….

　괴이한 음성과 함께 방양의 온몸을 거대한 내력이 짓누르는 것이 느껴졌다. 그러자 발을 빨리 움직일 수가 없었다.

　이어 월산도가 확하니 다가왔고 방양은 이를 악물었다. 이젠 피해서 될 상황이 아니기에 양손을 앞으로 내밀며 월산도를 튕기려 했다. 그런데…….

　사사삿…….

믿을 수가 없었다. 월산도가 살아 있기라도 한 것인지 꿈틀거리며 손을 타고 올라왔다. 그 움직임으로 볼 때 안립과는 비교도 안 되는 속도와 위력이었다.

우드드득…….

"쿨럭……."

가슴에서 들려오는 섬뜩한 소리에 방양은 작은 기침을 했다. 문득 불로 지진 듯한 고통들이 수백 개의 꽃이 피어나는 듯 샘솟고 있었다.

하지만 공세는 그것으로 끝이 아니었다. 월산도는 더 밀려들어왔고 방양의 양발은 공중에 떴다. 그러고는 그대로 뒤쪽으로 밀려나갔다.

쩌어어엉…….

"흡!"

방양을 통과한 월산도는 그대로 뒷벽에 박혀 버렸다. 수결이 그려진 액자 하나에 방양의 피가 흠뻑 뿌려지고 있었다.

"아무래도 저 세상은 당신이 먼저 가게 될 것 같아."

항자웅의 목소리가 들려왔다. 방양은 눈을 들어 앞을 바라보았고 그러자 거대한 몸집의 항자웅이 보였다.

"이것도… 수결인가?"

방양은 물었고 항자웅은 고개를 끄덕였다. 이건 뭐, 더 두고 이야기할 것도 없는 상황이었다.

"대단하… 군……. 보면서도 막을 수가… 없다니……."

"안립이 그러더군 일수일승(一手一乘)의 초식이라고."

"일수일승… 쿨럭……."

투투툭…….

그의 입에서 피가 흘러나온다. 아마 기회를 한 번 더 얻어 싸우더라도 마찬가지 결과일 것이다. 단 한 수로 방양은 패할 수밖에 없었다.

"딱… 어울리는… 초식… 명……. 하아아아……."

방양의 머리가 푹 숙여진다. 급속하게 생기가 빠져나가는 방양을 항자웅은 잠시 바라보았다.

"뭘 그렇게 보는 게야. 죽은 사람 처음 보는 것도 아니잖아."

"왠지 좀 허무해서요. 저 양손에 뭐 가지고 가는 게 있겠어요?"

"갑자기 왠 노인네 같은 소리냐?"

툭하니 내뱉었지만 당혁기는 항자웅이 무슨 소리를 하는 것인지 잘 알고 있다. 죽음 앞에선 그 무엇도 필요없다.

하늘을 뒤집는 무공도 세상을 뒤엎는 권세도 다 필요 없었다. 죽으면 그냥 죽는 것뿐이다.

물로 그렇다고 언제나 죽음을 생각하며 살라는 것은 아니다. 쓸데없는 욕심은 모두 부질없는 것이란 뜻이었다.

"거 이십 년 만에 만나서 하는 말이 고작 노인네란 말입니까? 나 참 힘들게 달려왔더니……."

"기왕지사 오는 거 좀 빨리 오면 덧나냐? 그렇게 내가 세상에 신호를 보냈으면 대충 좀 알아듣지."

"아, 내가 초능력자예요? 그냥 도움이 필요하면 그렇다고 차라리 귀띔이라도 했으면 여기부터 왔잖아요."

"망할 놈이 진가 노인네부터 찾아놓고 뭐가 그리 잘났다고 쫑알거려! 하여튼 네놈도 나중에 저 방양처럼 되지나 마. 아주 지금 보면 농후해."

"악담도 그 정도면 저주예요. 그러다 죄받고 일찍 죽어요."

"에라이!"

"아욱……."

결국 항자웅은 뒷머리에 작은 혹 하나를 얻고 나서야 입을 다물었다. 그는 뒷머리를 쓰다듬다 홱하니 고개를 돌려 당혁기가 있던 곳으로 갔다.

그곳엔 아직 화미란이 쓰러져 있었다. 항자웅은 말없이 그녀를 안아들고는 밖으로 움직이기 시작했다.

"너 또 어디가! 걔는 어디로 데리고 가는데!"

"아 정신 들었을 때 좀 좋은 곳에 가 있는 게 좋겠죠. 이 컴컴한 방구석이 좋겠어요! 냅둬요, 좀!"

안립에게 부탁받았다는 이야기는 하지 않았지만 당혁기는 이미 눈치채고 있었다. 그렇지 않고서 저렇게 친절히 움직일 놈이 아니었던 것이다.

당혁기는 그 자리에서 뒷짐을 지며 웃었다. 소리없는 웃음과 함께 그는 허공에 고개를 들었다. 그러고는 들릴락 말락 한 작은 소리를 중얼거렸다.

"딱 하나 제일 마음에 드는 제자놈이네요. 우리 평생에 제일 잘한 일 아닌가요?"

누군가에게 들어달라고 한 말이 아니었다. 그러나 그의 귓가에는 분명히 들렸다.

"허허, 그렇네요. 좀 짜증나는 녀석이긴 하지만 분명 잘 키운 녀
석이지요."

저 하늘에 있을 진소군의 목소리였다.

“경단이요! 경단! 어이, 꼬마야! 여기서 경단 한 번 사봐!”

“자자, 이리 오세여! 저희 객잔도 조금 있으면 만원입니다. 한 자리 남았어요!”

“아, 진짜! 누가 자꾸 밀어! 죽고 싶어서 그래!”

정말 왁자한 광경이 무엇인지 확실히 알 수 있는 상황이었다. 거리는 그야말로 인산인해, 발 디딜 틈도 없었다.

“이거야 원, 국주님 정말 대단한 사람들이군요. 진우현에서 이토록 많은 사람을 보게 되다니 이거야 원……”

“그러게나 말입니다. 아마 마을이 생긴 이래 가장 많은 사람들이 모인 것 같군요. 나 원 참……”

손소와 양신명은 말고삐를 잡으며 앞으로 나가기 위해 애를 먹고 있었다. 그만큼 사람이 너무도 많았던 것인데 아직도 갈

길은 꽤 남아 있었다.

저기 앞에 항가장이 보이건만 그때까지 가는 것이 문제였다. 정말 많은 사람들이 있어서 시간이 너무 걸리고 있었다.

"이래서는 정말 아무것도 안되겠군요. 잠시만 기다리시죠. 자자 길을 좀 비켜주시오. 좀 지나갑시다!"

양신명이 목청껏 소리를 지른 후에야 겨우겨우 길을 나갈 수 있었다. 몇몇 자들은 눈을 치켜뜨면서 이건 뭐냐는 반응이었지만 곧 손소의 쌍검을 보곤 모두 뒤로 물러났다.

"지… 진육협! 손소 대협이다."

"오! 드디어 참관인이 도착했어! 좋았어! 그럼 내일은 볼 수 있겠구나!"

여기저기서 작은 술렁임이 나타나지만 손소는 완전히 무시하고 앞으로 나아갔다. 그러고는 겨우 항가장에 도착해 대문을 넘을 수가 있었다.

"손 형님! 어서 오세요. 오시는 길이 좀 힘드셨죠? 아 양 대주님도 오셨군요."

"오랜만이다, 자소야. 정말 대단한 인파구나. 형님이 아주 유명인이 되었어."

"오랜만이구려, 항 의원. 보통 힘든 게 아니겠소이다."

항자웅의 동생 항자소였다. 그는 겸연쩍은 미소를 지으며 손사래를 쳤는데 당연히 저 밖에 있는 사람들 때문이었다.

"후우, 저는 지금 병사에도 못나갑니다. 아버님의 서원도 갈 수가 없구요. 모두 사람들이 들이닥쳐 아주 난리예요, 아이구."

손소는 쓴웃음을 지었다. 그럴 수밖에 없을 것이다. 이 진우현에서 조금 있으면 정말 대단한 일이 일어나니 말이다.

"형님의 친구 분들은 모두 후원에 계십니다. 그쪽으로 가시지요. 전 일단 저 사람들을 좀 막아야 될 것 같아요. 별의별 사람이 다 와요 아주…….."

"허허, 나도 돕겠네. 아무래도 대부분 무림인이라 쉽지 않을 것이야."

"그게 좋겠군요. 그럼 수고를 좀 해주세요, 양 대주."

활짝 웃는 항자소를 데리고 양신명이 움직이자 손소는 신형을 돌렸다. 항가장이야 손바닥 보듯 하니 후원이 어디 있는지는 대번에 알 수 있었다.

두어 번 모퉁이를 돌아 큰 연못이 있는 곳으로 오니 그 앞에 큰 전각이 하나 있었다. 그 전각 앞에 꽤 많은 사람들이 있었는데 다들 손소가 아는 사람들이었다.

"오, 왔군."

"어서 와. 그렇지 않아도 언제 오나 했더니."

진육협이다. 한 사람도 빠지지 않고 모두 다 있었는데 손소는 반가운 얼굴로 한 사람씩 눈인사를 건네었다.

"이야, 진짜 바쁘신 분이 오셨구만. 련주님께서 이리 한가해도 됩니까?"

"그러지 마라. 그렇지 않아도 짜증나 죽겠으니까. 저 망할 놈이 안한다고 버티니 별수 있나? 아이구, 진짜…….."

진덕승은 이를 부득부득 갈며 소리쳤다. 꼭 누군가에게 들리라고 하는 소리 같았는데 그 주인공은 저쪽 연못가에서 비대한 몸을 움찔거리고 있었다.

"그래도 네가 하니까 다들 조용히 있는 거 아니겠나? 만일 다른 놈들이었다면 난리도 아니었을걸?"

"송일의 말이 맞아. 우리 전장에서도 여러 가지 예상을 해봤지만 결론은 네가 최고야. 지난 삼 년간 실제로 참 좋은 세상이었잖아."

한구사의 목소리에 모두가 고개를 끄덕인다. 그러고 보니 어느새 그 일이 있게 된 지 삼년이 흘렀다.

천약련주의 폭주가 세상에 드러나고 그것을 진육협이 막았다는 이야기가 전해지면서 세상의 민심은 바뀌기 시작했다. 서서히 구파일방의 힘이 약화되기 시작한 것이다.

물론 그렇다고 그들의 힘이 사라진 것은 아니다. 전통의 힘이라는 건 정말 무서워서 아무리 없애려 해도 쉽게 사라지는 것이 아닌 것이다.

"군소 문파들도 떳떳하게 말을 하게 됐으니 잘된 거지, 난 오히려 구파일방의 힘이 더 커졌다고 봐. 천약련의 힘을 약화시키고 각자 지방의 문제는 웬만하면 스스로 해결하라고 뒀잖아."

실제로 구파일방이 천약련에 대해 아무 말 하지 않는 이유가 여기에 있었다. 진덕승은 이전처럼 강한 구속을 하려 하지 않는다. 일이 커져야만 그때 가서 이야기를 하는 방식을 고수하고 있었다.

사소한 일은 알아서 하다 보니 각 지방에서 자신들의 힘이 더 커져가는 현상이 생겼던 것이다. 그러니 아무런 말을 할 것이 없었다.

"공정한 건 좋은 거야. 그냥 련주는 니가 평생해라."

"송사만 한다고 아주 말 편하게 하시네. 중간에 하다 넘길 테니 너 두고 봐 아주."

낙이언은 씨익 웃으며 대답을 대신했고 진덕승은 고개를 흔들었다. 말해봤자 그만 머리 아플 뿐이었다.

"근데 저 녀석은 뭐하는 거야?"

"그 옆에 어머님 계시잖아."

"아……."

한구사의 대꾸에 손소는 고개를 끄덕였다. 그렇다면 저기 상황이 지금 어떻게 돌아가는지 너무 뻔했다.

"저 아가씨, 괜찮은 건가? 이젠 제법 웃음도 보이네."

"아아, 많이 좋아진 모양이야. 게다가 자소가 꽤 실력이 좋아. 진짜 이러다 항자웅 저거 한 번에 부인 둘 얻게 생겼는데?"

손소는 피식 웃었다. 하나도 제대로 건사하지 못하던 녀석이 한꺼번에 두 명이라……. 황당하지만 그리 나쁜 것은 아니었다.

한 명은 하이화였고 또 한 명은 화미란이었다. 원래 화미란은 살기 힘들 것으로 봤는데 이곳에 와서 기적적으로 잘살고 있었다.

더 이상 그녀에게서 수결의 흔적은 보이지 않고 있었다. 어떻게 된 것인지는 모르지만 이제 과거의 흔적은 전혀 보이지 않고 있었던 것이다.

수결의 흔적인지 아닌지 모르지만 기억조차 희미해져 이젠 예전 일을 거의 기억하지 못한다고 한다. 그녀의 입장에서 본다면 차라리 잘된 일일수도 있었다.

"오호호호호, 너희들도 참, 그렇게 있으니 너무도 어울리는구

나. 자, 언제가 좋을까나?”

문득 귓가에 항자웅의 어머니, 여씨 부인의 목소리가 들려온다. 이어 항자웅에게 뭐라고 하는 게 보인다.

“시끄러! 이 망할 아들! 내가 언제 굴어 들어온 복 차는 거 봤어! 여러 말 말고 넌 체력이나 길러! 흥!”

짜랑한 목소리와 함께 그녀는 신형을 홱 돌렸다. 하나 그러면서도 두 며느릿감을 향해 싱긋 미소를 짓는 것을 잊지 않았다.

그리곤 양옆에 한 명씩 세우더니 서서히 어디론가 가기 시작했다. 그녀들은 너무도 얌전히 여씨 부인을 따라 이동하고 있었다.

항자웅은 잠시 고개를 푹 숙이다 신형을 돌렸다. 그리곤 터덜터덜 진육협이 있는 곳을 향해 다가오고 있었다.

“이봐, 새신랑 왜 이러실까? 힘좀 내봐.”

“그래, 기왕지사 이렇게 된 거 그냥 며칠 내로 한꺼번에 결혼까지 해, 따로 또 오기 힘들어.”

“어이, 친구들. 난 지금 숭고한 사명을 받들려 하고 있어. 강호를 대신해 저 마교의 교주와 승부를 겨루려 하고 있다고. 좀 긴장 좀 해주길 바래.”

항자웅은 심각한 얼굴을 만들었지만 아무도 그 말에 심각해지는 사람은 없었다. 모두 씨익 웃으며 바라볼 뿐이었다.

이 진우현에 사람이 폭주한 것은 모두 그 때문이었다. 항자웅과 마교주와의 결투가 내일 이루어지기 때문인 것이다.

언젠가 항자웅은 마교주와 약속을 했다. 다음에 강호에서 마교가 활동하고 싶다면 자신을 먼저 꺾으라고 말이다. 그래서 그 약속을 지키기 위해 마교주가 이곳으로 오고 있는 것이다.

"뭐 그렇다면 내가 그 긴장을 조금 풀어주게. 아직도 날 생각하고 있다면 방으로 갈까"

"집으로 가라고 몇 번을 말하냐, 이 망할 비구니. 그리고 넌 아미파 장문인이 무슨 가채를 쓰고 다녀!"

항자웅의 목소리에 여기저기서 킥킥거리는 목소리가 흘러나왔다. 현지초의 머리엔 지금 커다란 가채가 씌워져 있었다.

그것도 기녀들이나 쓰는 걸로 말이다. 아마 항자웅에게 장난치겠다고 이러고 온 모양이었다.

"그리고 기왕지사 쓸 거면 옷이라도 갈아입든지. 가채 쓰고 승복 걸치는 건 또 뭐야? 너 그러고 저작거리 다니면 관아에 끌려가!"

"암말 안하던데?"

"……."

진짜 다녀봤다는 말이다. 항자웅은 고개를 좌우로 흔들며 신형을 돌렸다. 더 신경 쓰다간 마교주가 아니라 현지초를 상대하게 될 것 같았다.

"핫핫, 여전히 건강하시군요. 반갑습니다. 진육협 어르신들. 그리고 아저씨."

"오호, 이게 누구야! 젊디젊은 사천무성이 아니신가!"

진월이었다. 한데 삼 년 전에 봤던 그 진월이 아니었는데 그의 몸은 꽤 많이 커져 있었다.

항자웅만큼은 아니지만 과거에 꼬마라고 불리던 그가 아니었다. 이젠 어엿한 성인인 것이다. 그것도 결혼까지 한……

“별 말씀을……. 엇, 아미파 장문인도 계셨군요.”

“헛헛, 이게 누군가 우리 소이 남편이 아니신가?”

가채를 쓴 채 호탕하게 웃는 비구니를 본 적이 있는가. 본다면 아마 그리 생각할 것이다. 두 번 다시 보고 싶지 않다고…….

“어쭈, 부인 쪽부터 챙긴다 이거구만. 직속상관은 보이지도 않지?”

“아이고, 련주님, 왜 그러세요. 저 지금까지 련주님이 버리고 간 일 해결하느라 죽을 뻔했어요. 아후…….”

“천하의 진천도(進天刀)께서 그 무슨 약한 소리일까? 오홍…….”

“아 진짜, 그 낯 부끄러운 별호는 그만두라구요. 무슨 진천도는…….”

진천도, 그것이 지금 진월에게 붙은 별호였다. 아울러 그는 천약련의 외무원주 자리를 맡고 있었다.

이제 약관을 갓 넘긴 사람치고 대단한 성공을 거둔 셈이었다. 물론 결혼까지 했지만 말이다.

“아버님과 다른 사람들은 내일 도착하실 겁니다. 그리고 사천무성 어르신들도 다 내일 도착하신대요. 그러니 몸 잘 만들고 있으래요.”

“몸은 무슨, 다 기본 실력으로 하는 거지. 새삼스래 왜들 그럴까.”

괜히 겸연쩍은지 툭툭 말만 뱉던 순간이었다. 갑자기 저쪽에서 사라졌던 두 여인이 다시 다가오고 있었다.

화미란과 하이화였다. 쪼르르 달려오더니 냉큼 항자웅의 옷

소매부터 잡더니 입을 열었다.

"어머님이 오래요. 지금 빨리."

"에? 또 왜!"

하이화의 말에 항자웅은 미간을 찡그렸다. 그러자 이번엔 옆에 있던 화미란이 말했다.

"마을 한번 산책하시겠대요. 그러니 어서 와서 뒤에 대기하라는데요?"

정말 은쟁반에 옥구슬 굴러가는 소리가 따로 없었다. 게다가 그 용모는 가히 경국지색이라 할 수 있었다.

솔직히 하이화가 많이 밀리는 상황이었다. 몸매나 뭐나 정말 다 밀리는 상황이지만 그건 다른 사람들 생각이었다.

"뭔 산책이래! 이 사람 많은데 대체 무슨 일을 내실라고!"

"그건 나도 몰라요. 어서 오라는데요?"

이쁘든 말든 항자웅은 똑같이 대한다. 정말 대단히 공평(?)한 처사가 아닐 수 없었다.

"빨리 가자, 아저씨. 그러다 어머님 또 화낼라."

"그러게요. 어서 가요, 기다리세요, 어머님."

"아 잠깐, 아직 할 이야기가……. 그리고 왜 니들한테 어머님인데?"

두 여인에게 질질 끌려가면서도 항자웅은 할 말을 다하고 있었다. 물론 저렇게 끌려가는 것도 우스운 일이다. 세상에서 가장 강한 자니 충분히 버틸 수 있을 터였다.

"쯧쯧, 진짜 이러다 내일 마룡추자 여근암에게 지는 거 아닌지 모르겠네. 야, 항자웅 정신 차려!"

손소는 손을 오므리며 크게 소리를 질렀다. 그러자 모두의 얼굴에 살짝 웃음이 감돌았는데 바로 그때 항자웅의 고개가 돌려졌다.

장난기 가득한 얼굴이다. 하지만 그 얼굴 표정 속엔 한줄기 의지가 서려 있었다. 너무나도 강렬한 자신감이었다.

"질 것 같아?"

역시 항자웅이었다. 그 한마디로 참 많은 말을 대신하고 있었던 것이다.

그는 지지 않을 것이다. 반드시 이길 것이며 앞으로도 그리할 것이다. 이는 그를 아는 사람들 모두 믿어 의심치 않는 사실이었다.

이 하늘에 언제나 달이 떠오르듯이 그는 이 땅에 영원히 뜨는 달, 귀월이니까…….

『귀월』 완결

때로는 비천한 주방 하인
때로는 해석 못하는 무공이 없는 무학자
때로는 명쾌한 해결사

만능서생 용비.

**살아남기 위해 독종이 되었고,
살아남아 통[通]하게 되었다.**

ORIENTAL FANTASTIC STORY

김대산 新무협 판타지 소설

心劍誌

심 검 지

꼬물거리는 새끼 용(龍) 한 마리!
작고 희미한 검 한 자루!
순박한 산골 소년의 마음속에 심어지고 만 그것들이
지금 조금씩 자라나고 있다!

김대산! 그의 아홉 번째 이야기!

"한 자루 마음의 검을 다듬어내니
천지간에 베지 못할 것이 없도다!"

Book Publishing CHUNGEORAM

유행이 아닌 자유추구 -
WWW.chungeoram.com